Unicorn
独角兽书系

【破碎之海】卷一：

半个国王

Shattered Sea

[英] 乔·阿克罗比／著
王予润／译

Joe Abercrombie

Half a King

重庆出版集团
重庆出版社

Shattered Sea: Half a King
Copyright © 2014 by Joe Abercrombie
Published in agreement with Joe Abercrombie Ltd.,
through Andrew Nurnberg Associates International Ltd.
Simplified Chinese translation copyright © 2015 by Chongqing Publishing House Co.,Ltd.
All rights reserved.

版贸核渝字（2014）第238号

图书在版编目(CIP)数据

破碎之海. 第1卷, 半个国王 /（英）乔·阿克罗比著；王予润译. —重庆：
重庆出版社, 2015.12
书名原文: Half a King（Shattered Sea）
ISBN 978-7-229-10208-1

Ⅰ.①破… Ⅱ.①阿… ②王… Ⅲ.①长篇小说—英国—现代
Ⅳ.①I561.45

中国版本图书馆CIP数据核字（2015）第160986号

破碎之海（卷一）：半个国王
POSUI ZHI HAI(JUAN YI): BANGE GUOWANG

[英] 乔·阿克罗比　著　　王予润　译
出版策划：重庆天健卡通动画文化有限责任公司
责任编辑：邹禾　肖飒　唐凌
装帧设计：谢颖设计工作室
封面插图：蔡宁杰
责任校对：夏宇

重庆出版集团 出版
重庆出版社

重庆市南岸区南滨路162号1幢　邮政编码：400061　http://www.cqph.com
重庆出版集团艺术设计有限公司 制版
重庆国丰印务有限责任公司 印刷
重庆出版集团图书发行有限责任公司 发行
E-mail: fxchu@cqph.com　邮购电话：023-61520646

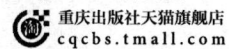

重庆出版社天猫旗舰店
cqcbs.tmall.com
全国新华书店经销

开本：890mm×1230mm　1/32　印张：9.5　字数：170千
2015年12月第1版　2015年12月第1次印刷
ISBN：978-7-229-10208-1
定价：32.80元

如有印装问题，请向本集团图书发行有限责任公司调换：023-61520678

版权所有　侵权必究

献给格蕾丝

一名旅人无法背负
　良好的装备
　更甚于理智

——《哈瓦玛尔:高人的箴言》

朗赫德河
凡斯特兰德
赫门海
伍尔斯加德
阿姆文德
哥特兰德
赛肯夫特
托尔比城
斯堪罗拉
思科沙河
赫留
斯多肯姆
富封格
斯洛芬兰德
格林本
夏尔特夫
威斯
约勒托夫特
库斯基尔德
卡诺特
赛肯豪斯
巴尔海角
约特迈
利阿斯科夫特
斯科德河

破碎之海

Orobec

兰加德

昆那黑

罗伊斯多克

圣河
卡尔伊
撒根迈

瑟林那河

肖恩德

目　录

第一部　黑色王座 / 001

第二部　南风号 / 053

第三部　长征 / 127

第四部　合法的王 / 213

致谢 / 293

半个国王
part · one

第一部　黑色王座

更大的利益

在一个狂风大作的夜晚,雅维得知自己成了王。或者至少可以说,成了半个王。

哥特兰德将这种风称作"寻觅之风",因为它能找到一切缝隙与锁孔,令所有居所都充斥着海洋女神的尖叫,无论人们将火堆筑得多高,或是紧紧地挤在一起,全都无济于事。

风撕扯着戈德琳女祭住处窄窗上的百叶,甚至连包铜的门板也在门框中嘎吱作响。风嘲讽般地刮过火堆,火焰则愤怒地回之以嘶嘶声,室内悬挂的干药草束投下了狰狞的影子,戈德琳女祭指节分明的手中握着的块根也被火光映得闪烁不定。

"这是什么?"

那东西看起来不过就是一小块泥巴,但雅维已学习过这些知识。"是黑舌根。"

"那么,为什么祭司会用到它,我的王子?"

"祭司会希望自己不至于用上它。它溶于水时无色无味,让人无法察觉,却能置人于死命。"

戈德琳女祭将那东西扔到了一边:"有时祭司们必须使用这些不光彩的东西。"

"他们必须选择较小的恶。"雅维说。

"还得考虑更大的利益,一半对一半。"戈德琳女祭说着赞许地点了点头,雅维则为此露出了骄傲的神色,这位哥特兰德的女祭司可不会轻易表示称赞,"试炼时出的题会比这个简单一点。"

"试炼。"雅维用他那只健康的手的拇指焦虑地搓了搓另一只的畸形手掌。

"你会通过的。"

"不要说得这么肯定。"

"在祭司的领域里,一切总是值得怀疑——"

"但却得表现出十分肯定的样子。"雅维替戈德琳女祭补上了后半句话。

"表现?我了解你。"这是真的,再没有任何人能比她更了解雅维,甚至在他自己的家族中也没有。该这么说,尤其是在他自己的家族中。"我的学生中没有人比你更聪明,你至少能通过一开始的提问环节。"

"然后,我将不再是王子雅维。"这念头让他感觉到了一丝宽慰,"我将失去家族和权利。"

"你会成为雅维弟兄,祭司团将成为你的家族。"戈德琳女祭微笑起来,火光照在她的鱼尾纹上,"草木、书本与轻柔的词句将是你的权利。你会记住一切、提出建议,会治愈伤者、诉说真理,会了解隐秘的方法,以各种语言为和平之神铺平道路。这些正是我一直以来试图去做的。不管训练场上那些肌肉发达的傻瓜们怎么胡说八道,这世上再没有比我们做的这些更高贵的事了。"

"要是你在训练场上,就很难无视那些傻瓜。"

"嘿。"她噘了噘嘴,朝火堆吐了口口水,"一旦通过试炼,你所要做的就只是在训练场上闹得太粗暴时,去照料某个开花的脑袋罢了。总有一天你将接过我的权杖,"她朝墙边倚着的权杖点点头,那个半尖的金属物开有沟槽,镶嵌着装饰,"总有一天你会坐在黑色王座边,成为雅维祭司。"

"雅维祭司。"听到这个词语,雅维在凳子上显得有些局促不安,"可我还不够睿智。"他想说的其实是自己还不够勇敢,却没有足够的勇气承认这一点。

"智慧能习得,我的王子。"

雅维将左手伸到火堆前:"那么手呢,手也能习得吗?"

"你或许缺了一只手,但诸神给了你更珍贵的天赋。"

他哼了一声:"你是指我的歌声还不错吗?"

"有什么不好?你还有灵活的头脑、感知能力和强烈的信念……信念能造就一个伟大的王,更能造就一个伟大的祭司。和平之神曾触摸过你,雅维,要永远记住,在这世上强大的人很多,却少有智者。"

"毫无疑问这就是为什么女性能成为更好的祭司。"

"而且总体来说,女性也能泡出更好的茶,"戈德琳从雅维每日带给她的杯子里咕嘟喝了一口,再次赞许地点点头,"不过泡茶也是你的一项了不起的天赋。"

"这可真是件了不起的工作。等我从王子成为祭司之后,你会减少对我的夸奖吗?"

"如果你希望的话,我还是会夸奖你,并且在其他时候踢你的屁股。"

雅维叹了一口气:"总有些事不管怎么样都不会改变。"

"从古至今都是如此。"戈德琳女祭从书架上取出一本书,它镀金的书脊上镶嵌的石头闪烁着红绿色的光芒。

"至于现在,我得起身随太阳女神一起,去喂你的鸽子了。真希望能稍许睡一会儿——"

"等你通过了试炼,我会让你睡的。"

"不,你不会。"

"你说得对，我不会让你睡觉的。"她舔了舔手指，古老的书页被她翻动，发出喀拉声，"告诉我，我的王子，精灵族将创世神撕裂成了多少碎片？"

"四百零九个，四百个微小神和六个崇高神，最初的男人和女人，还有守卫着终结之门的死神。但这不是祷词撰写者分内的知识吗，祭司为什么要知道？"

戈德琳女祭喷了一声："了解一切正是祭司分内之事，唯有知晓才能控制。说出六个崇高神的名字。"

"海洋女神与大地之神，太阳女神和月亮之神，战争女神和——"

门猛地洞开，寻觅之风撕扯着室内的一切。在雅维跳起来的同时，火堆里的火焰也一跃而起，在搁架上无数瓶瓶罐罐之间扭曲舞动。有人跌跌撞撞地闯进门来，药草束在他身后摇摆得像是被吊死的人影。

那是雅维的叔父奥登，他的头发被雨水浸透，全都黏在苍白的脸上。他呼吸急促，张大双眼紧紧地盯着雅维，嘴唇翕动几下，却半天发不出声音。无须任何感知能力，谁都能看得出，他被什么惊人的消息压垮了。

"发生了什么？"雅维粗声说道，喉咙因恐惧而阵阵发紧。

他的叔父双膝跪地，双手伏在油腻的秸秆地面上，低下头，低沉而生硬地说出四个字——

"我的国王。"

然后，雅维知道，他的父亲和兄长死了。

职　责

他们全然不像是已经死了。

父亲与兄长看上去只是极其苍白，在冰冷的房间里，躺在冰冷的地板上，身上覆盖的裹尸布一直拉到腋下，出鞘的长剑在胸前闪着微光。雅维真希望兄长只是睡了，期望他的嘴角能轻微地抽动一下，期望父亲的双眼能再度张开，用雅维熟悉的蔑视神情再次看着他。但是没有，他们再也不会这样做了。

死神已为他们打开有去无回的终结之门。

"到底发生了什么？"雅维听见母亲的声音从门口传来，如往常一般沉稳平静。

"是背叛，我的王后陛下。"奥登叔父喃喃说道。

"我已经不是王后了。"

"啊，当然……抱歉，莱斯琳。"

雅维伸手轻触父亲的肩膀，如此冰冷。他想不起上一次触碰父亲究竟是在什么时候。他到底碰触过父亲吗？他倒是能清楚地回忆起最后一次与父亲交谈的情境，那是好几个月以前的事情了。

是男人就该挥舞剑与斧，他的父亲那时候这样说，是男人就该划桨作结，最重要的是，男人该扛起他的盾，该坚持不懈，该与自己的同袍战友并肩作战。如果这一切都做不到，那还算什么男人？

我并不是自己想要只有一只健康的好手，雅维当时这样回答。他发现自己再一次像往常一样被羞耻与愤怒笼罩。

我也并没有想要一个残废的儿子。

而如今，乌斯里克王已经死了，他的王冠被人匆匆调过大小，戴在雅维头上，它远比这黄金细条原本的重量更沉重。

"我刚才是在问你，他们为什么会死。"母亲说。

"他们去找格劳姆-吉尔-高姆议和。"

"与该死的凡斯特人之间根本就不可能有和平。"母亲的王选侍从胡里克低声说。

"必须复仇。"雅维的母亲说。

叔父则试图平息这场风暴："当然首先得哀悼。宗主王不会允许私自开战，除非——"

"复仇！"母亲的声音如碎裂的玻璃一般尖锐，"要像闪电那样迅速，像火焰一样猛烈。"

雅维的视线缓慢地爬过兄长的尸体。在那具身躯中，倒确实曾有过如母亲所说的猛烈与迅速。兄长有着强有力的下巴与粗壮的脖子，与父亲如出一辙的黑色胡须已初具雏形，这一切都与雅维截然不同。他觉得兄长是爱他的，爱得很粗野，每一记拍打都像是重重的殴击。那是一种居高临下的爱。

"复仇！"胡里克咆哮道，"凡斯特人必须付出代价。"

"该死的凡斯特人，"雅维的母亲说道，"人民必须效力。新加冕的王得向臣民展示自己有钢铁般的意志。等他们乐于向你下跪时，你尽可以让眼泪流到连海平面都因此抬升。"

叔父重重地叹了一口气，"接下来就是复仇了。可是，莱斯琳，你觉得他准备好了吗？他从不是一个战士——"

职 责

"无论是否已经做好准备,他都必须战斗!"母亲厉声说。雅维身边的人说话总是毫无顾忌,就仿佛他的耳朵也像身体一样残疾。尽管如今他突然大权在握,他们也没有改掉这个习惯。"准备突袭。"

"我们该攻击哪里?"胡里克问。

"重要的是我们得发动攻击。你先下去吧。"

雅维听到门关上的声音,母亲渐渐走近,脚步声轻轻穿过冰冷的地板。

"别哭了。"她说。直到这时,雅维才发现自己的眼中早已溢满泪水,他擦了擦,又吸吸鼻子,觉得有些羞愧。他总是觉得羞愧。

母亲紧紧攥住他的肩膀。"站直了,雅维。"

"抱歉。"他边说着,边试图模仿兄长的样子挺起胸膛。他总是觉得抱歉。

"你现在是国王了,"母亲替他整了整歪斜的皮带扣,又试图理平他那头胡乱生长的浅金色短发,最后将冰冷的指尖放在了他的面颊上,"你永远都不要道歉。你得装备上你父亲的剑,然后领导一场对凡斯特人的袭击。"

雅维咽了口口水。光是想象自己参加战斗就足以令他满心畏惧。而现在,他还得领导?

奥登看出了他的恐惧:"我的国王,我会成为你的同袍战友,时刻准备好我的盾,一直留在你的身边。不管发生什么,我都会帮你的,一定。"

"非常感谢。"雅维喃喃应声。他想要的帮助只是有人能送他到赛肯豪斯参加祭司的试炼,他宁可在阴影中静坐,也不想就这样被抛入光明之中。但如今,他的期望已全部化为灰烬,就像是一团混合失败的灰泥,轻易被碾得粉碎。

"你必须让格劳姆-吉尔-高姆付出代价,"母亲说,"你得和你的堂妹

结婚。"

母亲的个子比他要稍稍高一点,雅维只能抬头凝望她那双铁灰色的眼睛。"你说什么?"

原本轻柔碰触他面颊的手指紧紧地攥住他的下巴:"听着,雅维,仔细听好了。你现在是国王,这件事可能并非你我的期望,但我们别无选择。在你身上承载着我们的全部希望,可你现在却正站在悬崖的边上。你尚未赢得尊敬,几乎没有盟友,因此,你必须与奥登的女儿伊瑟伦结婚,好让我们的家族更紧密地联系在一起。这本是你兄长曾要做的事,我们已经讨论并认可了。"

奥登叔父擅长打破僵局,他说道:"我的国王啊,对我来说,再没有什么事能比成为你的岳父,让我们的家族永远结合在一起更高兴的了。"

雅维注意到,谁也没有提及伊瑟伦本人对这一安排的看法,就像谁也没有过问雅维本人的看法一样。"但是……"

母亲的表情僵硬起来,她眯起双眼。这表情曾让不少勇士都为之战栗,雅维曾经见过无数次这样的景象。"我曾与你的伯父乌瑟尔订婚,他的威名至今仍被战士们传颂。他本该是国王。"她的话语支离破碎,听起来仿佛充满痛苦,"他被海洋女神吞噬,人们在海湾抬起他的空棺,就在那时候,我在这片本属于乌瑟尔的土地上,嫁给了你的父亲。我将自己的感情放在一边,实践了自己的职责。你也必须如此。"

雅维的视线滑向兄长俊美的尸身,他想知道,在母亲死去的丈夫与长子就这样躺在她身边时,她究竟是否真能够平静地谋划今后的一切。"您不为他们而哭泣吗?"

母亲的脸突然抽动,她精心保持的优雅消失殆尽,她张开嘴,连牙齿都露了出来,双眼紧闭,尖厉的声音从声带发出。在这恐怖的瞬间,雅维甚至觉得她可能会对自己动手,又可能会无法自抑地号泣出声,他无法判断这二者之间究竟哪一种情况更让他感到害怕。然而最终,她喘

职　责

出一口粗气，将一丝散落的金发整理回原位，又变回了平常的那个母亲。

"在我们中间，好歹也得有人像个男人。"她带着与生俱来的王者气质，转身离开房间。

雅维紧攥住双手。或者更准确地说，他攥住一只手，另一只手则扣紧了残存的大拇指根。

"谢谢您的鼓励，母亲。"

他的愤怒总是在一切都已无济于事时才姗姗来迟。

他听见叔父走近的脚步声，听见叔父以一种仿佛在与活泼的小马驹对话般的轻柔语调说："你知道，你母亲是爱你的。"

"是吗？"

"她不得不表现得强势，那是为了你，为了这个国家。为了你的父亲。"

雅维将视线从父亲的尸体转向叔父的脸。他们长得如此相像，却又如此不同。"感谢诸神，这里还有你在。"他粗声说道。在他的家族中，至少还有一位成员确实关心他。

"我很难过，雅维，发自内心地感到难过，"奥登将手放在雅维的肩上，眼角闪动泪水，"但莱斯琳说得对。为了哥特兰德，我们必须竭尽全力，必须将自己的情感放在一边。"

雅维吐出一声叹息："我知道。"

他的情感始终是被人放在一边的，自他记事时开始，便始终如此。

取胜之道

"凯姆达尔,你来和国王较量。"

听到战斗导师说出这句话时,雅维费了好大劲儿才忍住没发出一阵傻乎乎的咯咯笑。在他对面站着的那四个年轻战士大概也都在憋着笑。显然,这将是他们首次看到新加冕的国王战斗的样子。毫无疑问,在这时,雅维能给出的反应就只有笑而已。

这些战士如今自然已是他的臣民,他的仆从,他的手下。他们全都发过誓,可以为他的意志而死。然而他们更像是一列蔑视他的敌人,甚至比他还是个小孩时更甚。

他现在也依然觉得自己像个小男孩,比过去更像个小男孩。

"这是我的荣幸。"凯姆达尔说道。他从队列走出,进入训练场,身披盔甲,动作却灵巧得像个轮值中的女仆,在他的脸上全然看不出一丝荣幸的意思。他拿起盾牌,猛力挥舞着练习用的木剑,在空中发出一阵令人胆寒的呼啸声。他的实际年龄比雅维大不了一岁,看起来却至少大了五岁:个子比雅维要高出一头,胸膛和肩膀也厚实得多,宽下巴上更是已经长出了足以自夸的棕色胡楂。

"你准备好了吗,我的国王?"奥登在雅维的耳边低声问。

"显然没有。"雅维嘶哑地说,但他无路可逃。无论他的身体有多不

取胜之道

合适,既已成为哥特兰德的国王,就必定是战争女神眷顾之子。在训练场四周站列着更为年长的战士们,他必须向他们证明自己并非只是一个仅有一只手的累赘。他必须想办法取胜。**万事皆有取胜之道**,母亲总是这样对他说。

然而除了灵活的头脑、感知能力和优美的歌声之外,他实在想不出自己还有什么值得一提的天赋。

今天的训练场设在海滩边,它的一面是八步宽的沙滩,四角各插着一根长矛。训练的场地每天都不一样——岩石地、森林、沼泽,还有托尔比城狭窄的街道,甚至还有河里——因为哥特兰德的男人无论站在哪里,他们都得做好战斗的准备。或者,就雅维来说,在哪里都毫无准备。

不过破碎之海周边的战争大多发生在参差的海岸边,因此他们在海滩上训练得最多,雅维曾在拖长战船上岸的练习中吃尽苦头。当太阳女神在远山后落下,训练有素的战士们将会任由双腿浸在盐水中,进行搏击训练。但这会儿正是退潮,地上仅有光亮如镜面般的小水坑,空气中的湿度仅来自于裹挟着水雾的咸湿海风,还有雅维尚未习惯盔甲的重量而渗透出的薄汗。

诸神知道他有多么痛恨他的盔甲。诸神知道他有多么痛恨战斗导师胡南,在多少年里,胡南都是折磨他最深的人。诸神知道他有多么厌恶剑与盾,多么憎恨训练场,多么蔑视那些将训练场当作自己家的战士们。但在一切中,他最痛恨的是诸神在他那只残疾的手上开的恶劣玩笑,令他绝不可能成为战士中的一员。

"注意脚下,我的国王。"奥登低声说道。

"我的脚不是问题,"雅维厉声回答,"我好歹长着两只脚。"

最近三年中,他几乎没有碰过剑,他在戈德琳女祭房间内清醒地度过的每一小时,全都用于学习各种药草的使用方法和远地的各种语言,记诵所有微小神的名讳,尤其留意自己的书写字迹。当他努力学习如何为这些男孩——或者他不得不酸溜溜地承认,这些男人——治疗伤口的时候,他们则在全力学习如何制造伤口。

奥登为了让他放宽心,往他肩膀上拍了一下,却几乎将他击倒。"抬起你的盾牌,等待机会。"

雅维不由得嗤笑出声。如果他们真的准备等待他的机会,那恐怕得等到海水涨潮,将他们全都淹没。盾牌在他萎缩的前臂上挂着,摇摇欲坠,他用拇指和一个手指根儿勉强拽着它的把手,只是这样就已经让他的肩膀阵阵酸疼。

"我们的国王已经很久没有来过训练场了,"胡南导师喊道,他说话的语气如同这每一个字都极为苦涩,"今天就温柔一点吧。"

"我会试着不重伤他的!"雅维大喊。

周围传来了零星的笑声,但他觉得那些笑声更像是嘲笑。在战斗中,玩笑替代不了发达的肌腱和防备有素的手。他望着凯姆达尔的双眼,从中解读出了对手的自信,他试图告诉自己,在这个世上强大的人很多,却少有智者,然而即使是在他自己的脑海里,这个结论也像是一句空话。

胡南导师没有笑。俏皮话再怎么好笑,孩童再怎么可爱,姑娘再怎么美丽,都不能让他坚毅的双唇稍微弯曲一下。他只是长久地盯着雅维,就像他过去常常做的那样,无论雅维是王子还是国王,他的眼神中都只有平静的蔑视。"开始!"他吼道。

如果快速代表仁慈,那这场交锋确实是相当仁慈的。

第一击落在雅维的盾牌上,他的手不得不松开把手,盾牌的边缘砸到他的脚上,让他不由得一个踉跄。他试图以一丝残存的本能回避接下来的第二击,却被凯姆达尔击中肩膀,他的整条手臂都失去了知觉。至于第三击,他压根就没看到,只是感觉一阵剧烈疼痛,攻击扫过他的脚踝,让他重重地背朝下摔在地上,喘得像个裂开的风箱。

他在地上躺了一会儿,什么也看不见。在训练场上,人们依然在传

取胜之道

颂着他的伯父乌瑟尔无人能匹的英勇,而他的表现,大概也会流传那么久。唉,只可惜理由截然相反。

凯姆达尔将木剑插入沙中,伸出手:"我的国王。"相比过去,他如今的表现已算得上是做过掩饰,但雅维觉得自己依然在他嘴角看到了一丝嘲讽的弧度。

"你占了上风。"雅维紧咬牙关挤出这句话来,他丢下无用的盾牌,空出残疾的手,凯姆达尔则不得不抓住那只手,好让他站起身来。

"您也有进步,我的国王。"当凯姆达尔触摸到那只残疾的手时,雅维可以清楚地看出他的厌恶,于是便用手指根挠了他一下。这大概算是个小气的举动,但弱者也只能满足于这种小小的复仇。

"我只觉得自己的水平更糟了,"凯姆达尔走回他的队列,雅维咕哝道,"如果你们相信我还能变得更糟的话。"

在这些年轻的学徒间,他看到了一张姑娘的脸。她十三岁左右,眼神锐利,轮廓分明的脸颊边闪动着黑色的发丝。或许雅维该感谢胡南没有让她成为自己的对手,但或许,她会成为下一次羞辱的实施者。

战斗导师嘲讽似的摇摇头,转过身子。愤怒在雅维心中涌动,如同冬天的潮水一般伤人。他的兄长可能继承了他父亲所有的力量,而他,却继承了父亲全部的狂暴。

"我们再较量一次?"隔着整个训练场,他高叫道。

凯姆达尔的眉毛抬了起来,随后耸耸宽阔的肩膀,举起剑和盾。"如果你下令的话。"

"哦,那我命令你再较量一次。"

在周围年长的男人们中传出一阵抱怨的声响,胡南的眉头皱得更紧。他们还得再忍受一次这样无聊的闹剧吗?他们的国王受到羞辱,就等于他们受到羞辱,而在雅维身上,他们所感受到的羞辱早已够多了。

雅维感觉到叔父轻轻地抓住了他的肩膀。"我的国王。"叔父低声轻柔地抚慰说。他的声音总是这样轻柔，充满抚慰，好似夏日的一阵凉风："或许你可以不用这样逼迫自己——"

"你说得对，当然。"雅维说。**傻瓜被愤怒俘虏**，戈德琳女祭曾这样对他说，**智者则利用愤怒**。"胡里克，你来代表我。"

一片寂静，所有人都转向王后的王选侍从，他正坐在雕花的凳子上，那凳子令他在哥特兰德最受人尊敬的战士中也显得高人一等，他下巴上有一道巨大的伤疤，在接近胡子的地方形成了一条白色的痕迹。

"我的国王。"他低沉地应道，然后站起身来，将地上散落的盾牌握在手中。雅维将训练用的木剑递给了他，它放在胡里克伤痕累累的巨掌中，看起来就像是一个玩具。他走到凯姆达尔面前时，所有人都能听见他的脚步声，而凯姆达尔此时终于表现出符合他十六岁年龄的样子了。胡里克微微弯曲膝盖，将靴子转入沙中，然后张开嘴，露出牙齿，发出一声战斗的咆哮，起初是低沉的隆隆声，而后越来越响，直至整个训练场似乎都在为之颤抖。雅维看到凯姆达尔睁大双眼，眼神带着怀疑和恐惧，那是雅维长久以来一直梦想着能够看见的神情。

"开始吧。"他说。

这场较量甚至比前一场结束得更快，却完全不能用仁慈来形容。

必须公道地说，凯姆达尔跳起时非常勇敢，但胡里克用剑击中了他，甚至连木剑都碎裂成片。尽管胡里克身形巨大，但快速蹿起的动作却如蛇般灵活，准确地踢中凯姆达尔的双脚。小伙子大叫着摔倒，胡里克的盾牌边缘击中他的眼睛，发出一声空洞的巨响，近乎让他失去神志。胡里克皱眉向前，用靴子踩住凯姆达尔拿着剑的手，用脚后跟牢牢固定。凯姆达尔呻吟着，龇牙咧嘴的脸上一半被沙粒涂抹，另一半则被从额头上深深的伤口处渗出的鲜血染满。

姑娘们或许不会同意，但雅维觉得这会儿是凯姆达尔看起来最顺眼的时候。

取胜之道

他扫视一圈训练场上的战士,那是他母亲用在奴隶让她失望时的眼神。"我赢了一局。"他说。他本站在离训练场一步之隔的地方,现在则跨过凯姆达尔掉落的木剑,特意选择胡南导师身边的道路离开,令后者不得不笨拙地侧身让开。

"这样做不太公平,我的国王。"奥登叔父跟上他说道,"不过挺有趣。"

"很高兴我让你笑出声来了。"雅维咕哝。

"不仅如此,你让我觉得骄傲。"

雅维向身边望去,看到叔父也正看着自己,他的目光沉静而坦然,他总是这样沉静、淡然,就像是新落的雪。

"光荣的胜利会成为不错的歌谣被人传颂,雅维,但当吟游诗人将并不名誉的胜利编织成歌谣,听起来也不会很糟。与此同时,光荣的失败也只是失败。"

"战场上没有规则。"雅维想起父亲某次醉酒之后,厌倦了对狗大喊大叫时,曾这样对他说过。

"没错。"奥登将强有力的手放在雅维的肩上,而雅维则想,若奥登是他的父亲,那么他的人生也许会比现在快乐许多倍。"国王必须取得胜利。其他的一切都毫无意义。"

在诸神与人之间

"太阳女神与月亮之神,请将你们金与银的光辉照耀在莱斯琳之子雅维与奥登之女伊瑟伦所结成的联合之上……"

六个崇高神高耸的雕像用他们无情的宝石眼睛怒视着脚下的芸芸众生。在他们上面,天花板上的一圈壁龛里,微小神的琥珀小像隐隐闪着微光。诸神正在打量着雅维,毫无疑问他们会发现他根本不够格,这也正是他自己的想法。

他缩起残疾的手,试图将它深深藏在衣袖里。但在圣堂里,所有人都知道,他手臂的末端到底有什么,或者不如说,所有人都知道,那里到底缺了什么。

尽管如此,他依然想将手藏起来。

"海洋女神与大地之神,请赐予他们丰收与慷慨,让他们拥有富足的天运和战争的好运……"

在大厅正中的台座上,摆放着黑色王座。那是精灵的遗物,年代久远,可以上溯到创世神分裂之前。某种早已失传的技艺将它自一整块黑色金属中锻造而成,它的精妙与坚实都无与伦比,即使经过漫长的岁月,甚至连一丝擦痕也看不见。

"战争女神与和平之神,请赋予他们足够面对一切命运的勇气……"

在诸神与人之间

他曾经期望成为一名祭司,为此他必须放弃婚姻与子嗣,连想也不能想。在通过试炼之后,亲吻威克森女主祭苍老的面颊,将是他所能想象的最浪漫的事。然而现在,他却将与一个自己几乎一无所知的姑娘共享余生。

伊瑟伦的手掌潮湿而冰冷,庄严的礼服覆盖着他们紧握的手掌,形成了一个笨拙的隆起。他们紧紧地攥住彼此的手,被系在一起,在双方长辈的意志下结合,在哥特兰德的需求下成婚,然而在他们两人之间,却似乎依然有着一道不可逾越的鸿沟。

"哦,播种之神,请赐给他们健康的子嗣……"

雅维知道在场的所有人在想什么。**绝不能是个残疾的子嗣。不能是个只有一只手的继承人。**他偷偷往身边瞥了一眼,这个纤细娇小的姑娘有着一头黄色的头发。她本该与雅维的兄长结婚。此刻她显得庄严而又有些闷闷不乐,可是,若知道自己将和一个残废结婚,谁又能避免这样的表现?

这场婚礼对所有人来说都只是一个差强人意的选择。所有人在这一天里以庆祝来表达哀悼。这是一个妥协的悲剧。

只有祷词撰写者布林约尔夫能自得其乐。他曾为伊瑟伦与雅维兄长的订婚仪式念诵过一则冗长的祈祷词,而现在则获得了机会,为雅维——假如女方并不乐于见到这场婚礼——念诵又一则新的。他喋喋不休地说着,劝告所有的崇高神与微小神在各自的领域里提供丰产,劝告诸神顺从于自己的仆人,没有一个神为脚下这些常规的请求露出诧异神色。雅维耸起肩膀,父亲常穿的毛皮沉重地压在他身上。布林约尔夫为他婚礼念诵的祈祷词十分郑重,雅维为此感到恐惧。

"哦,水罐女神,请将繁荣泼洒在这对王室夫妇上,泼洒在他们的长辈和臣仆,以及整个哥特兰德土地上!"

祷词撰写者走回原位,下巴整个淹没在了横生的肥肉里,沾沾自喜得简直好像自己就是新人的父母。

"我该说得简短些。"戈德琳女祭微瞥了雅维一眼,带着一丝心照不宣说道。雅维听后发出一声掩饰过的轻笑,紧接着却看到母亲正盯着自己,视线如同冬日的海洋般冰冷,毫无掩饰。

"一个王国由两个支柱组成,"老祭司说道,"我们已经有了一位强大的国王。"没有人笑出声来,这份自制力值得赞扬。"不久,诸神庇佑,我们将拥有一位同样强大的王后。"雅维看到伊瑟伦苍白的喉咙随着吞咽上下起伏。

戈德琳女祭向雅维的母亲和叔父奥登点头,示意他们将手放在新人双手交握形成的隆起处,以表示祝福。奥登看起来对自己能出席这场婚礼极为高兴。而后戈德琳奋力举起权杖,那上面与黑色王座相同材质的瘤结与杖身都闪闪发光,她高叫道:"他们宣誓了!"

然后一切就结束了。没有任何人过问伊瑟伦的意见,也没有任何人过问雅维的想法。看来人们对国王们的想法没什么兴趣,今日成婚的这个,就更不用说了。由成百勇士组成的观众释放出一阵欢呼声。男人们——那些哥特兰德最高贵家庭的家长们,身上的佩剑把手和皮带扣全都是金质的——用坚实的拳头敲打宽阔的胸膛,以表示他们的认可。而大厅中的女士们——涂抹了精油的秀发在阳光下闪闪发亮,闪闪光彩闪着光耀的宝石链上挂满家产的钥匙——则礼貌地用喷过香水的手掌轻轻拍手。

戈德琳女祭解下庄严的礼服,雅维则解放了他那只完好的手,这会儿,它已经变成了粉红色,隐隐刺痛。叔父抓住他的肩膀,对着他的耳朵说:"干得不错。"虽然雅维除了站在那里,念诵几句自己也不明白意义的誓言之外,什么也没做。

宾客们鱼贯而出,礼堂的大门被布林约尔夫关上,发出"啪"的一声。礼堂里只剩下雅维和伊瑟伦,诸神与黑色王座,还有他们叵测的未来与海洋般的尴尬沉默。

伊瑟伦轻轻擦了擦刚才与雅维交握的手,然后望着地面。雅维也将视线转向地面,但这并不是因为地上有什么东西值得他注意。他用手移动佩剑带子,那东西还怪里怪气地挂着,他觉得这玩意儿在他身上大概永远都是这么不合适了。"我很抱歉。"最后,他这样说。

她转头看他,面对他的那只眼睛在浓重的黑暗中闪闪发光。"你为什么要道歉?"说完她又想起来,用不太确定的口吻加了一句,"我的国王?"

雅维差点儿就要开口说,因为你即将嫁给一个残废,但最终他只是说:"因为你被嫁人我家,就像个节日里的杯子。"

"在节庆日里,人人都乐于拿到杯子。"她苦涩地笑了,"我才是那个该道歉的人。想象一下,我是个王后。"她喷出一口气来,就好像再没有什么玩笑能比这句话更可笑。

"想象一下,我是个国王。"

"你确实就是国王。"

雅维惊愕地看着她。他太过于关注自己的短处,却没有想到伊瑟伦也只注意到了她自己的毛病。就像旁人的不幸常常能让人感到高兴一样,这个发现让雅维觉得好受多了。

"是你在管理你父亲的地产,"他看着伊瑟伦胸前悬挂的黄金钥匙,"这不是个容易的差事。"

"但王后要管理的是整个国家的财富!人人都说你母亲在这方面极有手段。莱斯琳,黄金王后!"她将这个名字说出口的语气,就像在念诵一个魔法咒语,"大家都说,她有数以万计的资助,债务对她来说是自傲的资本。大家都说,在商人之间,她的话比黄金更值钱,因为黄金可能会贬值,但她说出的话绝不会。大家都说,在遥远的北方,有些商人甚至不再向诸神祈祷,而改为崇拜她的存在。"她越说越快,啃起指甲,同时用纤细的手指用力拉着自己的另一只手，双眼睁大："有传闻说她躺在银蛋上。"

雅维忍不住笑了出来。"我有理由确信最后这条不是真的。"

"但她确实丰富了谷仓、引导了水渠，将更多的土地变成耕田，让饥荒不再，让民众不必为寻找新的住所而远渡重洋。"伊瑟伦说着，将头深深埋在肩膀里，耳朵几乎快与肩齐平，"人们从世界各地赶到托尔比城进行贸易，令这城市的规模日益壮大，城墙不得不拆除，你的母亲为此建造了一个全新的城墙，而后又因为城市的扩大而再次拆除它们。"

"没错，但是——"

"我听说她有一套强大的系统来标记砝码上的每一枚钱币，这些钱在整个破碎之海周围的土地上流通，所有的交易都会被铸在硬币上的她的脸孔见证，由此她便越来越富有，甚至超过了赛肯豪斯的宗主王！而我……要怎样……"伊瑟伦的肩膀垮了下来，她轻轻一弹胸前的钥匙，让它垂落在链子上，"像我这样的人——"

"办法总是有的。"雅维在伊瑟伦再次将快要咬秃的指甲伸进嘴里前，抓住了她的手，"我的母亲会帮你的。她是你的伯母，不是吗？"

"**她会帮我吗？**"伊瑟伦没有将手抽回，反而把他拉近了自己。"你的父亲或许是个了不起的战士，但我却觉得他可能是你双亲中比较不可怕的那一个。"

雅维笑了起来，却没有否认。"你比我幸运。叔父总是那么沉静，就像是一片宁静的水。"

伊瑟伦焦虑地望了大门一眼："你没有我那么了解我父亲。"

"那好吧……至少我会帮助你的。"在这天的大半个早上，雅维都握着伊瑟伦的手，在他湿冷的掌心中，她的手就像是一条已死的鱼。然而现在他觉得她的手像是什么其他的东西——其他更有力，更冰冷，却是活生生的东西。"这不就是婚姻的关键所在吗？"

在诸神与人之间

"不只如此。"在雅维看来,她像是突然靠得很近,她的眼角反射着油灯的光亮,在她张开的双唇之间,牙齿也闪动着光亮。

她身上传来一股气息,不甜,也不是咸咸的味道,雅维说不上来到底是什么。非常模糊,却让他的心剧烈地跳动起来。

雅维不知道是不是该闭上眼睛,但他看到伊瑟伦的双眼闭上了,于是他也照做。然后他们的鼻子尴尬地碰在了一起。

面颊上感受到她的鼻息,他的皮肤开始发烫。烫得吓人。

她的嘴唇轻轻擦过他的,他像个受惊的兔子一般逃跑,腿绊到了佩剑,差点摔倒。

"对不起。"她说着缩回原位,又重新望向地面。

"该说对不起的人是我。"作为国王,雅维道歉的次数实在太多了,"我一定是哥特兰德境内最该说对不起的人。毫无疑问我的哥哥能给你一个更好的吻,他比我练习的次数要多得多……我猜。"

"你哥哥只会不停谈论他取得胜利的那些战斗。"她对着自己的脚咕哝。

"和我在一起不会有这样的事。"他不知该如何解释自己的行为——或许是为了想要吓唬她,想要报复那个失败的吻,又或者只是想要实事求是——但他还是举起了残疾的手,拉起袖,让它的丑陋彻底一览无余。

他猜她大概会畏惧地退缩,会面色苍白,会转身离开,但她却只是若有所思地看着那只手。"疼吗?"

"不怎么疼……偶尔。"

她伸出手,手指滑落在他长瘤的关节上,她的大拇指触碰着他畸形的手掌。他的呼吸停顿在喉咙里。没有人曾这样像触碰一只正常的手一般触碰过它,就好像它与另一只手一样,都是有感觉的血肉。

"即使你的手这样,我听说你还是在训练场上击败了凯姆达尔。"她说。

"我只是下了击败他的命令。我早就知道自己在公平的战斗中处于劣势。"

"战士们战斗，"她望着他的双眼说道，"而国王则下令。"她将他拉向王座。他走得并不轻松，即使身处属于他的圣堂，他每跨出一步，都只会加倍地觉得自己是个入侵者。

当他们抵达后，他低声说："黑色王座。"

"你的王座。"伊瑟伦回答。他惊恐地看着她伸出手，用手指扫过王座完美的金属扶手，然后发出了一阵嘘声。雅维的皮肤上一阵战栗。"它是这里最古老的东西，在世界分裂之前，由精灵之手制成，真是难以置信。"

"你对精灵有兴趣？"他尖声问道。他怕伊瑟伦会让自己也伸手碰它，甚至，更可怕的是，让他坐上去，因此竭力想要转移她的注意力。

"戈德琳女祭所有关于精灵的书，我都读过。"她回答说。

雅维眨了眨眼睛："你都读过？"

"我曾接受过祭司的训练。在你之前，我是戈德琳女祭的上一个学徒，曾追求过由书本、药草与轻柔的言辞构成的生活。"

"她从未告诉过我这些。"看来他们之间的共同点比他想象的还要多。

"我被许配给你的兄长，这导致我学徒生涯宣告结束。我们必须做那些对哥特兰德来说最好的选择。"

他们几乎同时发出了一声相同的叹息。"正如所有人告诉我的那样，"雅维说，"我们都背离了祭司团。"

"却收获了彼此，也收获了这个。"她最后一次抚摸过黑色王座扶手上完美的曲线，双眼闪闪发亮，"不是指我们的结婚礼物。"她轻巧的手指自那金属滑到他的手背上，而他则发现自己正期望于此，"当我们结婚后，交谈将是一件很重要的事。"

"我一回来就可以。"他用有些嘶哑的声音说。

在诸神与人之间

她紧握了他那只萎缩的手一下，然后放开它。"当你得胜归来时，我期望能得到一个更好的吻，我的国王。"

雅维望着她离开，想到他们两人都没有加入祭司团，他甚至感觉到了一丝快慰。"我会努力不再被自己的剑绊倒的！"她走到门口时，他这样大声说道。

她穿过大门，侧身对他微笑，日光让她的头发闪现出柔和的光辉。门在她身后轻轻关上了。雅维独自被留在高台上，在一片寂静中，他心中的怀疑突然高涨，变得甚至比崇高神更高，转头去看黑色王座也令他感到极为恐惧。

他真的能坐在那王座之中，坐在诸神与人之间吗？他，这样一个甚至几乎不敢用自己可笑的手去触碰王座的人？他伸出手，将颤抖的手指放在那金属上，呼吸急促起来。

冰冷而坚硬，那是一个国王应有的样子。

就像雅维的父亲过去那样，他曾那样坐着，王冠戴在头上，一直压到眉毛。他满是伤痕的双手交臂，剑柄永远都在能随手触及之处。他的剑如今已挂在雅维的皮带上，以雅维还未习惯的重量拖拽着他。

我也并没有想要一个残废的儿子。

雅维起身，没有走向圣堂的大门以及在外等待着的人群，却走向和平之神的石像，他伸手触摸这位祭司团的守护神巨像腿上的缝隙。隐秘的门静悄悄地打开，雅维就像是逃离犯罪现场的小偷般滑入门后的黑暗中。

在这座城堡中有无数的秘密通道，但哪儿都不像圣堂里这般错综复杂。道路在它的地板之下，墙壁之中，乃至它的宏顶之上。历任祭司以此制造小小的神迹以彰显诸神的意志——让羽毛飘落，或者让烟雾自神像后腾起。曾经有一个国王想发起战争，鲜血便滴落在他不情愿的战士的头顶上。

通道幽暗，声音嘈杂，雅维却并不害怕。长久以来，这些小径便一直是他的领域。他曾在黑暗中躲避父亲的暴怒，兄长粗鲁的爱抚和母亲冰冷的失望。使用这些通道，他可以从城的一头潜行至另一头而完全不用踏入阳光下。

在这里，他像任何一个优秀的祭司一样，了解一切小径。

在这里，他才是安全的。

鸽 子

鸽棚设在这座城市的某座高塔上，里里外外都沾满数百年来的沉积物，寒冷的风从它无数的窗口中灌入。

作为戈德琳女祭的学徒，喂鸽子本是雅维的工作。给它们投食，教它们学会鸽子们本来会说的词句，看着它们在空中飞舞，传递消息，联络破碎之海周边的其他祭司。

无数的鸽子和一只青铜色羽毛的老鹰自墙上的无数鸽笼里俯视着他，那只老鹰必然自赛肯豪斯带来了宗主王的消息。如今，在整个破碎之海周边，只有宗主王能对雅维提出要求。为此，雅维背靠斑驳的墙壁，撕扯废手的指甲，以此掩饰自己因害怕无法达成要求而产生的不安。

他总是觉得自己很弱小，但唯有在被拥立成王之后，才真正地感受到了自己的无能为力。

他听到了一阵拖拖拉拉的脚步声，而后戈德琳女祭喘着粗气跨入了底下的入口。

"我本以为你绝不会来这儿的。"他说。

"我的国王，"老祭司控制住呼吸，立刻回答道，"人们还在圣堂门口等着你呢。"

"秘密通道的作用不就是为了让国王逃跑吗？"

"面对武装的敌人时确实如此。但在面对你的家庭,你的臣仆,尤其是你的新娘时,却完全不是这样。"她凝视着鸽棚的天顶,凝视着天顶上以鸟的形态描绘的诸神,最后将视线转向广阔的天空。"你在计划飞走吗?"

"或许可以去卡塔利亚,或是去阿约克斯大陆,再不然也可以沿着圣河逆流而上,去卡尔伊。"雅维耸耸肩,"但我甚至都没有一双好用的手,更别说是一对好用的翅膀了。"

戈德琳女祭点了点头。"归根结底,我们都只能成为我们能够成为的那种人。"

"那我到底是什么?"

"哥特兰德的国王。"

他咽了口口水。他知道戈德琳女祭一定很失望,他自己也一样。在吟游诗中,很少有国王会在自己的臣仆前隐匿不出。他左顾右盼,注意到笼子里巨大而安详的那只老鹰。

"威克森女主祭传来了信息?"

"信息。"一只鸽子用沙哑的假声不断重复,"信息,信息。"

戈德琳女祭抬头看着那只老鹰,就好像它依然代表着一种荣誉。"它在五天前自赛肯豪斯飞来。威克森女主祭派它来问你什么时候去参加试炼。"

雅维回想起几年前唯一一次见到那位祭司首领的情景。那是在宗主王访问托尔比城的时候。宗主王看起来像是个冷酷而贪婪的老人,任何事情都有可能激怒他。有人没有按照他喜爱的礼节安静地鞠躬,他勃然大怒,是雅维的母亲安抚了他。雅维的兄长曾经嘲笑过这样一个秃顶小老头居然能统治整个破碎之海,但当他看到宗主王身后的无数战士,笑声就戛然而止了。而雅维的父亲则十分愤怒,因为宗主王收下礼物,却并没有回礼。戈德琳女祭曾经咂舌说过,越是富有的人,越是渴望财富。

鸽　子

即使笑容像个慈祥的祖母，威克森女主祭始终在宗主王身边占据着最合适的位置。雅维在她面前跪下，她看着他那只残疾的手，凑近了低声说，我的王子，你有没有考虑过加入祭司团？那一刻雅维看到她的眼中闪过贪婪的光，她的神情比宗主王所有肃穆的战士更让他感到害怕。

"祭司首领对这件事这么上心？"雅维压抑着那一天的恐惧，咕哝道。

戈德琳女祭耸耸肩："让一个有王室血脉的王子加入祭司团可不是什么常有的事。"

"毫无疑问，我转而选择黑色王座，她一定像其他人一样也感到失望了。"

"威克森女主祭足够睿智，知道该如何充分利用诸神提供给她的一切。我们也必须如此。"

雅维的视线在剩下的鸽笼上扫过，试图转移话题。这些鸽子的双眼看起来那样冷酷，即使如此，对雅维来说，也比面对他那些臣民们失望的眼神要好过一些。

"是哪只鸽子带来格劳姆-吉尔-高姆的消息？"

"我已经将它遣回凡斯特，去格劳姆-吉尔-高姆的祭司思卡尔那里，带上了你父亲同意和谈的信息。"

"和谈本该在哪里举行？"

"边界上，阿姆文德镇附近。你父亲没能抵达那里。"

"他在哥特兰德境内被伏击？"

"看来如此。"

"这样急于结束战争不是我父亲的作风。"

"战争，"一只鸽子嘶哑地说，"结束战争。"

戈德琳女祭皱眉面对沾有灰色污迹的地板。"是我建议他去的。宗主王要求所有人将剑插入鞘内，直到他献给唯一神的神庙建成。我完全没想到格劳姆-吉尔-高姆会野蛮到背弃自己的誓言。"她握紧了拳头，看起来就像是要以此敲打自己,但最终还是慢慢松了手,"为和平之神铺平道路是每一个祭司的职责。"

"但是我父亲身边没有人跟着吗?难道他——"

"我的国王,"戈德琳女祭用眼神给他施加压力,"我们该下去了。"

雅维咽了一口口水,他觉得胃都要跳出喉咙,口中满是酸水。"我还没准备好。"

"没有任何人能对一切都做好准备。你的父亲也没有。"

雅维发出了似笑似泣的声响,用残疾的手背擦去了眼泪。"我的父亲在与我母亲订婚时哭了吗?"

"是的。"戈德琳女祭说,"那是很多年以前的事了。而另一方面,你的母亲……"

雅维发出了否定的笑声:"我的母亲对她的眼泪比对金子更吝啬。"他看着面前的这位女性,她过去曾做过他的老师,如今是他的祭司,他看着她脸上友善的轮廓,看着她明亮的双眼中饱含的关切,而后,他听到自己说:"我曾把你当作母亲。"

"而我则将你当作自己的儿子。我真的很难过,雅维。我对发生的这一切感到难过,但是……这就是更大的利益。"

"较小的恶。"雅维凝望残缺的手指,然后抬眼看向鸟儿——无数的鸽子,以及一只巨大的老鹰,"现在谁负责喂它们?"

"我会找到人的。"戈德琳女祭伸出瘦骨嶙峋的手,帮雅维站起身来,"我的国王。"

誓 言

那是一场盛大的典礼。

在哥特兰德边境居住的世族一定会感到愤怒，乌斯里克国王的死讯传得太慢，在他们知道之前，他就已被火葬，以至于他们无缘出席这样一个必然能在他们有生之年反复传颂的场合，以彰显他们的重要性。

毫无疑问，正如戈德琳女祭所提醒的，在赛肯豪斯的至高王座上端坐、拥有最高权力的宗主王，以及在他身畔随侍的全能全知的威克森女主祭，也会因为没有收到邀请而感到不悦。但是雅维的母亲从紧咬的牙缝里挤出一句："他们的愤怒对我来说不过是尘土。"莱斯琳已不再是王后，但除此之外再没有任何头衔更适合她，而胡里克依旧随侍在她身侧，誓要永远为她服务。她的一切命令都会在说出口之前就已被执行。

典礼的行进路线自圣堂开始，穿过城堡满布杂草的中庭，雅维曾在这里失败过许多次，雅维的哥哥过去常常在中庭高耸的雪松上，嘲笑他无法攀爬上树。

雅维自然是走在最前面的；母亲则站在他的身边，从各方面来看，都夺去了他的光彩；戈德琳女祭在他身后，以权杖撑地尽力跟上；奥登叔父带领着王室成员、战士和衣着光鲜的女士们；队列的最后是戴着项圈的奴隶，目光朝着地面，因为他们正属于此。

Shattered Sea
Half A King

当他们穿过有进无退的通道，雅维紧张地向上张望，看到时刻准备在敌人面前落下、将整个城堡封锁的尖啸之门，它的底部边缘在黑暗中闪现出光芒。据说这座大门只落下过一次，那是在雅维出生前很久的事情了，但他依然如同往常通过这扇门时那样咽了口口水。想到这面如山般沉重的闪亮铜制大门，仅只用一个小小的栓子固定，他的焦虑感便会随之增强。

尤其是在即将火葬半数家庭成员的时候。

"你做得不错。"叔父在他耳边说道。

"我只是在走路。"

"你走得就像个国王。"

"我就是个国王，而且我只是在走路。不然还能有什么？"

对这个回答，奥登露出笑容："说得不错，我的国王。"

雅维越过叔父的肩膀，看到伊瑟伦也对他笑了，她手里的火炬照亮了她的双眼和她颈上的项链。不久，哥特兰德国库的钥匙就将挂在那项链上，而她则将成为王后。他的王后。这个想法在他的恐惧中产生了一丝希望，就像是黑暗中的一点微光。

他们手里都举着火炬，在幽暗中就像一条光蛇，尽管风将火焰吹得半明半灭，行进队伍依然穿过城市的大门，来到光秃秃的山坡上。

在沙丘上的指定地点，光荣的战士们拖曳着国王的战船。在整个托尔比城繁华的海湾中，那是性能最优良的一艘，它的两侧各有二十个划桨位，高耸的船头船尾上的雕刻与圣堂里的任何雕塑相比，都绝不会有丝毫的逊色。正是这艘船，曾载着乌斯里克国王横穿破碎之海，达成突袭撒根迈的著名战役，也正是这同一艘船，载着凯旋的国王以及他俘获的奴隶与战利品，满载而归。

战士们将国王与他长子苍白的尸身摆放在船甲板上由剑组成的棺架中，因为乌斯里克作为战士的名声之显赫，仅次于他死去的兄长乌瑟尔。

誓 言

然而雅维却觉得，这一切只能说明伟大的战士死得与普通人也没什么区别。

而且他们死得更快。

大量陪葬品被安置在死者周围，都是些祷词撰写者认为最能取悦诸神的物品：国王曾经在战场上使用过的武器和盔甲；金质的手镯，银质的钱币；堆积在一起闪闪发光的财宝。雅维在兄长的手掌边放下一只宝石镶嵌的杯子，他的母亲则将一条白色毛皮制成的披风放在死去的国王肩上，然后将他的一只手移到他的胸上。她站在那里，俯视着，下巴紧缩，一言不发，直到雅维问："母亲？"

她依旧没有说一个字，只是带领他前往山腰上的座位。海风吹拂，地上褐色的草抽打着他们的脚面。雅维在坚硬的高椅上扭动身体，以求寻得一个比较舒适的姿势，他的母亲面无表情地坐在他右边，胡里克站在她身后，投下一大片阴影，而戈德琳女祭坐在他左边的小凳上，瘦骨嶙峋的手紧握权杖，权杖上的精灵金属在火把中窸窣作响的火焰投射下，仿若活物。

雅维正坐在他的两位母亲中间。其中的一位信赖他，另一位则生下了他。

戈德琳女祭向他倾身，轻柔地说道："我很难过，我的国王。你现在所要面对的一切并不是我希望的。"

此刻，雅维不能显示出一丁点儿软弱。"我们必须充分利用诸神所提供给我们的一切。"他说，"即使国王，也是如此。"

"尤其是国王，必须如此。"母亲的声音刺耳地响起。她做了一个手势。

两打马匹被带上了船，它们的蹄子踩踏在木板上，哒哒作响，而后，便全被屠宰，血洗甲板。众所周知，此举将会令死神尊敬地引领乌斯里克国王和他的儿子穿过终结之门，并在死者之间彰显他们的伟大。

奥登叔父自沙地上集结备战的战士中出列，手举火炬，银质盔甲、带耳翼的头盔和在风中猎猎作响的红色披风令他看起来像国王的儿子或兄弟，以及，正如事实上的那样，像个国王的叔父。他庄重地向雅维点头示意，雅维也回之以点头，与此同时，他的母亲紧紧地攥住了他的右手。

奥登将火炬伸向浸满树脂的引燃物。火焰舔舐整艘船，一瞬间，它的周身都闪耀起来，所有人禁不住发出一阵悲伤的哀叫，所有人——托尔比城墙高台上站着的贵族和富人们，站在他们下方的手工艺人和商人们，再之下站着的外国人和农夫们，以及避风散站在缝隙里的乞丐和奴隶们——在诸神安排下各司其位的所有人。

雅维突然意识到他的父亲再也不会回来，而他自己则不得不毫无疑义地接替其位——自这一刻开始，直到他自己也被火葬。这个念头令他不由得咽了一口口水。

他静静地坐着，寒冷而虚弱，膝盖上摆放着一把出鞘的剑。天空中出现了月亮之神和他的孩子们——群星——的身影，燃烧的战船、燃烧的陪葬品以及雅维燃烧着的家人们将火光照亮成千上万送葬者的面容。与此同时，四散的火光也照亮了城中的石筑建筑、城墙外拥挤的枝条棚户，还有山上的城堡瞭望塔。这是他的城堡，尽管长久以来对他而言，它更像是一座监狱。

即使是个英雄，在此刻要保持清醒也十分不易。前一夜他几乎没睡，或者不如这么说，自从人们将王冠戴到他的头上之后，他就再也没有睡过一个好觉。他父亲那大门敞开的卧室深处的阴影在他看来满载着恐惧，此外，按照古老的传统，哥特兰德的国王与他的国土与人民同在，不能在他们面前有所隐藏，因此那卧室没有门可供关上。

身披战斗装备的男人们和佩戴着闪亮钥匙的女人们组成了一条趾高气扬的队列——他们中的某些人当初可没少给乌斯里克国王找麻烦——

誓　言

一个接一个地走过雅维和他的母亲，与他们握手，强迫他们收下华而不实的悼礼，然后诉说一些华而不实的词句来颂扬那位已逝君主高洁的行为。他们哀叹哥特兰德将再也见不到他，然后想起来鞠躬并口称"我的国王"，与此同时，在笑容的掩饰下，他们显然正算计着把这位只有一只好手的弱者推举上黑色王座，将如何有利于他们自己争权夺利。

在雅维与他的母亲之间，只有时不时的训斥。"坐正了。你是国王。不要道歉。你是国王。拉直你的斗篷扣子。你是国王。你是国王。你是国王。"听起来就像是她在对抗一切不利的迹象，试图说服他和她自己以及全世界，相信她自己所说的话。

无疑整个破碎之海都未曾有过哪个商人像她一样狡猾巧妙，然而他怀疑，即使是母亲，也无法将这个观点推销给别人。

他们一直坐着，直到火焰渐渐沉寂，忽隐忽现；雕龙的船龙骨松垮散落在灰烬的涡流中；伴随着阵阵土腥味，晨光渐起，触到天空中的云，照拂得圣堂的铜顶闪闪发亮，令海鸟开始鸣唱。母亲拍了拍手，项圈叮当作响的奴隶们将挖起的土盖在依然零星燃烧的火堆上，他们将筑起高冢，与雅维那位被暴风吞噬的伯父乌瑟尔、他的祖父布莱弗尔和曾祖父英格尔夫·克劳文福特的祖冢相伴。沿着海岸，长满青草的隆起形成队列，在书写女神将文字作为赠礼托付给女人、祭司们将这些死者的名字记录在自己的卷宗里之前，就已在沙尘中迷失，在时间的迷雾中渐渐消散。

太阳女神显露出她那张令人目眩的脸庞，将海面染成一片火红。不久海潮便会涨起，停靠在沙滩上的无数战船也会随之起航。那些战船都装备有尖船尾，这样它们无论是停靠还是启程都能十分迅速，而现在，它们已准备航向凡斯特，发动一场针对格劳姆-吉尔-高姆的复仇战役。

奥登叔父爬上山坡，手掌放在佩剑柄上，通常总是轻松地带着笑容的脸上，已换上战士的神情。

"时间到了。"他说。

于是雅维站起身来,经叔父的身旁走过,高举起本不属于他的佩剑,将恐惧咽下,以最大的音量面对着晨风咆哮道:"我,雅维,乌斯里克与莱斯琳之子,哥特兰德的国王,在这里起誓!我要宣告一个日月同鉴的誓言。在审判女神、记忆之神与结绳女神面前!我的兄长与我的父亲,还有埋葬在这里的先祖们将为我作证,观望之神与书写女神将为我作证,还有在这里的所有人,你们都将为我作证。让这个誓言成为我的枷锁,时时激励。我要为我的父兄复仇,我在这里起誓!"

聚集着的战士们粗暴地认同了这个誓言,他们用战斧的毛柄敲击船桨,以拳头击打彩绘的盾牌,或是将靴子重重地踩向地面。

雅维的叔父皱起了眉头:"这是个沉重的誓言,我的国王。"

"我或许是个残废,"雅维回答,勉力试图将剑插回羊皮饰线的剑鞘,"但我能宣告一个完整的誓言。至少听众赞赏它。"

"他们是哥特兰德人。"胡里克说,"他们赞赏行动。"

"我觉得这个誓言听起来不错。"伊瑟伦站在边上,黄色的发丝在风中流动,"一个国王的誓言。"

雅维发现自己因为她的出席而感到欣慰。他希望周围没有其他任何人,这样他便能再吻一次她,或许还能做得比上次更好些。但事实上他所能做的,只有微笑着半举起残手,对她做一个尴尬的告别。

吻可以留到下次见面。

"我的国王。"戈德琳女祭的双眼从不会因烟火、尘埃或天气而湿润,如今却充盈着泪水,"愿诸神赐予你一路顺风,更赐予你武运。"

"别担心,我的祭司。"他说,"我总有机会活下来的。"

他真正的母亲没有掉下一滴眼泪。她只是再次为他整了整披风搭扣,然后嘱咐道:"像个国王一样站直了,雅维。像个国王一样说话。像个国王一样战斗。"

誓 言

"我正是国王。"他说。尽管这话听起来就像是一句谎言,他从发紧的喉咙里挤出了接下来的话:"我会让你为我感到骄傲的。"虽然他自己都不知道要如何做到。

他走下山坡,叔父的手轻柔地扶在他的肩头,战士们排成一列闪亮钢铁的长蛇向海边走去。然后他回头,看到母亲拉着大个子胡里克的盔甲,将他拉向自己。

"看好我的儿子,胡里克。"他听到母亲压低声音说道,"我只有他了。"

而后,黄金王后带着她的护卫、侍从以及大量的奴隶离开,向城市走去,而雅维则穿过无色的晨雾走向战船,在青紫的天空下,它们的桅杆形成一片摇曳的森林。他试着模仿父亲走路,做出渴望战斗的样子,即使膝盖虚弱无力,喉咙疼痛不堪,双眼充血涨红,内心充斥着疑惑。他依然能够闻到烟的气味。

他将和平之神留在尘土中哭泣,转身投入战争女神钢铁的怀抱中。

男人的战斗

海洋女神升起的波浪抬起一具尸体,海浪晃动他,拖拽他湿透的衣服,让他颤抖摇摆,就像是在勉力挣扎要从海中站起来;而嘶嘶地退回去的每一个浪头,会将他拖到海岸边,将他留在沙滩上,他纠结的头发中将会充斥泡沫与沙砾,如同被晾在鹅卵石上的海草结。

雅维看着他,想知道他是谁,或者说,他曾经是谁。那是个男孩,还是个男人?他是在逃跑中死去的,还是死于勇敢的战斗?

不过这二者又有什么不同?

船的龙骨撞在沙滩上,甲板摇晃起来,雅维一个趔趄,只能抓住胡里克的肩膀来维持平衡。战士们放下船桨,拿起他们的盾牌,发出沉重的敲击声,争先恐后地跃入海浪中,唯恐在登陆中落后以至于争不到什么荣耀,抢不到任何战利品。本来,在乌斯里克国王的统治下,为国王划桨本身就已是至高的荣耀。

但在雅维国王的统治下,却毫无一丝荣耀可言。

穿过海上漂浮的尸体,有人抓着船头的绳子将船拖上岸,其他人解下武器,赶向阿姆文德镇。小镇已开始熊熊燃烧。

雅维紧咬嘴唇,他本想展现仅有的那点国王的镇定自若,做好准备爬过船的甲板一侧,却因为镶金盾牌的把手在虚弱的手中颤抖,不小心和外套缠在了一起，差点让他直接面朝下摔进海水里。

"这该死的鬼东西！"雅维松开绑带，将盾牌从萎缩的手臂上取下来，扔向水手们的储物箱。当船行驶的时候，人们通常坐在这些箱子上划桨。

"我的国王，"凯姆达尔说，"你应该拿好你的盾牌，否则不安全——"

"你曾经与我对战过，你知道盾牌在我手里能发挥出多大的作用。如果有什么敌人出现在我的面前，我不可能与他单打独斗，对我来说最好的选择是直接逃走。没有盾牌我能跑得更快一点。"

"可是，我的国王——"

"他是国王。"胡里克低声说着，厚实的手指穿过斑白的胡子，"就算他下令让我们所有人都放下盾牌，我们也必须照做。"

"有两只好手的人大可以拿好自己的盾牌。"雅维边说边滑入海水中，一个冰冷的浪头打来，海水没过他的腰部。他又咒骂了一句。

在海滩与草地的交界处，一些刚沦为奴隶的俘虏被驱赶到一起，等待船只将他们成群运走。这些人全都蜷缩成团，身上沾满烟灰，他们睁大的双眼中充斥着恐惧与痛苦，无法相信竟然有人会自海上蜂拥而来，夺走他们的生命。在这些人边上，一队雅维的士兵正在掷骰子争夺他们的衣物。

"你的叔父奥登正在找你。"一个士兵边说边站起来，朝着一个哭泣的老头脸上踢了一脚。

"他在哪里？"雅维问。他的口中突然变得十分干燥，舌头也像是黏在了嘴里。

"在塔楼上面。"那士兵指向一座砖砌的高塔，它坐落在一块陡峭的岩石上，位置比整个小镇都要更高，海浪狂暴地冲刷着它的半边基座，又在另一边的入口堆满泡沫。

"塔里的人没有关上大门？"凯姆达尔问道。

"他们关了，但是首领的三个儿子留在镇上，奥登切开其中一个人的喉管，威胁他们如果不开门就再杀一个。"

"就是这样。"另一个战士说，他看着自己摇出的骰子数字，轻笑道，"新袜子！"

雅维眨了眨眼睛。他从没将那位一直微笑的叔父视作一个残忍的人，但他毕竟与雅维的父亲同源，狂暴始终是雅维父亲的标志，还有他们那位溺死的兄长乌瑟尔，在训练场上年长的战士们依然在传颂他无与伦比的剑术。不管怎么说，有时候沉静的水面下潜藏着激流。

"诅咒你！"

一位被捆住的妇女用尽全力自队列中蹒跚而出，头发沾着鲜血，黏在她半边脸上。

"该死的国家里的狗杂种国王，愿海洋女神将你吞没——"

一个战士将她一巴掌打倒在地。

"割了她的舌头。"另一个战士说着拉住她的头发，将她拖回原处，第三个战士则掏出刀子。

"不！"雅维大喊。战士们看着他。国王的名誉受到侮辱，也就等同于他们的名誉受到侮辱，在这种时候，仁慈无济于事。"留着她的舌头能卖个更好的价钱。"雅维走开，感到自己的肩膀被沉重的铠甲摩擦着，他竭尽全力走向塔楼。

"你是你母亲的孩子，我的国王。"胡里克说。

"不然还能是谁的？"

谈到过去那些入侵战事的传说，谈到那些丰功伟绩和丰盛的战利品，雅维的父亲和兄长都会双眼发亮，而那时候雅维则总是蜷缩在桌角的阴影里，希望自己也能参加这样一场男人的战斗，像个男子汉一样行动。然而这里便是一场真实的入侵战斗，它看起来却没有丝毫值得艳羡之处。

可以称得上是战斗的行动已经结束，雅维却依然觉得自己被奴役在了一场噩梦中,他可以从铠甲里的汗水、口中紧张地吞咽和身边让他惊吓的声音感受到这一点。尖叫声和大笑声,人们往跳动的火焰中丢入东西,腾起的烟抓挠着他的喉咙。乌鸦啄食着,盘旋着,发出胜利的呱呱声。最重要的是,它们取得了胜利。战争女神也是乌鸦的女神,她聚集死者,让摊开的手掌紧捏成拳,在这一日,她将会起舞,而和平之神则将藏起他的脸,暗自啜泣。在这靠近凡斯特与哥特兰德交界的地方,和平之神时常哭泣。

塔楼的塔里一片黑暗,他可以听到脚下的塔基两侧被海水冲刷,发出巨大的拍打声。

"停下。"雅维说。他的呼吸急促,晕头转向,脸被流下的汗水弄得有点发痒。"帮我脱下这件盔甲。"

"我的国王,"凯姆达尔劝阻道,"我必须反对!"

"你可以反对,但要按照我说的做。"

"我的职责是保证你的安全——"

"那你可以想象一下,要是我爬到一半就因为流汗过多而死,你该有多丢脸!解开这搭扣,胡里克。"

"是,我的国王。"他们帮他脱下上身的铁链甲,胡里克用强壮的单肩扛起它。

"继续走。"雅维严厉地对凯姆达尔说道。他试图用萎缩的手扣起父亲留下的那件粗大斗篷的扣子,但它对他来说实在太大太重,而他面前的死尸则——

他被面前敞开的大门外迎接他们的景象惊得当场呆立。

"这里收获挺多。"胡里克说。

塔前狭窄的空间里散落着尸体,数量多得让他不得不费力寻找下脚之处才能穿行。尸体中有女人,有儿童。苍蝇盘旋,他感到一阵眩晕,不得不勉力压下这种不适。

毕竟，他是个国王，而一个国王在敌人的尸体环绕中应该愉悦才对。

他叔父的某个战士正坐在入口边擦着战斧，他看起来非常平静，像是还坐在训练场上。

"奥登在哪儿？"雅维低声问他。

战士斜斜瞥了他一眼，往上一指。"在上面，我的国王。"

雅维避着路穿过尸堆，粗重的呼吸声回响在楼梯上，他脚踩盘旋倾斜向上的石阶，竭力将大量分泌的口水咽下去。

在战场上，他的父亲常常这样说，**没有必须遵守的规则**。

他在黑暗中渐渐向上，胡里克和凯姆达尔费力地跟在他身后。他在一扇窄窗前停下，感受风吹过他滚烫的脸颊，他向下看着海水冲刷着陡峭岩石的底部，压下内心的恐惧。

像个国王一样站直了。他的母亲这样对他说过，**像个国王一样说话，像个国王一样战斗**。

在塔顶上有个平台，以木材支撑，在平台的四周围着低矮的木质栏杆，还不到雅维大腿的高度。它实在太矮，以至于雅维发现自己爬到多么高的地方时，头晕目眩的不适感又涌了上来。在他的视野中，海天之间的一切都小小的，凡斯特的森林在远处延伸。

雅维的叔父奥登正平静地看着阿姆文德镇被熊熊烈火笼罩的景象，升起的烟柱污浊了瓦灰色的天空，一个个看起来小小的战士们正奔忙于破坏工作，而海水与卵石交界之处，船只正列队收纳血腥的战利品。一打最老练的战士正站在奥登身边，围着一个身穿黄色华服的俘虏，他被绑住身子，塞住嘴巴，双颊因受伤而红肿，长发沾着血污。

"今天干得不错！"奥登回头看着雅维，微笑着高声说道，"我们抢了两百个奴隶，还有家畜和战利品，还烧了格劳姆-吉尔-高姆的一座城镇！"

"那格劳姆本人又在哪里？"雅维问。他试图想要平息因为登高而粗重的呼吸，同时试着——既然站立和战斗不是他的强项——至少像个国王一样说话。

奥登尴尬地吮了一下牙齿。"刀剑粉碎者正在路上,呃,胡里克?"

"毫无疑问。"胡里克从台阶上走上平台,整个人站得笔直,"战场会像吸引苍蝇一样吸引那头老熊。"

"我们得在一个小时内把人聚集起来,回到海上。"奥登说。

"我们要离开?"凯姆达尔问,"已经要走了?"

雅维感到了愤怒。对疲惫、不适,还有对他自己的软弱、叔父的野蛮以及这个世界的愤怒。"这就是我们的复仇,奥登?"他挥动正常的手,指向燃烧的小镇,"向这些女人、小孩还有老农夫们复仇?"

叔父的声音依旧温和,一如往常。温和得仿佛春天的雨。"复仇得一步步来。现在你不用操心。"

"难道我没有为此而发下誓言?"雅维咆哮着说道。在这两天里,只要一听到有人对他说"我的国王",他便感到一阵刺痛。而现在,他发现当人们没有说这个词语时,他心中的刺痛更甚。

"你发誓了。我确实听到了,而且觉得这个誓言对你来说太过沉重。"奥登指着那个跪在地上、被塞住嘴巴只能发出咕噜声的男子,"但他会解放你的。"

"他是谁?"

"阿姆文德镇的镇长。他是杀了你的人。"

雅维眨了眨眼睛。"什么?"

"我试过阻止他。但这胆小鬼身上藏着一把匕首。"奥登举起那人的手,他的手里握着一把匕首,一把长长的匕首,把手上还镶嵌着黑色的玉石。尽管登塔产生了不少热量,雅维仍突然感觉到一阵寒意,从脚底直蹿头顶。

"我动得太慢,以至于没能救起我亲爱的侄子,这是我最大的遗憾。"奥登刺上镇长的肩颈,动作随意得就像是在切一块肉,然后一脚踢在他的脸上，鲜血涌出，漫过地面。

"什么意思？"雅维的声音变得尖锐而破碎，他突然意识到身旁居然有这么多叔父的人手，并且各个全副武装。

奥登平静地靠近他，平静地，而他则向后退，膝盖打战，可除了身后低低的围栏以及围栏后的深渊之外，无路可退。

"我还记得你出生的那个夜晚，"他叔父的声音变得冰冷而平稳，就像冬日的湖水，"你的父亲因为你只有一只手而冲诸神发怒。但我却总觉得你很好玩。你本该是个很不错的宫廷小丑。"奥登抬了抬眉毛，然后叹了一口气，"可是，我的女儿真的该找个只有一只手的废物做丈夫？哥特兰德真的该让一个半王来统治这个国度？一个被他母亲牵着线的残废傀儡？不，侄子，我……认为……答案是不。"

凯姆达尔抓住雅维的肩膀，将雅维拉回来，他拔出剑，发出金属碎击声。"到我身后来，我的——"

鲜血溅在雅维的脸上，让他的双眼近乎半盲。凯姆达尔摔倒了，吐着血，发出咕噜咕噜的声音，他抓着喉咙，黑红的血液从他的指缝之间不住地往外渗。雅维在一旁睁大眼睛，看到胡里克皱眉转身，手里捏着一把小刀，刀锋上滑落的是凯姆达尔的鲜血。胡里克当啷一声将雅维的铠甲扔到地上。

"我们必须做对哥特兰德来说最有益的事。"奥登说，"杀了他。"

雅维想要逃开，他大张着嘴巴，胡里克则一把抓住他的斗篷。

他父亲沉重的金搭扣"砰"的一声弹开了。雅维就此突然挣脱束缚，踉跄后退。

他的膝盖重重地撞在围栏上，他喘着气，翻过围栏。

岩石、海水与天空在他身边旋转，哥特兰德的国王垂直坠落，坠落，海水击中了他，如同锤子敲击在铁板上。

而后，海洋女神将他纳入自己冰冷的怀抱里。

仇　敌

雅维在黑暗中苏醒，翻腾的海水泡沫冲刷着他，令他近乎窒息；他为了活下去而不住地扭动身体。

诸神似乎还留着他的性命另有用处，在他感觉胸肺都要爆炸，不管吸进去的是海水还是空气都不得不呼吸的时候，脑袋探出了水面。泡沫蒙蔽双眼，他咳嗽着，蹬着腿，呛了好几口水，被水流冲得东倒西歪。

一个汹涌的大浪将他推向岩石，雅维奋力抓住依附在石头上的藤壶和滑腻的绿色海草，给下一口呼吸争取到了时间。他和身上的搭扣搏斗，从拉他下沉的佩剑腰带中挣脱出来，又用在这片残忍的大海中挣扎得酸疼的双腿蹬掉沉重的靴子。

他聚起全身力气，将身体抬起，颤颤巍巍地爬上一块礁岩，那上面溅满盐水泡沫，沾着星星点点的水母与硬壳帽贝。

必须得说他还能活着实在是件幸运的事，虽然雅维自己并没有觉得有什么幸运的地方。

他正在塔楼北侧的入口边，错落的岩礁围成的一小块狭窄空间中，在这里，汹涌的波涛啃食着岩石，泼洒、拍打、抛掷出点点水沫。他将湿漉漉的头发从眼前拨开，吐出嘴里的盐水，觉得喉咙里阵阵刺痛，正常的手与残疾的手都因擦伤而剧痛不止。

他有勇无谋地决定脱掉铠甲上衣反而救了他的性命,但里面那件衬甲短上衣却浸满海水,他抓住皮带,终于将它脱了下来,然后颤抖着耸起肩膀。

"你瞧见他了吗?"他听到有人说话,声音离他很近,便将身子紧缩靠在岩礁壁上,竭力不发出一点声音。

"肯定已经死了,"另一个声音说道,"撞在石头上。海洋女神一定已经把他带走了。"

"奥登要他的尸体。"

"那奥登可以自己来钓。"

第三个声音说道:"或者胡里克来钓也成。都是他害那残废掉下来的。"

"你说谁会先命令你游进海里,奥登还是胡里克?"

这句话引来了一片笑声。"格劳姆上路了,我们可没时间捞这个只有一只手的尸体。"

"回船上去吧,就跟奥登国王说他的侄子掉进了深……"说话声渐渐地沿着海滨远去。

奥登国王。他自己的叔父,他曾经像敬爱父亲一样敬爱过的那个人,曾经总是说些温和的话、面带理解的微笑,总是将坚定的手掌放在雅维肩上的那个人。他自己的血亲!他用健全的手支撑身体,残手则紧紧握成颤抖的拳头,遗传自父亲的狂暴控制了他的头脑,如此强烈,让他甚至无法呼吸,然而他的母亲常常说,**绝不要为已经发生的事忧愁,要多想想那些即将发生的事。**

他的母亲。

想到她,雅维不由得发出一声细小的啜泣。黄金王后总是知道一切该怎么做。但要怎么回到她的身边?哥特兰德的船只已开始撤离,凡斯特人很快就会抵达这里。雅维所能做的一切就只有等待天黑,然后想办

仇 敌

法回到边境,往北前往托尔比城。

万事皆有取胜之道。

如果他必须光着脚穿过森林走上一百英里,他会走的。他会向那狗杂种叔父复仇,还有叛徒胡里克,他要夺回黑色王座。他一遍又一遍地发着誓,太阳女神渐渐落下,藏在岩石后面,阴影渐长。

然而他没有预料到最残忍的复仇者来了——涨起的潮水。没过多久,冰冷的水波就冲刷到他攀着的岩石上。寒冷的海水没过他赤裸的脚底,他的脚踝,他的膝盖,与此同时拍打着这块狭小空间的潮水也变得更为汹涌激烈。他本该好好权衡自己的选择,但要能选择你至少得有一个以上的选项才行。

于是他开始向上爬。他瑟瑟发抖,疲惫不堪,身上又冷又疼,每爬上那么颤颤巍巍的一小步都伴随着啜泣与捎上奥登名字的咒骂。这样做的风险很大,但好过留下来将自己交付给海洋女神的仁慈,因为每一个水手都知道,在她身上根本毫无仁慈可言。

最后他奋力将自己拖上地面,爬进一小片低矮的灌木丛里,他躺了一会儿,平复呼吸。然后他呻吟着翻身站起。

有什么东西敲在脑袋上,让他发出一声惨叫,眼冒金星。地面仿佛在旋转,最后碰到他身体一侧。他艰难地爬起来,鲜血流了下来。

"看头发,这家伙是个哥特兰德狗。"有人抓着他的头发,他发出尖叫。

"一条小狗。"有人踢在他屁股上,让他头朝下摔倒在地。他匍匐着爬了一两步,又再次被踢倒。两个男人控制住了他。两个身穿盔甲,手持长矛的男人。是凡斯特人,毫无疑问,尽管除了长长的发辫之外,他们冷酷的面容与训练场上皱眉看他的战士们几乎毫无区别。

对于手无寸铁的人来说,身着武装的男人看起来总是差不多的。

"起来。"其中一个人说着又踢了他一脚,将他翻了一个身。

"那就别把我踢倒啊。"他喘着气回答。

他们用长矛柄朝他另一边脸上又来了一下,他决定再也不说什么俏皮话了。其中一人抓住他撕裂的衬衫领子,半拖半拉地带着他前进。

到处都是战士,有一些还骑着马。还有农夫,可能是镇民,之前看到哥特兰德的战船就逃离了,现在则回到他们已被摧毁的家园,身上沾着燃烧的灰烬,脸上挂着泪水,在一片废墟中挖掘。路上停放着有待焚烧的尸体,海风徐徐,翻动他们身上覆盖的裹尸布。

然而雅维现在已无暇分神同情他人。

"跪下,哥特兰德狗。"他再次被踢倒在地,而且看来一时半会儿也不会再有站起来的机会,他的每一次呼吸都伴随着呻吟,被踢破的嘴巴剧烈地抽痛着。

"你们给我带来了什么?"一个仿佛颂唱一般的清亮声音问道。

"一个哥特兰德人。他是从塔楼边的海水里爬出来的,我的国王。"

"海洋女神总是把陌生的赠礼送上岸来。抬头看我,你这海洋的造物。"

雅维内心充满恐惧、痛苦地慢慢抬起头,首先进入他视线的是一双磨损严重的巨大铁靴。而后是红白条纹的宽松裤子。接着是沉重的皮带,金质的带扣,上面挂着一把大剑和四把匕首。然后是熔铸有锯齿状金线的铁甲。紧接着是披着白色毛皮的宽阔肩膀,那张皮草还带着狼的脑袋,它空洞的眼窝中安置着一对石榴石。再往上,是一条由金与银杂乱融合在一起的粗大链子,上面闪烁着大量珍贵的宝石,都是从被他打败的敌人手中的剑上卸下来的剑柄头,链子很长,在它主人的脖子上足足绕了三圈,依然长长地垂挂下来。最后,在对于雅维来说极高的地方,这位站立的巨人长着张粗犷的脸,就像是饱经风霜的树木,长长的头发和胡子中混杂着银灰色的毛发,看起来极为狂野,但嘴角与眼睛却含着微笑。那种笑容,就像是在研究一群甲虫,思索着该挑哪一只来捏死。

仇 敌

"一个厨子家的男孩。"雅维用流着血的嘴巴笨拙地回答道,同时竭力将残手缩进湿透的袖子管,以免它暴露自己的身份。"我失足掉进了海里。"成功的谎言家总是尽可能地把事实编织进谎言的外套中,戈德琳女祭曾经这么说过。

"让我们来玩一个猜谜游戏吧。"巨人一边说,一边用手指卷着自己的一束长发,"我的名字是什么?"

雅维咽了一口口水。这个问题根本不需要他进行猜测。"你是格劳姆-吉尔-高姆,刀剑粉碎者与孤儿制造者,凡斯特人的国王。"

"你赢了!"格劳姆拍了拍巨掌,"不过你赢得了什么我们还得走着瞧。我正是凡斯特人的国王。近来我们这儿的可怜虫们总是被你们这些哥特兰德人肆意抢劫、屠杀,还被你们卖作奴隶,完全不顾赛肯豪斯的宗主王的意愿,他明明要求所有的剑都封入鞘中。宗主王总是想要夺走我们的这点小乐子,但你们就在这里挑起了战端。"格劳姆扫视面前的废墟:"这一切让你感到迷惑吗,厨子家的男孩?"

"不。"雅维嘶哑地回答,他无须说谎。

一个女人向前走到国王身边,她的头发剃得很短,只留下黑灰相间的发茬,蓝色的外套将雪白修长的手臂从肩膀到指尖都藏得严严实实。雅维根据他学习的成果辨认出外套上的部分图案设计:指明未来的星图、描绘出微小神之间关系的大圆套小圆,还有述说着各种可被述说或禁止述说的关于时间、距离与计量的文字。她的一条小臂上套着五只精灵手镯,身上则搭配着价值连城的远古圣物,金与铁以及亮色玻璃制成的配饰在她身上熠熠生辉,还有各类护身符,上面雕刻着寓意早已湮灭于时间长河中的符号。

雅维知道,她必然是思卡尔女祭,格劳姆的祭司。正是她向戈德琳女祭送出鸽子,许诺以和平,却诱使雅维的父亲走向死亡。

"是哥特兰德的哪个国王指挥了这样的屠杀?"她问,声音就像鸽子的叫声一样严厉刺耳。

"奥登。"雅维带着一丝伤痛意识到自己说的是事实。

她的嘴唇像是尝到什么酸东西似的皱了起来。"如此说来,狐狸杀了他的狼兄长。"

"那个奸诈的东西。"格劳姆叹息道。他边说边心不在焉地用手转着颈链上的一个剑柄圆头。"他肯定会这么做,就像太阳女神一定会跟着月亮之神升过天边一样。"

"是你杀了乌瑟尔国王。"雅维用他流着血的嘴巴争辩道。

"他们是这么说的吗?"格劳姆抬起粗壮的手臂,皮带上挂着的武器也随之转动,"那我为什么不以此自夸?我的吟游诗人们为什么不把这个故事编成歌谣?我的凯旋为什么没有伴随着庆祝的曲调?"他大笑着放下手臂,"我的手上沾满鲜血,血可以一直没到我的手臂,厨子家的男孩,在世间的一切之中唯有鲜血最令我愉悦。但是,我不得不遗憾地说,并不是所有人全都死在我的手上。"

格劳姆皮带上挂着的一把匕首随着他的动作渐渐向前移动,它的角质把手正对着雅维。他可以抓住它。若他是他父亲、他兄长,或者为了保护自己的国王而勇敢战死的凯姆达尔,他会跳起来用那把匕首刺入格劳姆-吉尔-高姆的心脏,完成他曾经庄严许下的复仇誓言。

"你想要这个小东西吗?"格劳姆拿起那把小刀,将刀刃对着雅维递过去,"拿着。不过你要知道,我还躺在婴儿床里的时候,战争女神就在我头顶上吹气,这预示没人能杀得了我。"

在苍白的天空下,格劳姆显得如此巨大,他的头发随风飘动,铠甲闪亮,武运昌隆的脸上带着豪爽的笑容。雅维发誓要复仇的对象就是这个巨人吗?他,一个残废,只有一只瘦弱惨白的好手?若他现在不是正因为寒冷和恐惧而不住颤抖,大概也会嘲笑自己的这份傲慢自大吧。

"我们该把他钉在沙滩上,拉出他的肠子来喂乌鸦。"格劳姆的祭司

仇 敌

说道。她那双蓝色的眼睛紧紧地盯着雅维。

"你总是这么说,思卡尔女祭。"格劳姆将小刀插回皮带,"但是乌鸦从不为此而感谢我。他只是个小男孩,蹂躏我们镇子的暴行也不可能是他的主意。"格劳姆在无意中道出了真相:"我和高尚的奥登国王不一样,我不需要用杀害弱者来证明自己。"

"那怎么处置他?"女祭扫视一圈盖着裹尸布的尸体,她剃过的脑袋半边的肌肉动了一下,"人民渴望复仇。"

格劳姆从嘴里吐出一个类似放屁的声音:"人民渴望的东西太多了。你知道哥特兰德的黄金王后,貌美而睿智的莱斯琳吧?为什么要把你能卖出去的东西杀掉?给他戴上项圈和其他人关在一起。"

一个战士过来拖起雅维,另一个则往他头颈套上一个粗铁质地的项圈,他大声抗议起来。

"如果你改变主意想使用这把小刀了,"格劳姆在他身后大声说着,脸上依旧挂着微笑,"你可以来找我。再见啦,曾经的厨子家的男孩!"

"等等!"雅维意识到自己接下来将会遭遇的事,脑袋中迅速转过几个拖延的计谋,"等等!"

"等什么?"思卡尔女祭问,"让他别叫唤了。"

有人往他胃上踢了一脚,顿时让雅维无法呼吸。他被迫气喘吁吁地跛脚爬到一个旧木桩上,一个人抓住他,另一个人则拿过锻造好的火烫栓子,用拔钉钳将它穿过雅维头颈项圈上的钉扣。前一个人拿起一把榔头,想要将栓子敲实固定住,却笨手笨脚地敲歪了,栓子往边上倾斜,扎进雅维的脖子。

他过去从未体验过这样的疼痛,像个沸腾的罐子似的尖叫起来,接着边啜泣边哭喊,在地上扭动起来。有人抓住他的衬衫,将他丢进臭水沟里,让发烫的栓子在嘶嘶作响的水中冷却。

"这世上少了一个厨子家的男孩。"思卡尔女祭的脸就像牛奶一样苍白,皮肤像大理石一般平滑,而双眼则蓝得有如冬日的天空,在那里面,没有一丝怜悯存在,"但多了一个奴隶。"

半个国王
part · two

第二部　南风号

最廉价的商品

雅维蹲在臭气熏天的黑暗中，用手指触摸头颈上刺痛的烧伤和胡乱剃过的头皮，成日嘤嘤哭泣，成夜瑟瑟发抖。以各种语言发出的呻吟与呜咽和得不到回应的祈祷声环绕着他，那些声音来自他身边那些人形垃圾破损的喉咙，而他自己的声音则是其中最响亮的。

在他们楼上，上好的商品全都干干净净，食物充足，戴着亮闪闪的奴隶项圈列队站在街边，很快便会被售出。店铺的后面则拴着那些在体能、技能或容貌上略有欠缺的奴隶，他们会被殴打，直到他们愿意为了迎合买家而露出笑容。而在雅维置身的黑暗而肮脏的楼下，净是些又老又病，要么就是脑子或者身体上有残疾的，像猪一样被关着有待废弃。

这里是凡斯特的首都伍尔斯加德奴隶市场的一角，在这里，人人都有自己的价格，而金钱则一丝一毫也不会浪费在那些不能换钱的人身上。一切都可以简单地归结于成本和收益，没有人会考虑情感的因素。在这里你会深切地了解到自己究竟价值几何，而雅维则证实了他长久以来的怀疑。

他的价值接近于零。

一开始，他的脑海中充溢着各种复仇的计划、策略和幻想。有成千上万的事他本可以做得和现在完全不同，这想法一直折磨着他。但现在，他什么也做不了。如果他大声号叫，说自己是哥特兰德合法的王，有谁会相信他的话？就连他自己都不太相信这一点。那么要是他能找到什么办法，让别人相信呢？在这儿的人，他们的事业就是贩卖人口。他们自然会拿他索要赎金。奥登国王会为走失的侄子在自己的精心照料下回到哥特兰德而露出微笑吗？毫无疑问，他会露出笑容的，一个沉静的笑容，就像是新落下的雪。

于是雅维继续蹲在这脏得难以置信的容身之所，并且发现一个人竟然能习惯这一点，这实在是一件令人惊奇的事。

第二天，他已不怎么注意到身边的臭味了。

第三天，他心怀感激地在寒冷的夜间蜷靠在被诸神遗弃的伙伴身边。

第四天，他就像周围所有的人一样自如地生活在这片肮脏的处所中，饥渴地面对投喂给他们的泔水。

第五天，他几乎已经不记得那些曾经熟识的面孔。他母亲的容貌与戈德琳女祭的混淆了，他奸诈的叔父与死去的父亲融合在一起，胡里克与凯姆达尔之间已无法区分，而伊瑟伦的面容则消散成了一个幽灵。

多么奇怪啊，一个国王竟能如此迅速地变成一头野兽。或者至少是半兽半王。或许那些被我们抬到制高点的人，都从未陷落到如此低的泥潭深渊。

在他滞留于这个人造地狱的第七天清早，身穿死者盔甲的商人便开始迎接海鸟叫声的挑战，雅维可以听到屋外商人做买卖的声音。

"我们正在寻找会划桨的人。"有人说道。他的声音低沉而坚定，是那种习惯于直来直往地说话、做事的人会有的声音。

"我们需要九双手。"另一个更轻柔而狡猾的声音紧接着说道，"暴风雨让我们的船上出现了一点空位。"

"当然，我的朋友！"奴隶商店的主人——现在正是雅维的主人——声音又滑又黏，好似温暖的蜜糖，"来看看肖恩德人纳木夫，一个军队里最优秀的战士,捕获自战场!看到了吗,他站起来多高!好好瞧瞧他的肩膀。他一个人就能给你们整艘船划桨。你会发现再没有什么人的质量能比他——"

先说话的那个顾客从鼻子里发出一声不屑的哼声:"要是我们追求的是质量,我们现在就会在街那头的店里。"

"润滑车轴没必要用最好的橄榄油。"第二个声音也说。

脚步声在头上响过,灰尘从雅维的头顶掉落,天花板上木板之间的缝隙里漏下来的光在地上形成了阴影。他周围的奴隶都停止了动作,屏住呼吸来听上面的谈话。店主的声音在他们听来闷闷的,不像刚才那么甜了。

"这里有六个健康的伊格灵人。他们听不太懂我们的话,不过用鞭子他们就懂了。就高强度劳动来说是绝佳的选择,价格也很诱人——"

"润滑车轴也没必要用上好的肉油。"第二个声音说。

"我们只要那些像沥青和猪油的就可以了,人口贩子。"第一个声音咆哮着说道。

通往地下室楼梯顶端的门打开了,生锈的铰链发出摩擦声,所有的奴隶全在本能的驱使下谄媚地挤向光亮,雅维也在其中。他可能确实才刚被奴役,但就献媚来说,却早已掌握大量经验。人口贩子边咒骂边用手杖驱赶他们,让他们颤颤巍巍喘着气排成一列,脚链在地上拖动,形成一段悲伤的音乐。

"别让人看到你那只手。"他悄声说,而雅维则将手藏在破破烂烂的袖子里。而后他所有的期望就只剩被人买走,被人拥有,从而被人自这个散发恶臭的地狱领走,进入太阳女神照耀得到的地方。

那两位顾客择路走下台阶。头一个客人秃顶而粗壮,打满铆钉的皮带上插着鞭子,粗黑的眉毛下,双眼炯炯有神,昭示着眼睛的主人绝不是一个好愚弄的对象。第二个客人则要年轻许多,高瘦而英俊,隐约长着一点胡子，嘴角挂着一丝不情愿。雅维瞥见他的脖子上戴着一个项圈。那么，这个人自己也是奴隶，只不过从衣着上看，他大概比较受宠。

人口贩子弯下腰，用手杖指着面前这一排人。"这里就是我所能提供的最廉价的商品了。"为此他甚至懒得添加一两句夸耀的叫卖。漂亮话在这个地方是一种浪费。

"都是些可怜的剩货。"客人中的那个奴隶说着，在恶臭前皱起鼻子。

他强壮的同伴并没有因此而改变主意。他用粗壮的手臂将奴隶们驱赶到一起，轻轻用海楞语说："我们要找的是桨手，又不是国王。"海楞语的使用范围仅限于撒根迈和群岛上，但是雅维曾经接受过祭司的训练，能听得懂破碎之海周边的几乎所有语言。

"船长又不是傻瓜，特里格。"英俊的奴隶边说边焦虑地摆弄项圈，"要是她发现我们骗她怎么办？"

"就说这是我们能提供的最好的。"特里格的双眼平扫过聚集在一起的可悲奴隶们，"然后你再给她一瓶酒，她就会忘记这一切。还是说，你已经不需要钱了，安克兰？"

"你知道我需要。"安克兰耸耸肩走到特里格前，嘴唇弯曲得更不乐意了。他几乎都懒得仔细瞧，直接从队列里将奴隶拖出来。"这个……这个……这个……"他的手伸到雅维边上时犹豫了一下，又跳到下一个——

"我能划桨，先生。"这大概是雅维人生中说过的最大谎言，"我做过捕鱼人的学徒。"

最后安克兰挑出了九个人。其中有一个盲眼的斯洛芬兰德人，作为奶牛的替代品被自己的父亲出售；一个驼背的老岛民；以及一个跛脚的凡斯特人，他的咳嗽一直停不下来，简直没资格被出售换钱。

哦，还有雅维，哥特兰德合法的国王。

关于价格的争论非常令人厌烦，但最终特里格和安克兰与人口贩子还是达成了一致。一点点亮闪闪的碎银落入商人手中，少许找零则回到手提袋里，本该用来购买奴隶的钱还剩下许多，两位买主分了分纳入各自的口袋。雅维知道，他们由此来窃取自己船长的钱。

按他自己的计算，他被售出的价格还不如一只健康的绵羊。

对此，他没有什么可争辩的。

一家人

这艘船的船头上刻着"南风号"几个字，然而它怎么看也没有一丝和风相关的样子。

与哥特兰德那些狭长的快船相比，它就像是个笨拙的庞然大物，吃水很深，船身又宽，缺乏照料的船木上覆盖着一层绿色的海草和藤壶。它的每一侧都安置着两个又短又粗的桅杆以及两打划桨位，粗大的船首和船尾各有一个带窄窗的船楼。

"欢迎到家。"特里格说着在两排皱眉的守卫中间穿过，将雅维推上接舷板。

在船尾楼前的甲板上，坐着一个黑皮肤的年轻姑娘，她望着新奴隶们从她面前鱼贯而入，一只脚挂在甲板外晃晃荡荡的。"这就是你们能买到的最好的奴隶？"她口齿伶俐，几乎听不出一点口音。她的脖子上也戴着一个项圈，但它缠绕着金属丝线，跟它连接的链子也锁得很松，质地又轻，绕在她的手臂上，就像是一件她自己选择佩戴在身上的装饰品。所以，这是一个比安克兰更受宠的奴隶。

她检查了那个不停咳嗽的凡斯特人的嘴，咂了咂舌，又戳了戳肖恩德人的驼背，然后厌恶地鼓起腮帮子。"船长不会觉得这些垃圾有什么好的。"

一家人

"那么我们这位了不起的领袖人在哪里呢?"安克兰看起来似乎早就知道答案。

"睡了。"

"醉醺醺地睡了?"

她思索着,嘴巴轻微地动了一下,像是在思考如何陈述。"没醒酒。"

"你只要关心航向就行了,苏梅尔。"特里格咆哮着,推搡雅维的同伴们继续前进,"桨手是我的事儿。"

雅维走过苏梅尔身边时,她眯起了深色的眼睛。她的上唇曾经受过伤,留下了一个小小的疤痕,让她露出一小块三角形的牙齿。雅维发觉自己在猜测她究竟是从南方的哪块土地上出生的,又是如何到了这条船上,不知她的年纪比雅维大还是小,从她剪得短短的头发上很难判断——

而她则迅速抓住雅维的残手,紧紧地抓住它,让雅维无法再将它藏进破烂的衣袖里。

"这人有只残疾手。"这句话没有嘲笑的意味,仅仅只是陈述事实,听起来就像是她在一群羊里找到了一只跛足的。"手上只有一个手指头。"雅维试图抽回自己的手,但她却比外表看上去的更强壮。"这家伙没什么力气。"

"那个该死的人口贩子!"安克兰挤到雅维面前,抓起他的手腕,扭住查看,"你说过你会划桨!"

雅维能做的只有耸耸肩,然后咕哝道:"我没说我能划得很好。"

"这简直就没法相信任何人。"苏梅尔边说边抬了抬半边黑色眉毛,"只有一只手他要怎么划桨?"

"他只能想个法子。"特里格说着走向了她,"我们有九个空位,然后现在有了九个奴隶。"他逼近苏梅尔,粗大的鼻子离她小巧的鼻尖只差最多一根手指的距离,然后说道:"除非你想换到划桨位上去干活?"

她舔了舔嘴唇上的伤,小心翼翼地回答:"我只是担心我们的航路,不行吗?"

"说得好。把这残废的链子拴到裘德的桨上去。"

卫兵将雅维拖上一个凸起的舷梯,然后往下到了甲板的中央,两边各有一排划桨位。每三个男人靠着一只巨大的桨,他们都被剃了短发,身材干瘦,脖子上戴着项圈,望着他的眼神也都混杂着同情、自怜、厌烦和轻蔑。

甲板上另外还有一个男人,蜷缩成一团,整张脸都藏在乱糟糟又晦暗无光的头发跟胡子里,看起来像个乞丐,跟他相比,这船上最可怜的划桨手也像个王子。一个守卫就像踢一只流浪狗一样随便地赏了他一脚,将他踢得向前爬了一段,身后拖出一长条沉重的铁链。看样子,这艘船似乎没怎么好好补给,铁链倒是毫不紧缺。

守卫们以毫无必要的粗暴动作将雅维推进另外两个奴隶之间,这两人看起来对他毫无热情。在桨的一头坐着一个粗鄙的南方佬,在他原本应该是脖子的位置长满虬结的肌肉,此刻他正仰头观望头顶盘旋的海鸟。靠近桨架的位置则是一个阴沉的老头,个子矮小但健壮,强壮的小臂上长满灰色的手毛,面颊因风吹日晒而布满破裂的细小血管,此时他正挑着宽大手掌上的硬茧。

"该死,"年老些的男人看着守卫将雅维拴在他身边的划桨位上,摇了摇头,咆哮着说道,"他们搞了个残废来跟我们划桨。"

"你乞求过帮手,不是吗?"南方佬看也不看就回答道,"这就是帮手。"

"我求的是有两只手的帮手。"

"你乞求的东西实现了一半,你该为此而感激。"雅维说,"相信我,我一点也没有乞求就被送来了这里。"

那个高大的男人侧身看着雅维,嘴角微微翘起。"如果一个人有一副

一家人

重担要挑,那他最好是赶紧挑起来,而不是坐在那边哭泣。我是裘德,你边上那个尖酸的划桨伙伴是鲁尔夫。"

"我叫约维。"雅维回答,他预先想好了要怎样隐瞒自己的故事。要像珍惜冬天的谷粒一样小心地对待你说出的谎言,戈德琳女祭说过。"是一个厨子家的男孩——"

年老的男人熟练地卷起舌头,往船外吐了一口唾沫。"你现在什么也不是了,就这样。除了划出下一次桨之外,你什么也别想。这样才能让事情变得更容易。"

裘德发出一声叹息。"别让鲁尔夫消磨掉你的笑声。他就像柠檬一样尖酸,但至少是个你能安心放在身后的伙伴。"说着他鼓起嘴巴,"不过,必须承认,既然他现在被拴在你身边,那么这样的事就绝不会发生。"

雅维咯咯轻笑起来,这或许是他被俘之后的第一次,也或许是自从他被推上王位以来的第一次。但是他没笑多久。

船尾楼的门猛地被推开了,一个女人昂首挺胸走入阳光之中,张开双臂挥舞一番后,高声叫道:"我醒了!"

这是个高个儿女人,动作像鹰一般敏捷,深色的面颊一边有一道浅白的伤痕,头发乱糟糟地绾在一起。她身上穿着不同民族的各种盛装,混搭形成一种极其俗丽的效果——一件袖口缝着散线的刺绣丝绸衬衫,被风吹皱的银色皮外套,一只手上戴着无指手套,另一只手则戴着一圈戒指,镀金且镶水晶的腰带一头挂着剑柄,那把剑歪歪扭扭地低垂着,看起来很是滑稽。

她将离她最近的桨手踢到一边,由此将她穿着尖头皮靴的一只脚踏在那桨手的划桨位上,然后对船上的人露齿一笑,金子在她的牙齿之间闪着光。

奴隶、守卫和水手们立刻给予掌声。没有加入他们的人只有苏梅尔,她在船尾楼顶上紧闭嘴巴,还有那个一直擦着甲板的乞丐,他依然在用力擦拭舷梯,以及雅维,哥特兰德的前任国王。

"这该死的臭婊子。"鲁尔夫边喝彩边强迫自己露出微笑。

"你最好也跟着一起拍手。"裘德轻声说道。

雅维举起双手。"这个动作对我来说比划桨更不可能。"

"小东西们,小东西们!"那女人高喊道,戴满戒指的手激动地敲打胸脯,"你们对我的敬意实在是太多了!不过别停下来。新加入我们的人,我得自我介绍一下,我的名字是阿卜杜勒·埃里克·沙迪克施兰姆,你们的船长和保护人。你们可能早就听说过我,因为在整个破碎之海周边乃至远离破碎之海的地方,比如无上之城的墙角下,我都赫赫有名。"

看来她的威名似乎并没有传到过雅维的耳朵里,不过戈德琳女祭总是说,聪明人在说话前得先学会什么时候该保持沉默。

"我可以给你们提供许多我曾经历过的各种传奇故事,"她边说边摆弄着一只金子与羽毛制成的耳坠,那东西长长的,一直垂过她的肩膀,"比如说我是怎么在富尔库战役中指挥王后的舰队取得胜利;比如说我曾经一度是米克达斯公爵最受宠幸的情人,却拒绝了他的求婚;比如说我是怎么解除因沁人的封锁;比如说我怎么穿越自创世神分裂以来史上最大的风暴;又比如说我曾经征服过一头鲸鱼,还有好多这样那样的故事,但是为什么要说呢?"她以一副深情的样子拍拍离她最近的奴隶的脸颊,用力之大,人人都能听到啪啪的打脸声。"让我们简单地总结,现在这艘船对你们来说就是全世界,而且在这艘船上只有我是尊贵的,你们都很卑下。"

"我们是尊贵的,"特里格低头扫视所有划桨位,重复道,"你们都很卑下。"

"除了你们的一些弟兄们需要替换,今天的收益总体来说很不错。"船长趾高气扬地在划桨位之间穿行,她的靴子随之发出叮叮当当的声音,"今晚你们都能吃饱面包和喝葡萄酒。"这句慷慨的演说只换来一点稀稀

一家人

拉拉的欢呼声。"尽管你们都属于我——"

特里格大声地清了清喉咙。

"——以及这艘勇敢之船的其他股东——"

特里格轻轻地点头表示认可。

"——但我依然认为我们都是一家人!"船长张开双臂做出将所有人都拥入怀中的样子,宽大的袖子在微风吹拂下伸展,就像什么珍稀的巨大海鸟正在展翅飞行,"我,是你们宽容的祖母,特里格和他的守卫们是友善的叔叔,你们则是些麻烦的小东西。我们联合在一起,甚至能对抗水手们最凶残的敌人——无情的海洋女神!你们都是些幸运的小东西,因为仁慈、宽容和友善永远都是我最大的弱点。"听到这句话,鲁尔夫厌恶地吐出一口口水。"你们中的大部分人都会发现,做一个顺从的小东西会过得很好,但是……或许……"微笑从沙迪克施兰姆深色的脸上消失,变成了伤人的讽刺神情,"你们中有几个不安于现状的家伙想要走自己的路——"

特里格发出一声反对的咆哮。

"想要背离他亲爱的家人们,想要抛弃他的兄弟姐妹,想要在哪个港口或者其他地方离弃我们尊贵的友谊。"船长用手指轻抚脸颊上的疤痕,然后露出牙齿,"甚至或许想要伸出叛逆的手来对付宠爱他的保护者。"

特里格发出一声恐吓的嘘声。

"假如有哪个魔鬼让你们产生了类似的想法……"船长弯腰靠近甲板,"那就想想上一次试图这么做的人。"她抓起沉重的铁链,猛拉一把,将那个肮脏的甲板擦洗工扯得摔在地上,他的四肢、身上的破布和头发全都混作一堆,"绝对不要让这个不知感恩的东西靠近刀子!"她走近这个躺在地上的船员。"不能给他吃饭的刀叉,不能给他指甲钳,鱼钩也不行!"她到他身旁,将靴子的高跟踩进他的背里,稳稳当当,丝毫没有失去平衡,"他什么都不是,你们听到了吗?"

"该死的臭婊子。"船长轻巧地从那乞丐的脑袋上跳过去时,鲁尔夫再次低声说道。

雅维看着这个可怜的甲板擦洗工爬起来,嘴角流着血,回到之前工作的那块位置,一言不发地重新开始擦洗甲板的机械作业。只有抬头看向船长背影的瞬间,这个人的眼睛才从乱糟糟的头发中如星星一般闪亮起来。

"现在!"沙迪克施兰姆毫不费劲地通过梯子爬上船尾楼顶,她那戴满戒指一直不停转动的手指停下动作,她大声说道,"向南去托尔比城,我的小家伙们!财富正在等着我们!那么安克兰?"

"我的船长。"安克兰回答道。他深深弯腰,几乎快要碰到甲板。

"给我拿点酒来,说这些废话让我渴死了。"

"你们听到你们的祖母说什么了吗!"特里格咆哮着抽起手中的鞭子。

接下来就是哗啦哗啦的声音和喊叫声,绳索解开发出的嘶嘶声和木材嘎吱嘎吱的声音,一些不戴铁链的水手将南风号起锚,准备离开伍尔斯加德的码头。

"现在该做什么呢?"雅维轻声说道。

面对这样无知的问题,鲁尔夫回报了一个尖刻的嘘声。

"现在?"裘德拍拍手掌,将强壮的双手放在他们那只光亮的木桨把手上,"我们得划桨。"

用力划

用不了多久,雅维就开始希望自己还待在人口贩子的地下室里了。

"用力划。"

特里格在甲板的走道上徘徊,靴子踏出残忍无情的节奏,鞭子盘绕在他肌肉纠结的拳头上,他的双眼扫视着划桨位上需要鞭策的奴隶们,以低沉的嗓音说出无情的词句。

"用力划。"

果不其然,雅维那只萎缩的手要握住巨桨的把手,比握住盾牌的把手更困难。但特里格的存在,令雅维记忆中的胡南导师看起来就像个宠溺的保姆。无论出现任何问题,特里格的回应永远都是先来上一鞭子,当他发现用鞭打没办法让雅维长出手指来,便用磨损的皮带将雅维蜷缩的左手腕抽得撞在桨上。

"用力划。"

每将那只恐怖的桨的把手推起一次,雅维的手臂、肩膀和背部上就更为酸痛。尽管划桨位上垫着的布料已被磨得仿佛丝绸般柔软,桨的把手也被他的前任划手们摩擦出了黯淡的光亮,然而每一次的划桨动作依然让他的屁股好似被剥了一层皮,手上水泡也越来越多,他身上的鞭伤、踢伤和他脖子上粗制滥造的奴隶项圈擦出来的伤口都因咸涩的海水以及咸涩的汗水而加倍地刺痛。

"用力划。"

痛苦远远超过雅维所能想象的忍耐极限,但有一双富有技巧的手残忍、努力地挥动鞭子,能在人身上激发出惊人的效果。用不了多久,某个人被鞭子抽中的声音,甚至只要是特里格那双靴子在走道上经过的声音,都能让雅维缩成一团,呜咽着推得更用力一点儿,他咬紧的牙关外闪出了唾沫星子。

"这男孩干不久。"鲁尔夫低声道。

"一次推一下。"裘德温和地轻声说。他自己推动时始终那么强壮、平稳而规律,就像他整个人都由木头和铁构成。"慢慢呼吸。与桨的动作一道呼吸,一次推一下。"

雅维说不出为什么,但裘德教他的方法确实有效。

"用力划。"

于是,随着桨架的咔嗒声,锁链的哗啦声,绳索的咯吱声,木材的嘎吱声,以及奴隶们或是呻吟或是诅咒或是祈祷或是保持的可怕沉默,南风号渐渐航向远方。

"一次推一下。"裘德的声音是这片悲惨迷雾中指引方向的线,"一次一下。"

雅维几乎无法辨别究竟是什么更折磨他——是鞭子抽打留下的伤,是他皮肤擦破的地方,是他肌肉的酸痛,还是饥饿,是天气的寒冷,或是环境的肮脏。但是,那个不知名的甲板擦洗工不停地擦着甲板的声音,从甲板上到甲板下再到甲板上,他摇动的干枯头发、从破衣服中露出的伤痕累累的背脊,以及他泛黄的牙齿外扭曲破裂的嘴唇,全都提醒着雅维,一切可能会变得更糟。

世事总是会变得更糟。

"用力划。"

用力划

偶尔诸神可能同情他悲惨的境地，送来一丝甜美的凉风。而沙迪克施兰姆则会因此而露出甜美的微笑，以一种饱受折磨的母亲宠溺自己不知感恩的孩子般的神情，下令把桨停下，将羽毛镶边的羊毛帆收起，并且快活地宣告仁慈是她最大的弱点。

在这种时刻，雅维会感激涕零地将背靠上静止不动的桨，望着帆布在头顶翻滚，噼啪作响，鼻子里嗅着一百来个汗流浃背又痛苦绝望的男人身上散发出来的恶臭。

"什么时候洗澡？"在某次这样的短暂休憩中，雅维轻声问道。

"在海洋女神自己也洗澡的时候。"鲁尔夫低声回答。

这样的情况倒并不少见。拍打在船侧的冰冷海浪会形成水雾，浸透他们全身的皮肤，海洋女神会洗刷甲板，涌没他们的隔脚板，直至一切都覆盖上一层盐粒。

"用力划。"

每三个奴隶会被链在一起，锁在一张划桨位上，只有特里格和船长有钥匙。每天晚上，他们被锁着吃贫瘠的配给品；每天早上，他们被锁着蹲在这破船上；他们被锁着睡觉，身上盖的是臭气熏天的毛毯和用秃的毛皮，空气中充斥着沉重的呻吟、鼾声、嘟囔和呼吸造成的雾气。每个礼拜他们能有一次机会被锁着剃掉胡子和头发——主要是为了防虱子，尽管成效不大。

只有一次，特里格不情愿地拿出钥匙打开一个锁。那是一个寒冷的早晨，一直不停咳嗽的凡斯特人死了，他被人从他那些面容冷漠的伙伴中拖出去，举起扔到船外。

唯一一个对他的死发表意见的人是安克兰，他抓了抓稀薄的胡子，说道："我们需要找个人接替他。"

有一会儿雅维担心剩下来的人会因此而不得不干更重的活，接着他开始希望给每个人的配给能因此而增多，最后他对产生这种想法的自己感到了恶心。

但并没有恶心到假如那位凡斯特人的配给平均分到他头上，他会拒绝的地步。

"用力划。"

他说不上来到底有多少个晚上精疲力竭地睡去，多少个早上因前一天的肌肉酸痛未能消除而呜咽着醒来，又有多少天他除了再推一下之外，什么也没有想。但是终于有一天，他不再像从前那样直接坠入无梦的睡眠。他的肌肉变得结实，水泡开始结茧，落在他身上的鞭子也变少了。

南风号停在一个入海口中，船身轻柔地摇摆着。天上下起大雨，船帆被降下来，绑在甲板上，支起一个巨大的帐篷，雨水掉落在布料上发出极大的响声。会钓鱼的人都手拿鱼竿，鲁尔夫便是其中之一，他坐在一片黑暗中的桨架边，对着鱼儿轻声说话。

"作为一个只有一只手的人，"裘德将一只赤脚撑在桨上，铁链叮当作响，"你今天划得不错。"

"哈。"鲁尔夫自桨架边转过来说话，月亮之神的一丝光亮照在他宽阔的脸庞上，照亮了他的微笑，"我们已经让你成了半个划桨手。"

于是尽管他们中的一个人来自很远很远的地方，另一个人则出生于很早很早以前，雅维对他们几乎一无所知，因此也无法解读他们脸上的表情，此外被锁在一艘商船上给人划桨对于哥特兰德的国王乌斯里克之子来说，并不能算得上什么了不起的英勇事迹，但雅维依然感觉到了一阵骄傲，这种情感是如此强烈，令他几乎要流下泪水，他感到在他与他的伙伴们之间，建立起了一种怪异而又强大的联系。

当你被锁在某个人身边，与他共享食物与不幸的命运，与他一同被监工鞭打，一同与海洋女神抗争；你将你的呼吸与他同调，一同来推起沉重的木桨；在寒冷的夜晚，与他缩在一起，否则就得独自面对无情的寒冷——然后你便会真正地了解他。在与鲁尔夫和裘德锁在一起一周后，雅维不得不怀疑自己是否曾经有过比他们更好的朋友。

尽管这个比较更多地取决于他过去的生活,而不是他现在的同伴。

第二天,南风号停靠在了托尔比城的港口中。

但直到苏梅尔在船尾楼上皱起眉头,边拍边打控制这艘身形庞大的商船经过航道进入熙熙攘攘的码头之前,雅维几乎无法相信他可以活着回到这个他曾做过国王的世界。但如今他在这儿了。在故乡。

雅维的双眼向上扫视着,熟悉的灰色房屋层层叠叠地升起,陡峭的斜坡上挤满的人渐渐变大,直到那被挖满了地下通道的岩石上,高耸入天空的黑色城堡在他面前升起,就是在这座城堡中,他曾一度加冕为王。他可以看到戈德琳女祭居住的六边形高塔,在那里,他曾跟随她学习,回答她的问题,计划过自己成为祭司的美好未来。他可以看到圣堂的铜顶闪着光芒,就是在那宏顶之下,他曾与堂妹伊瑟伦订婚,他们的手握在一起,她的嘴唇擦过他的。他可以看到埋葬着他先祖的山坡上的一排坟丘,在那里,他曾经在诸神与众人面前,发誓要向杀害自己父亲的人复仇。

奥登国王如今是否愉快地在黑色王座上加冕,被人喜爱,被人称颂,因为那些人终于有了一个他们能够钦佩的国王?显然如此。

戈德琳女祭是否作为祭司站在他的身旁,在他耳边轻声提出自己仁慈而睿智的建议?很有可能。

那么是否会有另外一个学徒接替了雅维的位置,成为她的继承人,坐在他曾经坐过的凳子上,喂他曾经喂过的鸽子,并且在每个晚上为她带去一杯热茶?毫无疑问。

伊瑟伦是否会因为她残疾的婚约者再也不能回到她身旁而流下痛苦的泪水?她曾经如此轻易地遗忘雅维的兄长,显然她会再度遗忘雅维。

也许他的母亲会是唯一一个想念他的人,那是因为无论她再怎样狡猾,假如她的傀儡儿子没有坐在他的玩具王座上,她所篡夺的权力便会立即崩溃。

他们是否也为他燃烧了一座战船,挖出一个空墓穴,就像他们为他那位溺死的叔父乌瑟尔所做的一切?他莫名地怀疑这一点。

他意识到自己将萎缩的手紧紧地捏成一个颤抖的拳头。

"你在烦恼什么?"裘德问。

"这儿是我的故乡。"

鲁尔夫叹了一口气:"接受你现有的一切吧,厨子家的男孩。过去的事最好都把它们埋葬。"

"我曾对着诸神发誓,"雅维说,"一个不能逃避的誓言。"

鲁尔夫再次叹了一口气:"接受你现有的一切吧,厨子家的男孩。绝对不要发什么誓。"

"但如果你已经发了誓,"裘德说,"那该怎么办?"

雅维皱眉看着面前的城堡,痛苦地紧收下巴。或许诸神施予他这样的折磨是一种惩罚,惩罚他的轻信,他的无能,他的软弱。但至少诸神还留着他的性命。他们给了他一个机会,让他有可能履行誓言,有可能让背叛他的叔父付出代价,有可能夺回黑色王座。

但诸神不会永远等待。一个个清晨过去,他父亲的回忆逐渐淡化;一个个午后过去,他母亲的力量变得衰弱;一个个薄暮过去,他的叔父对哥特兰德的掌握越来越牢固;一个个夜晚过去,雅维的机会也在黑暗中逐渐稀少。

假如他一直划着桨,同时被锁在这划桨位上,那么他将永远无法复仇,也永远无法夺回自己的国度,他越来越清醒地意识到这一点。

他必须设法获得自由。

祭司的工具

随着船桨费力地划动，托尔比城、家乡以及雅维过去的生活都渐渐地落在他的身后。尽管海风几乎没能给它的划桨奴隶们带来什么帮助，**南风号**仍旧向南航行而去。沿着哥特兰德南方崎岖的海岸线，经过无数小岛和入海口、围着墙的村庄与随波逐流的小渔船，还有山坡上放养着点点白羊的农庄，一直向南。

雅维与桨之间撕裂肌肉、咬紧牙关的无情战役还在持续着。他没法说自己赢了。没有人能赢得过。但或许可以说他输得不算很惨。

苏梅尔引导他们贴着边经过黑姆河入海口附近的海岸时，船上出现了喃喃的祈祷声。划桨手们以恐惧的神情望着海平面上撕扯天空的螺旋形黑云。他们没法看见黑云下碎裂的小岛上精灵塔的废墟，但人人都知道它们就潜伏在海平面的远方。

"斯多肯姆。"雅维喃喃说道。他努力去寻找这个遗迹的位置，却害怕自己立刻看到它。在过去，人们曾经从这个被诅咒的精灵遗迹中带出过一些古物，可就在凯旋的路上，他们生病死去了，于是祭司团开始禁止任何人去那里。

"和平之神保佑我们。"鲁尔夫低声说着，在心脏附近画下一个歪歪扭扭的神圣符号，而奴隶们不用被鞭打就知道那遗迹的厉害，远远地将船驶离那片阴影。

假如没有发生这一切，雅维本应该正经由这条航线去参加他的祭司试炼。在那航行中，雅维王子本该裹着华贵的毛毯，带着他的书籍，完全不会想到划桨手们正经受着怎样的煎熬。而现在，他被锁在划桨位上，只能研究南风号。研究这艘船和船上的人们，还有他究竟该如何利用他们来获得自由。

因为人才是祭司最好的工具，戈德琳女祭总是这么说。

阿卜杜勒·埃里克·沙迪克施兰姆，自称是著名的商人、情人和海军舰长，她大部分的时间都在喝酒，剩下的时间则多半在醒酒。有时雅维能听见她的鼾声穿过船尾楼门传出来，怪诞地应和着划桨手们动作的节奏。有时她会忧郁地站在船首楼上，一手轻点夺拉的嘴唇，另一只手则紧抓一只半满的酒瓶，面朝风吹来的方向皱起眉头，就像是在希望风吹得更猛烈一些。有时她会在走道上巡视，拍拍奴隶们的肩膀，讲些笑话，就好像他们是多年老友。但每当经过那个无名的地板擦洗工，她总是不会放过机会踢他一脚，掐他脖子，或者把尿壶倒在他的头上；然后她会痛饮一大口酒，大喊道："向利润前进！"所有的划桨手们都会欢呼，最大声的那个人可能会从船长那儿分到一口酒，沉默的人则会挨上特里格给的一鞭子。

特里格是船上的监工，管理钥匙的人，掌权者，二号权力人物，拥有贸易利润的全部股份。船上大概有二十来个守卫，都听从他的指挥，主要负责监视奴隶，以保证他们能迅速跟上船长所要求的无论哪种航行节奏。他是个残忍的人，但在他的内心中存有某种可怕的公平意识。他对任何人都没有偏爱，也没有人能成为他的例外，人人都可能挨上他的鞭子。

仓库管理员安克兰则完全没有任何公平意识。他睡觉的地方是甲板下的货仓，而且是唯一一个常常能离开船的奴隶。购买食物和衣物并且

祭司的工具

分配给所有人是他的工作,而他则每天都抓住一切机会中饱私囊——购买已经半腐的烂肉,缩减每个人的配给,缝补已变成破布的衣服让人继续穿——然后与特里格瓜分这些贪污来的钱。

无论什么时候,只要他经过鲁尔夫身边,鲁尔夫都会极其厌恶地说:"这不要脸的狗杂种要钱有什么用?"

"有些人只是单纯爱钱。"裘德温和地回答。

"就算他身为奴隶?"

"奴隶也和自由人一样,有着相同的嗜好,这能填补他们内心的空虚。"

"有道理。"鲁尔夫回答。他抬眼惆怅地看着苏梅尔。

那位领航员的大部分时间都在某个船楼的屋顶上,确认海图和设备,或是边快速地用手指计算着,边抬眼凝望太阳或星星的方位,有时她会指出礁石和海浪、云层或潮水的位置,并提出警告。尽管南风号在海上航行时她可以待在她想待的任何地方,但一旦船上岸,船长的第一个动作永远是用一把铜钥匙和一根精致长锁链将她锁在船尾楼上。一个拥有像她这样技能的奴隶常常比他们整艘船的货物更值钱。

有时她会从划桨手之间穿过,若无其事地爬过桨手、船桨和划桨位,指出哪里的固定有问题,或是攀在船的一侧用一个多节的铅垂线测量海水的深度。雅维只看到过一次她的微笑,当时她正蹲在一根桅杆的顶端,通过一根闪亮的黄铜管扫视海岸线,海风吹拂过短发,她身上流露的喜悦,就像雅维坐在戈德琳女祭的火堆边时一样。

他们的航行经过了斯洛芬兰德的土地,灰色的悬崖被汹涌波涛环绕,在灰色的海滩上,海水冲刷着鹅卵石,在码头上灰色的瞭望塔中,身穿灰色盔甲的枪兵监视着来往的船只。

"我的家乡离这儿不远。"某个阴沉沉的早上,薄薄的毛毛雨将一切都蒙上一层露珠,鲁尔夫突然说道,"策马奔上两天就能到的内陆城市。

在那儿我有一个特别好的农场,我的房子有个特别好的石头烟囱,我那特别好的老婆给我生了两个特别好的儿子。"

"那你最终是怎么才会到这里来的?"雅维问道,信手闲扯着裹在他满是擦伤的左手腕上的布条。

"我那会儿是个战士。一个弓手,一个海员,一个剑士,以及在夏天的某些月份,我是个海盗。"鲁尔夫挠挠宽阔的下巴,他的胡子剃不了一个小时就会冒头,现在下巴上已有了青色的胡楂,"我在一个叫哈斯坦的船长手下干了十几个季度,他是个挺好相处的家伙。我给他当舵手,我们和霍平斯·斯普兰雷托斯、布鲁·詹纳,还有其他一些好手们一起,成功干了好几票,赚的钱够我在整个冬天都坐在火堆边烘脚,喝上好的麦芽酒。"

"我不喜欢麦芽酒,不过这日子听起来可真不错。"裘德说。他的目光聚焦在远方,或许,是聚焦在他自己过去的快乐时光。

"诸神总是喜欢嘲弄那些快乐的人。"鲁尔夫大声地朝船外吐了一口口水,"有一个冬天,哈斯坦大概喝得有点醉,从马上摔下来,死了。他的大儿子小哈斯坦继承了他的船,但他是个完全不同的人,过于骄傲,冒失又缺乏智慧。"

"有时候父子之间会完全不同。"雅维喃喃说道。

"我不顾自己的判断,答应做他的舵手。我们离港还不到一个礼拜,他就无视我的意见,执意要对一艘武装商船下手。在那一天,霍平斯、詹纳还有其他大部分人都去了终结之门。我是仅有的几个被俘并被卖作奴隶的人之一。那是两个夏天之前的事情,从那时开始,我便为特里格划桨了。"

"伤感的结局。"雅维说。

"美好故事的结局总是这样。"裘德说。

鲁尔夫耸了耸肩膀。"很难说。在过去的航行中,我们偷了无数的伊格灵人,把他们都卖作奴隶,用这些钱换了不少乐子。"年老的海盗用粗糙的手掌抚摸桨面上的纹理,"人们常说,种什么因得什么果,看来这是真的。"

"要是能离开这里,你们不会走吗?"雅维轻声问。他瞥向特里格,唯恐他们的对话被听见。

裘德哼了一声。"在我过去住的村子里有一口井,那里面能打上来全世界最甜的水。"他闭上眼睛舔舔嘴唇,就像他能尝到那井水的滋味。"我愿意付出一切,换得再喝一口那井水的机会。"他摊开手掌,"但我一无所有,再说,看看上一次试图这么做的人。"他朝那位地板擦洗工点点头,那人依旧在擦洗着,擦洗着,一直擦到甲板下面,沉重的锁链随着他无尽的呆滞爬动而喀啦作响。

"他的经历是怎样的?"雅维问道。

"我不知道他的名字。'什么都不是',我们都这样叫他。我刚被卖到南风号时,他是划桨手。有一天晚上,刚离开哥特兰德的海岸,他试图想要逃跑。不知怎么的,他解开了链子,偷到一把小刀。他杀了三个守卫,切断一个守卫的膝盖,让那人这辈子再也无法站立,在我们的船长和特里格阻止他之前,他在船长的脸上留下了那道疤。"

雅维看着那个呆滞的擦洗工,眨了眨眼睛。"就用一把小刀?"

"对,而且那把刀不长。特里格想把他吊死在桅杆上,但沙迪克施兰姆选择留他一条性命来警示我们其余所有人。"

"仁慈是她的弱点。"鲁尔夫说着发出一记全然听不出一丝欢愉的笑声。

"她缝好了伤疤,"裘德说,"用那根长铁链锁住他,雇了更多的守卫,告诫他们绝对不能让他靠近任何刀子。自从他开始擦洗甲板,我就再也没有听到他说出一个字。"

"那么你呢?"雅维问道。

裘德在他身侧露齿一笑："我只在自己有什么值得说的东西时才开口。"

"不，我的意思是，你又有怎样的故事？"

"我曾经是个面包师。"水手们收起了锚，绳索随之发出嘶嘶的声音，裘德叹了一口气，将手掌放上经他自己的手磨光的桨上，"而现在，我的故事是，我在划这只桨。"

傻瓜才直接动手

　　裘德用力划桨，雅维也是，甚至连他那只残疾的手上也长出了厚厚的老茧，他的脸在风吹日晒之下变得坚毅，身体也像特里格的鞭子一样变得更为轻盈而结实。他们在一场暴风雨中穿过巴尔海角，大雨令他们几乎无法看见面前的城堡，直到向东进入平静的水域，来自各国、各种形状的船只来来往往，雅维在桨边上上下下忙活着，对赛肯豪斯充满期待。

　　当然，他首先看到的是精灵遗迹。然后是这座城市高大的围墙，它的底部看起来极为陡峭而平滑，看起来似乎远离海洋女神的怒火，然而围墙的上半部分却被海水冲刷，在裂缝中闪现出一些扭曲的金属，看起来就像是伤口中的细碎骨片。新造的大理石防卫墙出现在他们上方，在那上面，宗主王的旗帜正傲然飘扬。

　　祭司团的塔耸立在比所有建筑都要高的地方。它甚至比破碎之海周边所有国家的一切建筑都要高，除非你把斯多肯姆或兰加德那两个无人敢踏入的废墟也计算在内。这座塔那令人震惊的高度中有三分之一是其下的精灵建筑：支撑柱由严丝合缝的石头砌起，那每一块石头都是精确的正方形，严实而完美，在塔上某些巨大的窗子上，黑色的宽大精灵玻璃依旧闪耀着光芒。

在那座精灵遗迹上，大概是托尔比城堡中最高塔的五倍那么高的地方，精灵石块被融化了，传说它被创世神分裂流下的巨大泪水融化，而后又凝结成现在的样子。在精灵遗迹之上，一代又一代的祭司以木材和砖块构建出一片杂乱的集合体——角楼、天台、下沉的屋顶和露台，到处升起冒着烟的烟囱，挂着叮当作响的管子和锁链，被时间和鸟粪染出了一道道颜色。与它下面朴素却完美的石柱相比，这腐朽的人造物显得极为荒谬可笑。

在那建筑最高的宏顶上点缀着一些灰色的斑点。或许是鸽子，就像雅维曾经照顾过的那些一样。就像那只曾经骗诱过雅维的父亲，最终引他走向死亡的鸽子一样。它们呱呱地传播着破碎之海周边那些祭司们的信息。他甚至似乎看到了那只青铜色羽毛的古怪老鹰，带着宗主王的意志回到了这座城市？

雅维本该在那座古老的塔中接受他的试炼。他本该在通过试炼之后，亲吻威克森女主祭的面颊。他作为王子的人生将因此结束，从此成为祭司，而他作为奴隶的悲惨人生则绝不会来临。

"把桨放下！"苏梅尔叫道。

"把桨放下！"特里格跟着大喊，以保证每个人都看到是他发出了指令。

"把桨放下，把桨拿起。"鲁尔夫咕哝着说道，"你都会以为他们该死的脑子里只有这点东西。"

"赛肯豪斯。"南风号渐渐驶入锚位，苏梅尔在船尾楼上俯身对着忙碌的码头工人们大叫，让他们小心一点，雅维则看着自己手腕上的红色擦痕，"世界的中心。"

裘德哼了一声："和卡塔利亚的大城市相比，这地方也不过就是个小马厩。"

"我们又不在卡塔利亚。"

傻瓜才直接动手

"对,"大个子的男人发出了一声沉重的叹息,"很遗憾。"

码头散发出一股陈年积腐的咸腥气,雅维和他的伙伴们身上那点汗臭和这股气味相比,完全是小巫见大巫。海港中有不少锚位都空着。日渐腐败的建筑物的窗子里阴沉黑暗,空无一物。船坞边有一大堆塌散的谷物,上面都已长出青草。宗主王的卫兵们身穿打过补丁的制服,无所事事地坐在一边丢骰子。乞丐没精打采地蹲在阴影里。或许赛肯豪斯确实是个更大的城市,但在这里完全没有托尔比城的活力和生机,同样也没有一点忙碌的景象,更没有新造的建筑。

精灵遗迹或许确实极为惊人,但赛肯豪斯这座城市其他人造的部分却令人有些失望。雅维咂了咂舌,往船侧外熟练地吐了口口水。

"干得不错。"鲁尔夫朝他点了点头,"你的划桨技术没提高多少,重要的技能倒是学得挺好。"

"我不在的时候你们也得努力啊,小东西们!"沙迪克施兰姆趾高气扬地从船长室走出来,身上穿着最花哨的行头,每只手指上都戴着至少一个戒指,"祭司之塔正等着我去拜访呢!"

"他们等的是我们的钱吧。"特里格嘟囔道,"今年的执照要多少钱?"

"我猜得比去年稍微贵一点。"沙迪克施兰姆舔了舔自己的一个指节,这才得以把一个大得超乎寻常的花哨戒指套了上去,"总体来说,宗主王抽税的价格是一条向上的轨迹。"

"把我们的钱丢给海洋女神也比丢给这些祭司的走狗要好。"

"要是海洋女神不把你丢回来的话,我倒是挺乐意把你丢进去。"沙迪克施兰姆将手伸到面前一臂的距离,赞赏地看着自己被宝石覆盖的手,"有了执照,我们就能在整个破碎之海周边地区进行贸易,要是没有的话……噗。"她朝着自己的指尖吹了吹气,就像是把所有的收益全都吹走了。

"宗主王对税收的占有欲很强。"裘德喃喃道。

"显然如此。"鲁尔夫说。他们看着船长懒洋洋地踢了"什么都不是"一脚,然后漫不经心地踩上摇摇晃晃的接舷板,安克兰被一小根锁链牵着跟在她后面。"正是税收让宗主王成为宗主。要是没有钱,他就会像我们其他所有人一样被踩到地里。"

"强大的男人需要强大的敌人,"裘德说,"战争实在是一桩该死的昂贵爱好。"

"建造圣堂紧随其后。"鲁尔夫朝附近一座正在建造中的巨型建筑点点头,它上面覆盖着一层脚手架、起落板和作业平台构成的网,雅维几乎看不出它的形状。

"那就是宗主王的圣堂?"

"为他新信仰的神而建造,"鲁尔夫往桨架吐了口口水,没中,于是他就改成吐向甲板代替,"满足他虚荣心的纪念碑。已经造了四年,却连一半都还没造起来。"

"有时候我觉得这世界上根本就没有什么神,"裘德边沉思着用手指轻敲嘟起的嘴唇,边说道,"然后我就开始想,到底是谁能让我的人生变得这么糟糕。"

"大概是某个旧神,"雅维说,"反正不是新神。"

"什么意思?"鲁尔夫问。

"从前世界上只有一个创世神,直到精灵们与她交战。他们傲慢地使用了一种极为强大的魔法,将终结之门撕开一道口子,所有精灵都随之被消灭,而创世神则被分裂成许多个小神。"雅维朝着那个巨大的未完成建筑的基座点点头,"南方一些人认为创世神不可能真的被分裂,诸多微小神只是展现出了创世神的某个方面。宗主王看来是吸收了他们的理论,至少威克森女主祭是这样的。"他又想了想,说道:"或者她发现,选择与南方帝国同样的信仰方式来拍他们的马屁能获得什么好处。"他回想起自己跪在她面前时，她的双眼中闪现出来的饥渴光亮。"也可能她觉得，向唯一的神跪下敬拜的老百姓，会更乐于跪下敬拜唯一的宗主王。"

鲁尔夫又吐了一口。"上一任宗主王已经够坏了，但跟他兄弟们相比，就算不错，现在这个老家伙用他自己的力量攫取更多。没有把他们那个唯一神推到至高的位置，让全世界都跪在他们皱巴巴的老屁股下，他和他那该死的祭司大概都不会感到满足的。"

"崇拜唯一神的人不能选择自己的道路：他们的道路都是由上层指定的，"雅维喃喃道，"他不能拒绝对他提出的要求，只能弯腰乖乖执行。"他拉起一段锁着自己的锁链，低头望着它。"唯一神给整个世界都上了镣铐，自宗主王开始，通过宗主王底下的诸侯王，然后再到剩下的我们，每个人都有自己的位置。所有人都是奴隶。"

裘德侧脸看着他："你是个深沉的思想家，约维。"

雅维耸了耸肩，放下了锁链。"就划桨手来说，还不如有一只健全的手来得更实用。"

"话说回来，只有一个神要怎样才能让这个世界运行呢？"鲁尔夫伸出双臂以环抱整个腐朽的城市和里面的人群，"只有一个神怎么可能既顾得上家畜和鱼，又顾得上海洋和天空，还能兼顾战争与和平？尽是胡说八道。"

"唯一神大概就像我这样。"苏梅尔躺在船尾楼上，弯过一只手臂，脑袋枕在细瘦的肩膀上，一条腿晃荡着。

"像你这么懒？"裘德咕哝道。

她露齿一笑。"唯一神选择航线，一群微小神们则被拴着划桨。"

"请原谅我打断一下，全知全能的神啊，"雅维说，"但是从我这儿看来，你身上好像也拴着一条链子。"

"只是现在。"她说着，将一节链子往身后一扔，动作就像是在丢一条围巾。

"唯一神。"鲁尔夫又哼了一声，朝那才建了四分之一的建筑摇摇头。

"有一个神总比没有好。"特里格走了过来说道。

所有的划桨奴隶们全都陷入沉默，他们都知道，接下来的航线将会经过肖恩德的土地，那儿的人对外来者毫不手软，他们不向任何神敬拜，不向任何王下跪，无论那个王自称有多少权威。

但是巨大的危险也意味着巨大的收益，沙迪克施兰姆回到船上时，这样提醒众人。她跳回甲板，手里高举着涂满奇怪符号的许可证，双眼闪亮，一副凯旋的样子，让人不禁以为她是直接从宗主王手里拿到了这份证书。

"那张纸没法从肖恩德人手里保护我们，"有人在划桨位后面咕哝道，"他们会活扒俘虏的皮，他们还吃死掉的同伴。"

雅维哼了一声。他曾经学习过破碎之海周边大部分国家的语言和风俗。恐惧的食粮是无知，戈德琳女祭总是说，而知识能杀灭恐惧。当你开始研究某个人种，你会发现他们其实和你身边的人没什么不同。

"肖恩德人不喜欢外来者，是因为我们总是把他们的人偷走，卖作奴隶。他们并不比我们周围的人更野蛮。"

"或者说一样野蛮？"裘德看着特里格解开鞭子，咕哝着说道。

当天下午，他们向东航去。船上带着新的许可证和新的货物，但桨还是旧的，第二天早上他们醒来之后，祭司之塔便在他们身后的远方渐渐缩成一个微小的点。日落时分，他们驶入一个小小的避风港。在沉入地平线之前，太阳女神在水面上投下了点点金光，把天空染上一层怪异的色彩。

"我不喜欢天空现在的样子！"苏梅尔爬上一根桅杆，双腿挂在帆桁上，皱眉望着地平线，"我们明天得停在这里！"

对她的这个建议，沙迪克施兰姆只是像挥赶苍蝇一样地挥了挥手。"这个小池子里能有什么风暴，而且我的天气运一向很不错。我们继续开。"说着她将一个空酒瓶扔进海里，大喊着让安克兰再来一瓶，只留苏梅尔一个人对着天空摇了摇头。

南风号轻轻地摇摆着，守卫和海员们挤在船首楼里的火盆边上，为了点不值钱的小玩意儿赌着骰子，而某个奴隶则开始用沧桑浑厚的嗓音唱起色情歌谣。有一会儿他把词给忘了，便用没什么意义的哼哼代替，但唱完后周围仍零零散散地传来了疲惫的笑声，还有人用拳头敲打船桨来表示赞赏。

另一个人以鼓舞人心的男低音接着唱起来，是一首关于建造者巴尔的叙事歌，事实上巴尔除了成堆的尸体之外，什么也没建起来，最终他以剑与血，以及那个每个人都得面对的冷酷词语，成了第一任宗主王。在后世来看，就算是暴君也显得有些美好。不一会儿，其他的声音也加入了合唱。最后，巴尔像每个英雄都会做的那样在战场上穿过了终结之门，这首歌也像一切歌曲那样步入尾声。演唱者则收获了大量敲击木头的声音作为奖励。

"还有谁能唱一首？"有人叫道。

在所有人——除了雅维自己——惊讶的目光中，他唱了起来。那是首他母亲曾在晚上唱过的歌儿，那时候他年纪还小，还会因为黑暗而感到害怕。他自己也不知道为什么会突然想到它，但他的声音高昂而自在，远离这艘臭气熏天的商船，去到一个这些人早已遗忘的地方。裘德惊愕地看着他，鲁尔夫也盯着他看，而对于雅维自己来说，虽然他现在无助地被锁在一艘渐朽的破船上，却是有生以来唱得最好的一次。

"再来一首。"有人说。

于是雅维再唱了一首，又一首，紧接着又唱了一首。那些歌唱出失落又重新寻回的爱，一些高尚的英雄事迹，以及一些不那么高尚的行为。他唱到冷血富基的故事，他在战场上睡着；唱到双眼敏锐的阿施兰，她能清楚地数出海滩上的每一颗沙粒；唱了远行者霍兰德的歌儿，他在一场比赛中击败黑皮肤的戴巴之王,然后远行直至世界的尽头,并最终从那儿摔了下去;他唱到凡斯特人锤击者英格尔夫·克劳文福特,但并没有指出这人就是自己的祖父。

他每唱完一首歌,便被要求再来一首,直到新月出现在远山边,星星自天堂的衣装中隐约闪现,雅维唱完了伯里格的传说,他为了创建祭司团献出了生命,为了自魔法中保护所有人,自己化作灰烬。

"就像是一只只有单边翅膀的小鸟儿。"雅维唱歌时,沙迪克施兰姆向下望着他,伸手调整了发卡的位置,"唱得不错,呃,特里格?"

监工吸了吸鼻子,用手背擦擦眼睛,然后充满感情地哽咽道:"我从来没有听过像这样的歌。"

智者会等待时机,戈德琳女祭总是说,但是绝不会让机会溜走。于是雅维鞠了一个躬,用沙迪克施兰姆祖国的语言致谢。他对那种语言了解得并不太深,但一个优秀的祭司能向任何人问候。

"我很荣幸。"他心里想着要往她的酒里放上一块黑舌根,嘴上甜甜地说道,"能为一个如此赫赫有名的人物歌唱。"

她眯起眼睛看着他。"你身上的惊喜倒是挺多?"然后她将手里几乎已经空了的酒瓶扔给雅维,哼唱着走开,她跑调得太厉害,雅维只能听出来那是在唱关于冷血富基的歌。

要是在他父亲的餐桌上,有人供上这样的酒,他会将酒直接泼在那个奴隶的脸上,但现在,它却是他尝过的酒里最好的,充满了阳光、水果和自由的味道。将他自己仅有的这点点酒渣子和别人分享是一件痛苦的事,但鲁尔夫在痛饮一口之后露出的笑容值这个价。

当他们准备睡觉的时候,雅维发现其他奴隶看他的眼神和过去不一样了。或许不如这么说,他们现在都看着他。甚至连船长室外的苏梅尔都若有所思地凝视他,表情看起来就像雅维是一道很难算清的计算题。

"他们为什么全都望着我?"他低声问裘德。

"他们难得能收到什么好东西。你给了他们。"

雅维微笑着将磨秃了的毛皮拉到下巴。他可能没办法用一把餐刀将守卫击倒,但恐怕诸神给了他另外一件更好的武器。时间正在他指缝中溜走。不管怎么说,他现在缺乏条件。但他必须保持耐心,就像冬天一样的耐心。

曾经有一次,父亲在狂怒中打了他,他母亲发现他大哭起来。*傻瓜才直接动手*,她说,*聪明人只会微笑、观望、学习。*

然后再动手。

野蛮人

　　年少时，雅维曾得到过一只软木质的小船。他的兄长从他手里将这只船抢走，扔进海里，而他只能躺在海边峭壁上，眼睁睁地看着它被扔出去，旋转着，最后被波涛当成玩具，直至消失。

　　而现在，海洋女神令南风号成了这样一艘玩具船。

　　他们被抛上一个浪涛的高峰时，雅维觉得胃都要被挤进满是酸味的嘴里，而后他们被甩入满是白色泡沫的波谷，他的胃又像是要被吸到屁股底下去。他整个人倾斜着，左右摇摆，越陷越深，直至高耸的海波从四面八方包围他们，他开始确信他们即将被卷入一个能淹死人的未知深渊。

　　鲁尔夫不再开口，说他曾经历过比这更糟的海难。雅维也听不见他说什么。很难分辨周围的声音中究竟哪些是天空的巨雷，哪些是波涛的咆哮，又有哪些来自于碎裂的船体，饱受摧残的绳索和饱受摧残的人。

　　裘德则不再开口，说他觉得天空渐渐变亮。很难分辨哪里是狂暴的海水，哪里是狂暴的雨。这场自然的暴乱让雅维甚至难以看清他最近的桅杆，直到出现一道闪电照亮暴风雨带来的黑暗，才瞬间冻住了整艘船和船上畏惧的人群，在瞬间将一切简单地照成黑色或白色。

　　裘德因为用力而龇牙咧嘴，他身上所有坚实的皮肤与虬结的肌肉都证明他正全心地与他们的桨斗争。鲁尔夫的双眼因为用力而凸起，苏梅尔则爬到他们在码头时她通常被锁住的那个位置，嘴里喊着些什么，但是风声太大，谁也听不清。

沙迪克施兰姆比往常更不乐于听从别人的建议。她站在船尾楼顶上，单手勾住桅杆，样子就像是勾着自己的酒友，同时另一只手将一把出鞘的剑高举向天空，大笑着，风将她的只言片语带入雅维的耳朵里，她是在向这暴风雨挑战，让狂风骤雨来得更猛烈一些。

命令在此刻毫无用处。桨就像是发狂的野兽，雅维被他手腕上缠绕的布条拖住了，就像儿时他被母亲拖着一样。他的嘴里满是咸涩，部分是因为海水，部分是因为被桨击中流下的血。

在他的人生中从未像现在这样害怕和无助过。他在城堡的秘密通道中躲避父亲的时候没有；面对着胡里克那张沾满血迹的脸，而奥登说"杀了他"的时候没有；在格劳姆-吉尔-高姆脚下瑟瑟发抖的时候也没有。此刻的他们即使再强壮，面对海洋女神高昂的怒火时也只能心怀苍白的恐惧。

又是一道闪电划过，他们眼前出现一条海岸的轮廓，持续不断的浪潮啃食着参差不齐的海滨，在点点飞溅的白色水花中出现了黑色的岩石和树木。

"诸神保佑我们。"雅维轻声说道。他紧紧闭上眼睛，船身突然猛烈地震动了一下，将他向后一甩，他的脑袋撞上了船桨。周围的人纷纷滑倒，纠缠在一起，从各自的划桨位上滚到锁链所能允许他们滚动的最远处，他们的双手都奋力抓着一切触手可及的事物，否则便可能会被项圈勒住。雅维感觉到鲁尔夫强壮的手臂圈住了他的肩膀，迅速将他拉回划桨位，在将死之时能触摸到另外一个人的身体，这样的念头给了他一种莫名的宽慰。

他从未像现在这样祈祷，向所有他能想得起来的诸神祈祷，无论他们是崇高神，还是微小神。不为黑色王座，不为向狡诈的叔父复仇，不为伊瑟伦曾经许诺过的更好的吻，甚至也不为从项圈中挣脱重获自由。

他只祈求自己能活下来。

一个猛烈的撞击让船骨剧烈地摇晃了一下，整艘船都倾斜了。巨桨如同小枝条一般被撞得粉碎，一个大浪冲过甲板，攫住雅维的衣服，他觉得自己绝对会像伯父那样死去，被无情的大海吞没……

*

破晓出现得模糊而无情。

南风号搁浅了，向一边倾斜，就像一条巨鲸无助地搁浅在冰冷的沙滩卵石上。雅维全身浸湿，瑟瑟发抖，满身是伤，但他在严重歪斜的划桨位下活下来了。

暴风雨咆哮着在黑暗中向东远去，但在这蓝灰色的苍白清晨，对这些不幸的划桨奴隶们来说，风依旧寒冷，雨也依旧猛烈，他们中的大部分人因为身上的擦伤而哼哼着，有些伤得更严重的则发出了痛苦的呜咽。有一个划桨工作台的固定螺丝松动了，它消失在海里，不用说锁在那上面的三个不幸的奴隶也因此被带去了终结之门。

"我们算走运的。"苏梅尔说。

沙迪克施兰姆从她背后拍了她一下，几乎将她拍倒在地。"我说过我的天气运一向很不错！"至少，在单方面与风暴搏斗之后，她的情绪看起来很是不错。

雅维看着他们在船上巡视，苏梅尔皱眉盯着船的破损处，双手敲打碎裂的船板，舌尖一直舔着嘴唇上的伤口。"至少龙骨和桅杆保住了。我们损失了十二支桨，有三个划桨位坏了。"

"不用说还有三个划桨奴隶消失了，"特里格因为这些损失而极为沮丧，"还有两个人死在位子上，有六个人现在没法划桨，以后可能也没法干活了。"

野蛮人

"船体中间的那个洞才是真正需要担心的。"安克兰说,"马上就要天亮了,我们得修好这艘船,至少把窟窿堵上,不然它肯定得沉。"

"不管这是什么地方,让我们去找点木材来?"沙迪克施兰姆伸长手臂挥向海滩边的古老森林。

"这里是肖恩德人的土地,"特里格看着这片黑色的森林,消沉地说,"要是在这里碰上他们,我们都会被扒皮。"

"所以你更要赶快开工,特里格,你留着那层皮看起来也没什么好的。要是我的运气还罩着我,我们就能赶紧修好船,然后在肖恩德人磨利他们的刀子之前逃走。你!"沙迪克施兰姆向前走到正跪在鹅卵石上的"什么都不是"身边,往他肋骨上踢了一脚,把他踢翻在地,"怎么不擦地板了啊,你这狗杂种!"

"什么都不是"沿着沉重的锁链爬回倾斜的甲板,然后就像是房子被烧毁的人回来擦洗灶台似的,悲伤地干起他的日常工作。

安克兰与苏梅尔交换了一个怀疑的眼神,也开始干活,沙迪克施兰姆则取来了她的工具——也就是酒——在附近的一块岩石下,大口大口地喝起来。

特里格打开了一些锁——这实在是很少见的状况——那些几个礼拜都没有离开过他们划桨位的桨手们换上了更长的链子,从安克兰手里接过工具。裘德和鲁尔夫被分配到了钉子和木槌,他们主要负责劈开树木,雅维则负责将砍下的木材拖到船侧的裂缝处,苏梅尔站在那里,用一把短柄小斧将它们劈成规整的形状,她的下巴因为专注而紧收着。

"你笑什么?"她问他。

雅维的双手被劳作擦伤,脑袋因为撞在桨上而受伤,从头到脚都沾满细碎木屑,但他笑得反而更开心了。人被铐在一根长些的链子上,任何事物看起来都会变得更美好,苏梅尔也毫不例外。

"我从工作台上获得了自由。"他说。

"嘘。"她抬了抬眉毛,"你可别习惯了这一点。"

"看那边!"有人发出了仿佛公鸡落入厨子手中一般的惊声尖叫。一个守卫手指陆地,脸色惨白。

林子边缘站着一个人。尽管天气寒冷,他仍赤裸上半身,身上涂着白色彩绘,黑发直立,肩上扛着一把弓,臀边挂着一把短斧。他没有突然移动,没有发出任何声音,只是静静地看着这艘船以及在船周边忙活的奴隶们,然后静静转身,消失在阴暗处。就算是一支正在执行任务的军队,此刻所能带来的恐慌也不过如此。

"诸神保佑我们。"安克兰边说边拉扯项圈,就好像它锁得太紧让他无法呼吸。

"加快速度!"沙迪克施兰姆咆哮道。她担忧得一时间竟停下了喝酒的动作。

他们怀疑自己的效率,不时向树林观望,寻找下一个不友好的访问者出现。有一阵子,一艘船经过远海,两个水手奔入海浪中向他们挥手,大喊大叫寻求救援。那艘船上有个人影也向他们挥了挥手,船却丝毫也没有要停下来的样子。

鲁尔夫用厚实的手腕擦了擦额头的汗水。"换了是我也不会停下来的。"

"我也不会,"裘德说,"我们必须自救。"

雅维能做的只有点头。"我都没去挥手。"

就在此时,更多的肖恩德人无声地自黑暗的森林中出现。三个,六个,然后是十二个人,全都武装到牙齿,每多一个人都让雅维和其他人感到愈发恐惧。他确实曾经读到过书上说,肖恩德人其实是非常友好的民族,但这些人看起来与那本书上所写的不像是同一个人种。

"动作别停!"特里格咆哮着,抓住一个想要逃跑的人的后颈,强迫他回到原来的位置,"我们必须赶跑他们。让我们来给他们点厉害瞧瞧。"

野蛮人

沙迪克施兰姆将她正喝着的酒瓶扔过卵石海滩。"你现在看到一个人,意味着还有十个藏着的。我估计到时候你才是那个被给了点厉害瞧瞧的人。不过你要是非得试试,我会在边上看着的。"

"那我们怎么办?"安克兰喃喃道。

"我会努力不给他们留下一点点酒。"船长又开出一瓶新酒,"你要是想给他们省点事儿,可以自己先给自己扒了皮。"她猛灌下一口,呛了起来。

特里格朝着依旧跪在地上擦甲板的"什么都不是"点点头:"或许我们可以给他一把刀子。"

沙迪克施兰姆突然大笑起来。"绝对不行!"

智者会等待时机,但是绝不会让机会溜走。

"船长,"雅维放下手里的厚木板,谦卑地向前走去,"我有一个建议。"

"你想给他们唱首歌儿吗,残废?"特里格厉声说。

"跟他们谈谈。"

沙迪克施兰姆眯起没精打采的双眼,回道:"你懂他们的语言?"

"足够让我们安全地活下来。或许还能跟他们交易。"

特里格用手猛地一指那些人数还在不断增加的彩绘战士。"你认为这些野蛮人会听你给出的理由?"

"我知道他们会的。"雅维希望自己真的能像他表现出来的那般确定。

"这太疯狂了!"安克兰说。

沙迪克施兰姆的视线转向了仓库管理员的身上。"我正在等着你提出反对的意见呢。"他眨了眨眼睛,半张的嘴巴无助地抽动着。船长收回视线,"这些年来英雄可是越来越少了。特里格,你带我们单手的大使去跟他们谈判。安克兰,你也跟上。"

"我?"

"除了你之外我还认得那个名叫安克兰的胆小鬼?你不就是负责交易的吗?去交易。"

"从来没有人跟肖恩德人交易过!"

"那么你完成的交易将会被载入史册。"沙迪克施兰姆站住了,"每个人都有需要的东西,这就是商业的迷人之处。苏梅尔会告诉你我们需要什么。"她靠近雅维,带着沉重酒气的呼吸喷到他的脸上,她轻轻拍了拍他的脸颊。"唱给他们听,男孩。要唱得像你在那个晚上那么甜美。为你的生命而歌唱吧。"

而后,雅维便慢慢向树林走去,他高举空空的双手,特里格多肉的拳头里牢牢地攥着他换上的短链子,他拼命地试图说服自己,更大的风险就意味着更大的收益。在他面前,更多肖恩德人聚集起来,静静看着他。而在他身后,安克兰用海楞语轻声说着:"要是这残废真的交易成功了,我们还是照常分钱?"

"干吗不呢?"特里格说着拉了雅维的链子一把。雅维几乎无法相信他们在这种时候还能想到钱的问题,但恐怕就算是终结之门在他们面前敞开,一个人所能想到的也只有自己知道的事情。最终,他又回到了祭司的思维模式,但在渐渐围拢的肖恩德彩绘野蛮人面前,这种思维的方式恐怕也只是一层薄薄的保护层。

肖恩德人没有大叫,也没有摇晃他们的武器。就算不那么做,他们也已经展露出了足够的威胁。雅维往前走,他们简单地给他留出了空间,特里格带着他们穿过树林,直到一块有更多肖恩德人聚集在火堆边的空地。雅维意识到了这里到底有多少人,不由得咽了一口口水。他们的总人数大概是南风号上的三倍。

在那些人里坐着一个女人,她正用一把小刀修削着一根棍子。在她的皮项环上缀着一块精灵石卡,绿色的卡上点缀黑色宝石,上面爬着无法解读的标记和错综复杂的金线。

野蛮人

　　一个祭司要学习的第一件事是辨识权力。通过眼神的交会、站立的位置、人群的移动以及说话的语调，在追随者中找出首领。毕竟，干吗要在下属身上浪费时间呢？所以雅维在人群中行走，就像他们全都不存在，他直直地望着那女人皱着眉头的脸，而战士们则用出鞘的武器筑成丛林跟在他、特里格以及安克兰的身后，紧紧包围他们。

　　在那极短暂的一瞬间，雅维踌躇了。有一会儿，他乐于见到特里格和安克兰的恐惧更甚于他自己。在那一瞬间他比他们更强有力，他发现自己喜欢这种感觉。

　　"说话！"特里格嘶哑地说道。

　　雅维思索着有没有什么办法能杀了这监工。利用肖恩德人让自己来获得自由，或许还有鲁尔夫和裘德的自由……但这任务有点太艰巨了，而且太花时间。一个睿智的祭司应该选择更大的利益与更少的恶，用各种语言为和平之神铺平道路。于是雅维低下身子，单膝跪在泥泞的土地上，以戈德琳女祭教过的姿势将萎缩的手放在胸前，另一只手则放在额头，这个动作代表着他所讲述的都是真话。

　　即使他即将说出口的是谎言。

　　"我的名字是约维。"他用肖恩德语说道，"我前来谦卑地单膝跪下，这代表着我们不再是陌生人，我为自己和伙伴们乞求贵宾权。"

　　那女人望着雅维，慢慢眯起眼睛。她看了看身边的人，将小刀插回鞘里，把那截棍子扔进火堆里。"该死。"

　　"贵宾权？"一个战士难以置信地用手指着搁浅的船，喃喃道，"这些野蛮人？"

　　"你的发音有点糟糕，"那女人抬了抬手，"我是肖恩德的丝薇杜尔。站起来吧，约维，欢迎你来我们的灶台边，我会保证你不受伤害。"

　　另一个战士愤怒地将斧子砍向地面，消失在灌木丛中。

　　丝薇杜尔望着他离开。"我们其实挺想杀了你们，再抢走你们的货物。我们必须拿走一切我们能拿的东西,因为你们的宗主王会在来年春天重新与我们开战。那个贪婪的人,我想不出我们有什么值得他来夺走的东西。"

雅维用余光回望到安克兰正皱眉怀疑地看着这场交谈。"很可惜,根据我的观察,有些人总是想要更多。"

"确实如此。"她将手肘搁在膝盖上,手撑下巴,看着她的战士们垂头丧气地坐下来开始聊天,有一个甚至已经动手擦除身上的战斗彩绘。"今天本来应该是个大赚一票的日子。"

"今天依然可以是。"雅维站起身,像他母亲要开始一场交易时通常会做的那样,合起手掌,"我的船长有些东西想要与你们交易……"

丑陋的小秘密

　　沙迪克施兰姆的船长室十分狭小，堆满装饰品，三扇窄窗也只能让室内阴沉昏暗，从低矮的房梁上垂下的袋子和包更是造成了不少阴影。她的床上堆满被单、皮毛和各色枕头，占据了室内最大的一块面积。室内充满焦油、盐和熏香混杂的气味，还有一些来自变质的糖和变质的酒水。但与雅维之前生活的场所——假如那种质量的日子也配得上被叫作生活——相比，这里依然算得上是极为奢华的。

　　"我们的修理顶不了多久，"苏梅尔说，"我们得回去赛肯豪斯。"

　　"破碎之海最迷人的地方就在于它是个环形，"沙迪克施兰姆用酒瓶在空中划了一个圆，"我们怎么走都能到赛肯豪斯。"

　　苏梅尔惊愕地眨了眨眼睛："但是一条路线只要几天，另一条路线则要几个月！"

　　"你会带我们走到的，你总是能做到这一点。水手们最大的敌人是海洋，而不是漂在海上的这点小木板，不是吗？往哪边走能有什么区别？我们只要朝前就对了。"沙迪克施兰姆的视线转移到矮梁下的雅维身上，"啊，我的大使！既然皮还在我们身上，那么我猜事情进行得挺顺利？"

　　"我需要与你谈谈，我的船长。"他说话的时候眼神朝下，这是一个祭司与他的国王说话的方式，"只与你一个人谈。"

"嗯。"她噘起下嘴唇，然后像个乐手弹竖琴似的用手拉了它一下，"一个男人寻求私人谈话总是能激起我的兴趣，虽然你的年纪这么小，又残疾，还没什么魅力。继续加固木材、填满空隙的工作吧，苏梅尔，最晚到明天早上，我们就得在海上。"

苏梅尔脑袋两侧的肌肉都紧绷了起来，她咬牙说道："要么在海上，要么就得在海下。"说着，她从雅维身边走过，离开了。

"所以？"沙迪克施兰姆痛饮了一口酒，重重地将酒瓶放下。

"我向肖恩德人请求了贵宾权，我的船长。他们有一个非常庄重的传统，不能拒绝陌生人以正确的方式提出这个要求。"

"聪明。"沙迪克施兰姆用双手将银黑相间的头发归拢在一起。

"我与他们谈判，获得了一些必需品，还做了一些我认为不错的交易。"

"非常聪明。"她边说边将头发扎成平常的样式。

但接下来才是真正需要他发挥聪明才智的时刻。"你可能不会像我一样认为这是一桩好交易，我的船长。"

她眯起双眼："怎么会？"

"你的仓库管理员和监工从你的收益里中饱私囊。"

一阵长长的静默，沙迪克施兰姆将发卡一一别在头发上。她的表情没有丝毫变化，雅维却突然觉得自己正站在峭壁的边缘。

"他们真这样干了？"她问。

他曾设想过各种可能性，却没料想到她的反应会是这样突然的冷酷。她是否早就知道却毫不在意？她是否会不为所动地又重派他回去划桨？特里格和安克兰会知道他的背叛吗？他舔了舔嘴唇，知道自己如履薄冰。但此刻他别无选择，只能继续前进，同时期望自己能站到坚实的地面上。

"不是第一次了。"他低声说。

"不是？"

丑陋的小秘密

"在伍尔斯加德,你给了他们足够购买健康划桨奴隶的钱,他们却买了他们能找到的最便宜的垃圾货色,我也是其中之一。我猜你没拿到多少找零。"

"可怜巴巴的一点点。"沙迪克施兰姆用两个指头夹起酒瓶,猛灌一口,"但我在想的是,你想和我达成什么交易。"

雅维心中涌起了一股奇怪的渴望,想把话一口气说出来,他不得不勉力让自己说得尽量平静而真挚,像一个祭司那样说话,"他们两次都是用海楞语达成的协议,以为没有人能听得懂。但我同样也能说那种语言。"

"而且也能唱那种语言的歌,毫无疑问。作为一个划桨奴隶,你倒是有不少才能。"

一个祭司必须尽量避免被问到自己无法回答的问题,雅维早已为此准备好了一个谎言。"我的母亲曾是祭司。"

"一个祭司该始终扎紧她的皮带。"沙迪克施兰姆噘起嘴巴吸了口空气,"哦,丑陋的小秘密。"

"人生中充满了这样的事。"

"确实如此,男孩,确实如此。"

"她教了我各种语言、算数、药草的学问,还有很多其他的知识。都是些会对您有用的技能,我的船长。"

"你确实是个挺有用的男孩。你需要双手与人战斗,但只要有一只手就能偷袭他们,呃?安克兰!"她朝打开的门喊了一声,"安克兰,你的船长要跟你谈谈!"

仓库管理员来的步伐很快,但没有快过雅维的心跳。"我正在盘点货物,船长,有一把短柄小斧不见了——"穿过房门进入房间的一瞬间,他看到了雅维,他的表情扭曲了,刚开始是惊讶,而后是怀疑,但最终他尝试着露出笑容。

"要我给您再拿点儿酒——"

"再也不用了。"之后是一小段让人厌恶的沉默，船长双眼发亮笑了起来，安克兰脸上的血色渐渐退去，雅维觉得自己太阳穴上的血管正越来越响地跳动起来。"我早就估到特里格会抢我的钱，他毕竟是个自由人，他自己的兴趣需要开销。但是被你抢？被自己的财产给抢了钱？"沙迪克施兰姆拿过酒瓶，舔掉瓶颈上最后一滴酒，懒洋洋地用手抛接着瓶子，"你得知道这对我来说实在太难堪了。"

仓库管理员的薄嘴唇扭曲起来："他在说谎，船长！"

"但他的谎言与我的怀疑不谋而合。"

"这全是——"

沙迪克施兰姆用酒瓶的底部猛地揍了安克兰，速度之快，雅维几乎没有看清她的动作，只听到砰的一声空响。他嘟囔着倒下了，脸上挂着条条血迹，视线迷糊。她向前走上几步，抬脚踩住他的头，而后平静而坚定地皱着眉，踩了下去。

"你敢骗我？"她咬紧牙关嘶嘶地说道，脚后跟在他的脸上踩出了一个凹陷。

"从我口袋里偷东西？"她的靴子踢歪了安克兰的鼻子。

"把我当成傻瓜？"

雅维将视线转向房间一角，船长脚踩着安克兰的声音嘎吱作响一直不停，让雅维觉得呼吸都凝结在喉咙里。

"归根到底……我已经……为你办完了事！"

沙迪克施兰姆蹲下来，将手肘搁在膝盖上，双手垂下，抬起下巴，将一束落在脸上的头发吹开。"我再次为人性的肮脏而感到失望。"

"我的妻子。"安克兰低声说起来，雅维将视线又转回他那张已被毁容的脸上，他的嘴唇上出现一个血泡，又破裂了，"我的妻子……还有孩子。"

"跟他们有什么关系?"沙迪克施兰姆甩了他一个耳光,而后皱眉看着自己手背上出现的血印子,用安克兰的衣服擦掉血迹。

"那个人口贩子……你从他那儿买了我……在托尔比城。"安克兰的声音支离破碎,"约夫费尔。他们在他手里。"他咳了几声,用舌头从嘴里推出了一截被打断的牙齿。"他说他会保证他们的安全……只要我付钱给他……每次我经过托尔比城的时候。如果我不付钱的话……"

雅维觉得膝头发软。软到他觉得自己即将倒下。现在他明白安克兰为什么需要那些钱了。

但沙迪克施兰姆只是耸了耸肩膀。"关我什么事?"她揪起安克兰的头发,从皮带里拿出一把小刀。

"等等!"雅维叫了出来。

船长盯着他看,眼神锐利:"你说真的?确定?"

他想尽一切办法露出一个无力的笑容:"为什么要杀掉你能出售的东西?"

她又蹲了一会儿,紧盯着他,而他则怀疑她是否会将他们两个人都杀死。而后她哼笑出声,放下刀子。"我确实说过,仁慈是我的祸根。特里格!"

监工走进船长室,看到地上的安克兰脸上一片血红时,停了一会儿脚步。

"我发现我们的仓库管理员从我口袋里偷东西。"船长说。

特里格皱眉看着安克兰,然后看着沙迪克施兰姆,最终长久地盯着雅维。"看来有些人就想着他们自己。"

"而我本觉得我们都是一家人。"船长站起身来,拍了拍膝盖上的灰,"我们有了一个新的仓库管理员。给他换个好点的项圈。"她用脚踢着安克兰滚出了门,"然后把这东西丢到裘德的划桨位上。"

"我立刻就去办,船长。"特里格用单手拖着安克兰,用脚踢门,将门关上了。

"你看我多仁慈。"沙迪克施兰姆欢快地说着,用依旧懒散地拿着小刀、沾着血迹的双手,做了一个宽容的姿势,"仁慈是我的弱点。"

"仁慈是一种伟大的表现。"雅维勉力低沉回应。

听到他这句话,沙迪克施兰姆微笑起来:"是吗?但是,尽管我如此伟大……我实在是觉得安克兰把我今年所有的慈悲心都用尽了。"她用长长的手臂环过雅维的肩膀,用拇指勾住他的项圈,将他拉近,拉近,一直近得他能闻见她呼吸中的酒气。"要是另一个仓库管理员背叛了我的信任……"她的话意味深长地渐渐消失于沉默。

"你完全不必担心,我的船长。"他看着她的脸,距离是如此之近,她的双眼就像是要并在一起,"我没有妻子或孩子能让我分心。"只是有个要杀的叔父,要娶的叔父之女,以及要夺回的哥特兰德之黑色王座。"我是属于你的男人。"

"你还不怎么算得上是男人,不过,其他都很好!"她用雅维的衬衣擦拭了匕首两面,"那就快滚去你的仓库,我的单手小祭司,搜出安克兰把我的钱藏在了哪儿,再给我拿点儿酒来!还有,要露出笑容,男孩!"沙迪克施兰姆从头颈上解下一条金链子,挂在了床边,"我喜欢我的朋友们都露出笑容,我的敌人则全都死光!"她双臂大张,扭动手指,最后将身体倒向那堆皮草。"今日太阳落下,我们获得的承诺太少,"她朝着天花板喃喃道,"但似乎每个人都得到了自己想要的东西。"

雅维急匆匆地走向门边,他觉得在此刻最好还是明智地别说,安克兰——更不用说他的妻儿——并不会同意她这句话。

敌人与同盟

相比划桨，雅维发现自己更适合管理仓库的工作，而对于这一点没有任何人会感到惊讶。

一开始，他觉得简直没法爬进甲板下属于他的那片腐朽阴暗的新领地，那里面全然是桶与盒子的混乱集合体，箱子多得快要溢出来，天花板上还摇摇摆摆地挂满袋子。但用不了一两天，他就把一切都整理得井井有条，就像戈德琳女祭的架子过去那样，只除了新修好的木板有规律地渗出海水。每天早上都得将新形成的盐水坑一桶桶地清理干净，实在不是件令人愉快的工作。

但好过回到划桨位上太多。

雅维找了一段弯铁棒，用来将所有略显松动的钉子都敲严实。他努力让自己不要去想，就是这些简陋的木板下方，正承受着海洋女神的全力碾压。

南风号艰难地向南航行，尽管它受损严重，人手不足，却也在几天里抵达了罗伊斯多克的大型市场，在圣河河口这个满是沼泽的小岛上，成百上千的商店鳞次栉比。一些行动敏捷的小船只停在码头锭盘周围，就像是被蜘蛛网抓住了的小飞虫，同样被抓住的还有船上那些皮肤被晒伤的瘦弱船员。那些人用几星期的时间来奋力划船逆流而上，费上更大的力气将船拖上岸,然后用他们奇异的货物大捞一票,换得一两个晚上的寻欢作乐。苏梅尔骂骂咧咧地修着南风号漏水的破口,雅维则被特里格牵着链子上了岸,去市场购买划桨奴隶来替代那些在暴风雨中损失的人手。

狭窄的小巷中充斥着各色各样的人,雅维开始交易。他曾经看到母亲做过同样的事——黄金王后莱斯琳,在整个破碎之海周边,再没有任何人能有比她更敏锐的眼力、更犀利的口才——他发现自己完全不用多想就能应用她那些花招。他用六种语言讨价还价,商人们惊骇地发现隐秘的语言背叛了自己。他恩威并施,对价格嗤之以鼻,对质量吹毛求疵,佯作离去又被商人们恳求返回,开始总是像油一样滑溜,接下来却又像铁块一般坚定,最后转身离去,留下一长串哭泣的商人们。

特里格手中握着的链子非常轻,以至于雅维几乎彻底忘记自己正被锁着。直到最后,他们买好了需要的一切,找钱丁零当啷地放回船长的钱袋里,监工的耳语弄痒了雅维的耳朵,让他的每一根头发都竖了起来。

"你实在是个相当狡猾的小残废,不是吗?"

雅维停顿了一会儿以收回神志。"我……不是很明白。"

"毫无疑问。显然你听懂了我和安克兰的对话,然后把它告诉了船长。她大发脾气想要报复,不是吗?她自我吹嘘的那些故事可能全是假的,但我要告诉你的真事儿肯定也会让你大吃一惊。我曾经看到过她杀掉一个男人,只因为对方踩了她的鞋子。那可是个高大的男人,非常高大。"

"或许就是因为他太高大才会踩痛她的脚。"

特里格一扯链子,项圈猛地撞在雅维的脖子上,让他痛叫出声。"别太依赖我的好脾气了,小子。"

特里格的好脾气看起来是个特别虚弱的玩意儿,扛不住什么分量。"我只是打出了我手里有的牌。"雅维嘶哑地说道。

"我们都是这样,"特里格不怀好意地说道,"安克兰的手牌很糟,所以他付出了代价。我不打算和他有一样的下场,所以我向你提出同样的建议,你从沙迪克施兰姆那里弄出来的钱,付我一半。"

"如果我不从她手里弄钱呢?"

特里格哼了一声。"每个人都拿了点什么,小子。你给我的钱,我会取出一部分传给守卫,然后人人都会变得很友好,周围的人都会对你微笑。但要是你什么也不给我,那就会产生不少敌人,都是些不好惹的家伙。"他将雅维的链子绕在自己的手上,将雅维拉得更近,"你要记住,不管是狡猾的还是傻呵呵的小娃娃,要是溺死了,可都是一样的。"

雅维又咽了一口口水。戈德琳女祭总是说,一个优秀的祭司从不说"不",只要他们能说"可能可以"。

"船长非常警惕,她还没有信任我。你只需要再给我一点时间。"

特里格猛推了他一把,将他跌跌撞撞地送往南风号的方向。"你需要保证只是'一点'时间。"

这样的结果对雅维来说已经够好了。在托尔比城的那些老朋友们——更不用说那些旧敌们——不会一直等着他。尽管这监工表现得还算友好,但雅维希望自己能在一切为时太晚之前脱离他的陪伴。

*

他们离开罗伊斯多克后向北航行。

他们穿过无名之地,在那里,沼泽形成的小镜池延伸得一望无际,成百上千的天空碎片散布在这片如同大地与海洋杂交而成的土地上,孤独的鸟儿在荒野中鸣叫,当雅维呼吸到这带着深深咸味的空气时,他开始怀念故乡。

他时常会回想起伊瑟伦,试图想起她靠近时的气息,她嘴唇的触感,她微笑的形容,还有阳光穿过圣堂的大门照耀在她发梢上的样子。净是些零星的回忆,在他脑海中一遍又一遍地回放,直到它们渐渐乏味,有如乞丐身上的旧袍。

她现在是否又被许配给了一个更好的未婚夫？她是否正在对另外的某人微笑？亲吻另一个爱人？雅维咬紧牙关。他必须回去。

他将所有的闲暇时间都用于计划逃跑。

他们进了一个交易点，那房子造得非常粗糙，光是路过都有可能会被扎上一身刺。雅维将一个女仆指给特里格看，趁他分心时，在盐和药草之外又取得了一些特殊的补给。那是一些能制造烈酒的叶子，足够让船上的每个守卫都行动迟缓而沉重，要是剂量正确，还能让他们全都睡着。

"钱的事情怎么说，小子？"特里格在他们回南风号的路上嘶嘶地说道。

"我已经有了一个计划。"雅维边计划着要如何让特里格昏睡在船侧，边露出了一个谦逊的微笑。

老实说，相较于国王，作为一个仓库管理员的他更有分量，更有价值，更受到尊重，也更为有用。划桨奴隶们有了足够的食物，也有了温暖的衣物，于是便会在他经过时咕哝着表示感谢。他们出海时，是他在经营管理着整艘船，但就像每个守财奴对待收益那样，这点点自由只会让他的渴望变得更为强烈。

雅维会在自己觉得没人瞧见的时候，偷偷将面包皮掉在"什么都不是"手边，看着他迅速地将它们扫进破衣服里。有一次他们的目光相会，雅维怀疑这擦洗工是否会为此而感恩，因为在他那双古怪而又明亮的凹陷双眼中，几乎看不出一点残存的人性。

但是戈德琳女祭总是说，*做好事是为了自己*。因此他总是尽可能地给"什么都不是"扔些面包皮。

沙迪克施兰姆愉快地注意到她的钱袋明显增重了，此外，或许更令她愉快的是，提供给她的酒有了显著的提升，这部分是因为雅维能给她买更多酒。

"这瓶葡萄酒比安克兰给我买的质量要更好。"她喃喃地说着，斜眼看酒瓶底部沉积的色泽。

雅维深深地鞠了一个躬。"一瓶配得上您那些成就的酒。"在微笑的面具背后，他内心所想的却是有朝一日再次登上黑色王座，他该如何看着她的首级被悬挂在尖啸之门上，而这艘该死的船又该如何被烧成灰烬。

有时候夜晚降临，她会向雅维伸出一只脚，让雅维替她脱下靴子，而她自己则滔滔不绝地讲述过去的荣光，每一次故事里的名字和细节都会像油一般灵活改变。然后她会说，雅维真是一个有用的好男孩，难得运气好的时候，她还会从桌子上拿点残渣给他，并自陈道："仁慈迟早会是我的祸根。"

要是雅维能控制住自己没有当场将那些残渣塞进嘴里，他就会将它们悄悄塞给裘德，而裘德则会传给鲁尔夫，与此同时，安克兰则坐在裘德与鲁尔夫之间，皱眉望向虚空，他的头皮在剃头时被割伤，而他的脸因为结疤而变形，看起来比他在沙迪克施兰姆的靴底下时更为严重。

"诸神啊，"鲁尔夫咕哝道，"把这双手健全的傻瓜从我们的桨边挪开，重新还我们约维！"

他们周围的划桨奴隶都笑起来，但安克兰依旧像是个木头人一般地坐着，而雅维则想知道，他是否也在心里发了一个复仇的誓言。雅维抬头向上，看到苏梅尔正在她的位置——帆桁上——皱眉望着自己。她总是这样观看、判断，就好像在看着一条她并不赞成的航线。即便是在夜里，他俩一起被拴在船长室外的同一个锁上，除了古怪的呼噜声之外，她也不会对雅维发出一点声音。

"用力划。"特里格走过时厉声说着，将雅维推搡向他曾经划过的那只桨。

看起来在交到朋友的同时，他也树立了不少敌人。

但是，正如他母亲过去常常说的，仇敌是成功必须付出的代价。

"靴子，约维！"

雅维像是挨了一巴掌似的后退一步。在刚才，他的思绪如往常那样飘远了。一直飘到他父亲燃烧的战船所在的山坡上，他在那里当着诸神的面宣告复仇的誓言；阿姆文德镇的塔楼顶上，燃烧的气息充斥他的鼻腔；还有他叔父那冰冷的笑脸。

你本能做个很不错的宫廷小丑。

"约维！"

他挣扎着从自己的毛毯中爬出来，身后拖着一条链子，跨过正蜷缩在被褥中的苏梅尔，她那张深色肌肤的脸蛋在睡梦中静静地抽动着。他们正在往北航行，天气日渐寒冷，夜晚时劲风裹挟着点点雪花，将划桨奴隶们身上盖的皮子染上点点白色。守卫们放弃了巡逻，只留两个人蜷缩在船首楼到船舱之间的火盆边，痛苦的脸庞被火光映成橘色。

"这些靴子可比你值钱多了，该死！"

沙迪克施兰姆坐在床上，双眼湿漉漉的，身体前倾，试图抓住靴子，但因为醉得太厉害，怎么也抓不住。看到雅维时，她松懈下来。

"来搭一把手，呃？"

"只要您不需要我搭上双手。"雅维回答。

她咯咯笑起来。"你这聪明的残废小杂种，是吧？我发誓一定是诸神派你来的。派你来……帮我脱靴子。"她的咯咯笑声渐渐变得像是鼾声，当雅维奋力脱掉她的两只靴子，将她的双腿抬进床上时，她已经开始沉睡，头往后仰，头发落在嘴上，随着她的每一次呼吸而飘动。

雅维如石头一般静静站立。她衬衫的衣领开了，项链从里面滑了出来。在她头颈边的皮草上，对应着船上所有锁的钥匙正闪闪发光。

他向门的方向望去，房门打开着，外面雪花翩翩飞舞。他打开灯罩，吹熄照明的火焰，整间屋子便沉入黑暗之中。这风险大得可怕，可是一个正与时间赛跑的人总有必须赌上一把的时刻。

智者会等待时机，但是绝不会让机会溜走。

他渐渐靠近床边，满身战栗，用只有一只手指的手滑到沙迪克施兰姆的脑袋下面。

他轻轻地，轻轻地将她的脑袋抬起来，因这可怖的重量而胆战心惊，为了这动作尽可能缓慢，他咬紧牙关。当她抽动着发出哼哼声时，他畏缩了，他确信船长的双眼会突然睁开，然后她的后脚跟将像她踢安克兰那样踢中他的脸。

他深深地呼吸了一口气，抬着她的脑袋，伸手去够那钥匙。此时透过一扇窄窗，月亮之神的一束光正照射在他身上，他尽量利用这点光亮……然而他那渴望的手指却显得始终短了几分。

他的颈上突然传来一阵令他窒息的拉力。他的链子似乎是勾到了什么东西。他转身想要将它解开，却发现入口的门紧紧地关上了，他的链子正被人静静地握在双手之中。是苏梅尔。

在那一瞬间，他们全都停下动作。然后她开始卷起雅维的锁链，将他拖向自己身边。

他尽可能轻地放下沙迪克施兰姆的脑袋，然后边嘶嘶地呼吸着，边用他健全的手抓住链子，试图把它往回扯。苏梅尔只是更用力地拉住链子，项圈摩擦着雅维的头颈，链环嵌在了他的手心里，他不得不咬住嘴唇才没有大喊出声。

眼下的状态有些像是在托尔比城的海边，男孩子们总是玩的那种绳索拉力赛，区别仅在于角力的一方用上了双手，而链子的另一端则系在雅维的脖子上。

他拧着链子用力，但是苏梅尔对他来说实在太过强壮，她静静地将他越拉越近，越拉越近，他的靴子在地板上滑动着，碰到了一个酒瓶，

又让它滚了出去。最后，苏梅尔抓住他的项圈，将他拖到室外，一把揪住了他。

"你这该死的傻瓜！"她冲着他的脸咆哮道，"你想找死吗？"

"关你什么事？"他嘶哑着回答，她用力过度而发白的指关节抓着雅维的项圈，而雅维发白的指关节则抱着她的手。

"要是他们因为你偷了钥匙而换掉所有的锁就和我有关了，你这白痴！"

接下来是长长的停顿，他们在黑暗中相互瞪着对方，雅维突然意识到他俩靠得有多近。近到足够让他发现她的鼻梁中间因为愤怒而起的皱，看到她嘴唇上那道疤里面牙齿的闪光，感受到她的热度。近到足够他闻到她急速的呼吸，带着一点点酸味，但并不算太坏。他俩近到，几乎，能接吻。她定然也在同时意识到了这一点，因为她松开他的项圈，就像是它极为烫手，然后一把将手挣脱了他的紧握。

他又仔细想了想她所说的话，又看了看他俩现在的样子，突然意识到了一点。

"更换所有的锁只会对那些已经有了钥匙的人产生困扰。或许，有谁找到了什么办法，偷偷打了一把钥匙？"他坐回自己通常的位置，用好手摩挲颈上的新伤旧疤，又将残废的那只手夹在温暖的腋窝下，"但是对于一个奴隶来说，想要拥有钥匙唯一的理由就只是逃走。"

"闭嘴！"她在他身边慢慢滑坐下来，接下来又是一阵静默。雪还在飘动着，落在她的头发上，或穿过他的膝盖。

当他近乎要放弃期待她继续这个话题时，她终于开口了，在风中轻得他几乎无法听清。"一个拥有钥匙的人可能可以解放另外一些奴隶。或许，解放所有奴隶。一片混乱中，谁能知道逃走的又都有些谁？"

"会流很多血。"雅维小声说道，"在混乱中，谁能知道是谁的血？能让守卫都睡着会更安全。"苏梅尔紧盯着他，他可以看到她眼中的光亮和她呼吸造成的雾气。"一个了解药草，能将它们喂给守卫，又能给船长提供酒的奴隶会找到一个办法。"有危险，他知道，但是在苏梅尔的帮助下，事情会简单许多，而且一个正与时间赛跑的人总有必须赌上一把的时刻，"或许两个奴隶一起就能达成——"

"一个奴隶所不能做到的事。"她接上了他的话，"最好是在船停靠在某个港口时逃走。"

雅维点了点头。"我也是这么想的。"他想了很多天的事跟这个计划略有不同。

"赛肯豪斯会是最好的机会。那个城市很繁忙，守卫却很懒散，在那里船长和特里格会有很长一段时间不在船上——"

"除非谁在破碎之海周边的其他地方有什么朋友。"他把话头停下来。

她完全理解了。"能庇护两个逃跑奴隶的朋友？"

"没错。在，是说……托尔比城？"

"南风号会在一两个月内回到托尔比城。"雅维能从她的低语中听出一丝兴奋。

他自己也兴奋了起来。"只要一个奴隶拥有钥匙……另一个奴隶知道药草……便能自由。"

他们静静地坐着，寒风中，黑夜里，就像他们之前所度过的很多个夜晚那样。但是，在月亮之神苍白的光芒照耀下，雅维觉得自己在苏梅尔的嘴角看到了一丝罕见的笑容。

他觉得那个微笑非常适合她。

一个朋友

划桨奴隶们奋力划动,南风号向遥远的北方航去,在冬天穿过了黑色海洋。天上常常落雪,在船楼顶上积起来,落在桨手们颤抖的肩膀上,在他们每一下划桨时,往他们麻痹的手指上吹起烟尘。船体破损的地方整夜整夜地嘎吱作响,每天早晨,都得俯身弯到船外边,剥除船侧破损处结起的冰。太阳升起后,沙迪克施兰姆会从她的房间出来巡视,全身裹着皮草,双眼和鼻尖都醉成粉红色,然后说她完全不觉得冷。

"我试着让心中充满爱,"裘德说着,用双手攥住雅维端给他的汤,"可是诸神在上,我恨北方。"

"这已经是最北边了。"鲁尔夫答话道,他边用手摩擦耳朵,边远眺冰雪皑皑的海岸。

而安克兰,一如既往,一言不发。

海水中除了点点冰山之外什么都没有,一群群游荡的海豹在嶙峋的海岸线上悲伤地望着他们。偶尔他们能看到一些船,但那时候特里格会对他们怒目而视,单手放在剑上,直到那些船只渐渐远去,成为一个小点。无论宗主王认为自己的权力有多大,显然他的许可证在此处并没有效力。

"大部分商人缺乏在这里航行的勇气,"沙迪克施兰姆漫不经心地将靴子踩在一个划桨奴隶的大腿上,"不过我不属于这种人。"雅维静静地向诸神感谢这一点。"在这片冰雪地狱中生活的班亚人将我当作女神崇拜,因为我能给他们带来被他们视作精灵魔法的罐子、小刀和铁器,而我所要求的仅仅是些对他们来说几近一文不值的毛皮和琥珀。他们肯为我做任何事,这些可怜的小畜生们。"她将手掌交合,口中发出热切的吸气声,"就是在这里,我赚得最多。"

南风号终于破冰驶入一个灰色海湾的泥泞码头,班亚人确实正在等着他们。这些人令雅维记忆中的肖恩德人都显得极为文明——他们全都裹着皮草,看起来更像是熊或狼,毛发蓬乱的脸上装饰着磨光的骨头和琥珀饰钉,弓箭上飘动着羽毛,棍棒上镶嵌着牙齿。雅维好奇那些牙齿是否来自人类,而后他意识到,在这片悲惨之地上勉力维生的人不能浪费一丁点儿的材料。

"我要离开四天。"沙迪克施兰姆从船的一侧跳了出去,重重踩在已经弯曲的木质码头上,身后跟着南风号上的水手们,拉着装满她货物的雪橇,"特里格,管好船上的事!"

"你不在这船能更好!"监工大笑回答道。

"可以闲四天。"最后一丝光亮将天空映成红色,雅维轻声说道,用萎缩的拇指拨弄项圈。每天晚上都浸在这沤烂的船舱里,那东西磨得他似乎更痛了。

"耐心。"苏梅尔从紧闭的牙缝中挤出话来,她的嘴唇几乎没有任何动作,黑色的双眼盯着守卫,尤其是特里格。"再等几个星期,我们就能和你在托尔比城的朋友在一起了。"她如往常一般地盯着雅维,"希望你在托尔比城真的有朋友。"

"你要是知道我认识你会吃惊的。"雅维爬进毛皮中,"相信我。"

她哼了一声:"相信你?"

雅维转身背对她。苏梅尔或许尖刻得像刺猬,但她坚定又聪明,而且在这艘船上,除了她之外,也没有任何人站在雅维这一边。他需要的是一个同谋,而不是一个朋友,她知道该怎么做,也知道什么时候才能动手。

他能想到动手之后会是什么情况,就好像一切都已达成。每个夜晚,他都靠想象来获得平静,进入睡眠。到那时候,南风号将平稳地停靠在托尔比城城堡下的某个码头上,守卫们全都被药迷倒,鼾声大作,身边是他们喝空了的麦芽酒杯。钥匙静悄悄地插入锁孔。他和苏梅尔偷偷逃离南风号,用破布盖住锁链,穿过峭壁和他所熟识的黑暗街道,靴子溅起鹅卵石路上的污水和陡峭屋顶上的积雪。

想到母亲看到他时会露出怎样的神色,他露出了微笑。然后他又想到自己将匕首刺入奥登的内脏中,奥登的脸上将会有什么表情,他的笑容变得更为明朗……

雅维戳刺、切割,继续戳刺,双手因为叛徒的鲜血而火烫湿滑,叔父发出杀猪般的尖叫。

"哥特兰德合法的王!"有人喊了一声,随后是一片喝彩,叫得最响的人是格劳姆-吉尔-高姆,随着雅维的每一下动作,他都拍打着他巨大的手掌,身上的佩剑也随之哗啦作响,思卡尔女祭则尖叫雀跃着,最后消失在一片哗啦啦的响动的鸽子云中。

戳刺的动作渐渐停息,雅维看到他的兄长躺在停尸台上,冰冷而苍白。伊瑟伦靠近他的脸,吻了他,又吻了他。

她的头发披散着,她自发丝之间抬眼微笑,看着他。"我会期待你凯旋之后给我一个更好的吻。"

奥登用手肘勉力撑起自己的身体。"还要多久?"

"杀了他,"雅维的母亲说道,"我们中总得有个男人。"

"我是男子汉!"雅维咆哮着,一直戳刺,手臂因此而倍感酸痛,

一个朋友

"或者……半个男子汉?"

胡里克抬起半边眉毛:"就这样?"

小刀在雅维的手掌中变得更加湿滑,鸽子群突然爆发出一阵恐怖的骚动,所有鸽子都盯着他,盯着他,在它们中间是那只有着青铜羽毛的老鹰,它捎来了威克森女主祭的信息。

"你考虑过祭司团吗?"它呱呱地对他说道。

"我是个国王!"他咆哮着,双颊火烫,将无用的小丑之手藏在背后。

"国王坐在诸神与人类之间。"凯姆达尔说道。鲜血从他被割破的喉咙里流淌下来。

"国王总是独坐。"雅维的父亲说。他坐在黑色王座上,身体前倾,身上的伤口流干了他肉体中的最后一滴血液,在圣堂的地板上形成一大摊血迹。

奥登的尖叫变成了傻笑。"你本该成为一个很不错的宫廷小丑。"

"该死!"雅维咆哮着,试图刺得更用力,但匕首变得极为沉重,他几乎无法将它举起。

"你在干什么?"戈德琳女祭问道,她的声音听起来带着一丝恐惧。

"闭嘴,婊子。"奥登抓住了雅维的脖子,然后越掐越紧……

雅维清醒过来,惊恐地发现特里格的双手正掐着自己的喉咙。

特里格那一弯狰狞的笑容出现在雅维的上方,他可以看到特里格的牙齿在火把光的照射下闪着光。他干呕着,扭动身体,却像被蜂蜜黏住了的苍蝇一般被死死地掐住了脖子。

"你本该接受我的提议,小子。"

"你在干什么?"苏梅尔又问了一遍。他过去从未听到她的声音如此惊恐,然而现在她的恐慌程度似乎与雅维相当。

"我说过了,你给我闭嘴!"一个守卫对着她的脸咆哮道,"除非你想跟他一块上路!"

她缩回自己的毛毯里。她是个知道该做什么、什么时候动手的人。或许一个朋友确实比一个同伙更好,但如今想要再去找一个朋友,似乎已经为时已晚。

"我说过,不管是狡猾的还是傻呵呵的小娃娃,要是溺死了,可都是一样的。"特里格将钥匙插入锁孔,解开雅维的锁链。他获得了自由,但与他的构想似乎不尽相同。"让我们把你丢进水里,来瞧瞧这句话到底对不对。"

雅维被特里格拖下甲板,就像是一只即将下锅、拍打翅膀的鸡。他被拖过那些睡在划桨位上的桨手们,他们纷纷自磨秃的毛皮中凝视着,却没有一个人起身帮助他。他们为什么会帮他?又能怎么帮?

雅维的脚后跟漫无目地踢着甲板。他的手笨拙地抓住特里格的手,但无论是健全的还是萎缩的手,都显得毫无用处。或许他现在该讨价还价,该威胁恐吓,或者奉承讨好特里格来求得自由,然而此刻胸腔仿佛即将爆炸,他所能做的仅是集起一点点空气,发出细小的声音,听起来就像是在放屁。

在这个时刻,祭司柔软的艺术显出了局限性。

"我们打了个赌,"特里格说道,"看你多久才会沉。"

雅维拉住特里格的手臂,指甲划拉他的肩膀,然而这个监工几乎没有注意到这一点。在一片迷蒙的视线余光中,雅维看到苏梅尔站起来,抖落她的毛毯。当特里格解开雅维的锁链时,也解开了苏梅尔的。

但雅维知道他没法期待从她那儿获得帮助。他没法期待任何帮助。

"让这件事给你们其他所有人一个教训!"特里格用空出来的那只手的大拇指对着自己的脸颊,"这是我的船,你们想跳过我就等着完蛋吧!"

"让他去吧!"有人高叫道,"他也没什么威胁。"是裘德。雅维被拉过他身边时看到了他。但没有任何人理睬这个大个子。在裘德身边,安

一个朋友

克兰坐在雅维过去的位子上,边望着他们边摩擦扭曲的鼻子。如今看来,那个位子也没有那么糟糕了。

"你本该接受我的提议。"特里格将雅维拖过船桨,就像是拉着一麻袋布料,"对于歌声悦耳的人,我总是挺宽容的,小子,但是——"

随着一个突然的叫喊声,监工四仰八叉地摔倒在地,他的手松开了,雅维用细小的手指戳中了特里格的眼睛,又踢了他的脸颊一脚,跌跌撞撞地获得了自由。

是"什么都不是"拉紧自己沉重的锁链,将特里格绊倒的。那甲板擦洗工缩在阴影里,双眼在杂乱的发丝间闪着光芒。"快跑。"他低语道。

或许雅维最终还是交到了一个朋友。

他呼吸到的第一口空气令他头晕目眩。他爬起来,呜咽着,哼哼着,快速跑向划桨位,穿过半梦半醒的划桨手们,边爬边滑,在桨边上上下下。

周围的人们都在喊着些什么,但雅维几乎完全听不清,他耳朵上的血管跳动着,让这些声音听起来就像是风暴中毫无意义的雷鸣。

他摇摇晃晃地,发着抖,看到了前舱口。他的手紧紧地抓住门把手。他用力扭开把手,然后脸朝下坠入黑暗中。

死神等待着

雅维摔倒了，肩膀着地，撞到了头，翻过麻袋脸朝下躺在了地上。

他的脸颊湿漉漉的。在船舱里。

他顺势往前翻滚，拖曳身体躲入阴影中。

那里一片黑暗。如沥青一般的黑暗，但祭司必须知道一切路线，他可以感觉到前路就在自己的手指边。

他的耳边回响着叫喊声，脸颊发烫，全身疼得要命，但他必须克服，必须思考。**万事皆有取胜之道**，他的母亲曾经这样对他说过。

他可以听到守卫向下望着舱口大叫，他们离他太近，太靠近他的身后。他猛地将锁链拉近自己，那条链子在船舱中的板条箱和桶子之间游走，挂在固定环和铆钉上的火把洒下一丝微光，他借此看清道路，前往仓库。

他慢慢滑过低矮的入口，踏过架子和箱子之间冰冷的水洼，那是今天渗漏出来的积水。他蜷缩着，直面整艘船中最阴冷的地方，呼吸中夹杂着咳嗽和喘息，守卫们紧追着他，带来更多火炬和更亮的光。

"他在哪儿？"

万事必有取胜之道。毫无疑问他们很快就将会从另一个方向，从船尾仓包围过来。他的视线闪过船尾仓的楼梯。

必须有某条取胜之道。已经没有时间制订计划了,他所有的计划无非就是像烟雾般地逃离。而特里格会一直等待着。特里格必定十分生气。

他紧紧地盯着每一个响动,每一个闪光,更主要的是寻找某种逃脱的可能性、某个可以藏身的地方,但却一无所获。他需要一个伙伴。他强迫自己无助地回身面对那些木头,感受着那里的寒冷与潮湿,倾听海水溢出的声音。而后戈德琳女祭的声音在他耳边回响起来,她曾经在火堆边这样轻柔而小心地说过——

当一个聪明的祭司除了敌人之外一无所有,她就为敌人制造一个更糟糕的仇敌。

雅维将身体降到最近的一个隔板下,在黑暗中摸索着,最后手指摸到了之前用来敲钉子的那根铁条。

水手们最糟糕的敌人是大海,沙迪克施兰姆总是这么说。

"你在哪儿呢,小子?"

他可以看到船舱底部苏梅尔修补过的轮廓,他用铁条猛地敲在船体和新补上去的木料之间,然后拼上全力拖拽铁条。他紧咬牙关,带着愤怒、伤痛和无助发出一声怒吼,用尽全力拉扯铁条,就好像它是特里格、奥登和格劳姆-吉尔-高姆的集合体。他撕扯着,拖拽,用无用的手掌楔入缝隙,木料开始碎裂,他的肩膀撞在架子上,罐子和箱子纷纷哗啦啦地掉落。

他听到守卫逐渐靠近,感受到他们手中火光的热度,看到他们在低矮的入口低下身子,瞥见他们手中刀子上闪烁的寒光。

"过来啊,残废!"

他拼出身体中的最后一丝力气,同时发出一声呐喊。木板突然裂开,雅维跟跄着后退几步,而后海洋女神便如同被地狱释放的魔鬼的怒火一般涌入仓库。

雅维带倒一块搁板,它立刻浸在冰冷的海水里,浮浮沉沉地向后仓室漂去，男人的叫喊、海水涌动与木材碎裂的声音混杂在一起，充盈他的耳朵。

他挣扎着跑向梯子，海水已漫过他的膝盖。有一个守卫正在他的脚边，在黑暗中攥住了他。雅维挥动铁条打中守卫，他被甩入海水中，而后便像个玩具似的被卷到仓库的另一边。船底出现更多裂痕，海水开始自各个角度涌入，发出震耳欲聋的声响，守卫们的哀叫被湮没其中，几乎完全无法听清。

雅维往梯子上爬了几格，顶开舱口，往上爬出来，然后站住了。面前的事态令他有些动摇，他怀疑自己是否被什么魔法传送到了另一艘正处于战场中心的船的甲板上。

两排划桨位之间的通道上爬满了人，他们正在一片燃烧的火焰中争斗，那火多半是由一盏摔在地上的油灯泼洒船首楼前引起的。熊熊的火焰跃动着，在黑暗的海水中，在恐慌的奴隶们黑色的眼睛里，在守卫拔出的刀刃上跃动着。雅维看到裘德抓住一个守卫，将他丢进了海里。

裘德从他的划桨位上站出来了。所有的奴隶们全都获得了自由。

或者，至少有部分奴隶获得了自由。大多数奴隶们依然被锁着，在桨架附近挤作一团来避开周遭的暴行。一些奴隶流着血，躺在通道上。其他人则跃出船侧，他们宁可在海洋女神那儿碰碰运气，也不愿意面对特里格的手下们，因为后者必然会毫无怜悯地殴打他们。

雅维看到鲁尔夫用脑袋撞向一个守卫的脸，听到那个守卫的鼻梁骨断裂的声音，他的剑落下，滑过甲板。

他必须去帮助他的划桨伙伴。他将完好的手张开，又握紧了。必须去帮助他们，但要怎么做？前几个月的经历仅仅只能让雅维更明确一个长久以来的观点——他并非什么英雄。要救的人太多，而且全无武装。他看到一个守卫砍翻了某个无助的奴隶，用斧子劈开一道长长的伤口，他退缩了。他可以觉察到甲板开始倾斜，海水冲进船舱，拖着南风号渐渐下沉。

一个优秀的祭司必须面对现实，拯救自己所能拯救的。一个优秀的祭司接受较小的恶。雅维翻过离自己最近的划桨位，向着船侧爬去，在那下面是漆黑的海水。他准备跳船逃走。

正当他将半个身子翻出船外时，突然被人抓住项圈，拉回船内。周围的一切全都旋转着，他摔倒了，像一条搁浅的鱼一般喘着粗气。

特里格站在他面前，一手抓住雅维头颈上的一段链子。"你哪儿也别想去，小子。"

他俯身用另一只手掐住雅维的喉咙，手就放在项圈的下面，于是项圈顶住了雅维的下巴，这一次，监工掐得更紧了。他抬起雅维的身体，直到雅维踢动的靴子只能蹭到一点点甲板。特里格扭住雅维的脸，迫使他瞧着船上这一片大屠杀的景象。到处都是死者和伤者，在甲板中间，有两个守卫正用手杖殴打一个奴隶。

"看到了吗，你给我惹的这些麻烦？"特里格尖声说道，他被雅维戳中的眼睛依旧红肿，眼泪汪汪。守卫们相互叫喊着。

"裘德和那个狗杂种鲁尔夫在哪里？"

"逃到码头上去了。但他们肯定得在那儿冻死。"

"诸神在上，我的手指！"

"他们是怎么自由的？"

"苏梅尔！"

"那个小婊子有把钥匙。"

"她到底是从什么鬼地方弄到小斧头的？"

"她砍掉了我的手指！它们掉在哪儿了？"

"在哪儿重要吗？反正都已经没用了！"

"他弄坏了龙骨！"一个全身湿透的守卫从后舱室爬出来，气喘吁吁地说，"下面开始灌水了！"就像是要证明这句话，南风号再次震动，甲板更为倾斜，特里格不得不紧紧抓住一条工作台才能维持站立的姿势。

"诸神保佑我们！"一个依旧被锁着的划桨奴隶痛苦地叫喊着，死死抓着项圈。

"我们在沉没吗？"另一个奴隶问道，他圆睁双眼看着脚下。

"我们要怎么向沙迪克施兰姆解释这一切？"

"该死！"特里格咆哮着，将雅维的脑袋撞向附近一只桨的钝柄，令他眼冒金星，嘴里疼痛不堪，而后，特里格将他拉到甲板上，准备掐死他。

雅维下意识地反抗着，但监工将全身的重量都压在他的身上，令他无法呼吸，也无法看清特里格扭曲的嘴之外的任何东西。而那种逐渐增强的模糊感，就像是那条他曾经被攮入其中的通道，而现在，他已经被拉到通道的尽头。

在之前的几周中，他曾经三番五次骗过死神，但无论一个人有多强壮，有多聪明，无论一个人有多好的武运或天气运，没有任何人能永远欺骗得了他。最终，所有英雄、宗主王和主祭，全都要通过他的大门，他也绝不会向长着大嘴、脾气又坏的单手男孩们网开一面。黑色王座将属于奥登，他的杀父之仇将无人能报，他所发过的誓言也将无法达成……

而后，雅维那双血管即将爆裂的耳朵里，听到了一个声音。

那是一个破碎而低沉的声音，沙哑得像个擦洗板。要不是听到了那个声音说出的话，要说这是死神的声音，雅维也绝不会有一点怀疑。

"你没听到沙迪克施兰姆是怎么说的吗？"

雅维奋力睁开迷蒙的双眼，看向那个声音。

"什么都不是"站在甲板中间。油腻腻的头发全都抹向脑后，雅维首次看清了他的脸，那是张歪歪扭扭的不匀称的脸，破碎且满布伤痕，扭曲又空洞，他的双眼大睁，闪动着湿润的光芒。

死神等待着

那条沉重的锁链蜿蜒缠绕在他一边手臂上，链子的一端如今已经被解开了，悬在他的拳中，底下依然连着一大块木头的碎片和几颗钉子。他的另一只手中则握着一把鲁尔夫从某个守卫手里敲下来的剑。

"什么都不是"露出了微笑。那是个支离破碎的笑容，他露出支离破碎的牙齿，并随后说出了支离破碎的话。"她告诉过你，绝对不能让我靠近任何刀子。"

"放下那把剑！"特里格尖叫道，但雅维在他的话音中听出一丝过去从未听到过的情绪。

恐惧。

就像如今死神已确实地站在甲板上，站在他的面前。

"哦，不，特里格，不，""什么都不是"的笑容变得更为浓郁而疯狂，泪水从他的双眼中涌出，在他那张坑坑洼洼的脸上留下一道道痕迹，"我想该被放倒的人应该是你。"

一个守卫向他冲过去。

在擦洗甲板的时候，"什么都不是"看起来年纪挺大，动作也慢得充满痛苦，像是一个脆弱的废物，一个如同嫩枝和细绳般的人。但当他手中握着剑，他的动作便有如行云流水，犹似跃动的火焰。刀刃如同拥有意志，闪电般迅速无情，而"什么都不是"则紧随刀刃其后。

剑尖跃了出去，在守卫的肩胛骨之间闪动一下便离开了，守卫的脚步立刻蹒跚起来，他喘着气，将手放在胸上。另一个守卫挥舞斧子迎上去，"什么都不是"轻易地躲开，斧子砍碎了一张工作台的一角。剑又轻点一下，守卫握着斧子的手臂立刻回旋上升，最后坠入黑暗中，守卫双膝跪地，双眼圆睁，最后被"什么都不是"赤脚踢倒在地。

第三个守卫从他身后靠近，举起手中的剑。"什么都不是"甚至都没有转身看一眼，便递出剑，刺中守卫的喉咙，鲜血喷涌。而后他又用缠绕着锁链的手臂撞飞一根向他袭来的棍子，并用剑柄敲在持棍的守卫嘴

上，敲得守卫的牙齿都飞到了空中，最后剑柄一挥，斩在守卫的腿上，令他脸朝下栽倒在地。

这一切都发生在雅维不过吸了一口气的时间里——要是他能想起来呼吸的话。

第一个守卫依然站着，摸索着受伤的胸膛，试图想要说些什么，嘴里却只能喷出红色的泡沫。"什么都不是"赤脚无声地走过这个守卫身边，用手臂外侧轻松地将他推到一边，而后看着鲜血横流的甲板，发出咂舌的声音。

"甲板太脏了。"他环顾四周，伤痕累累的脸上挂着黑色的条纹和血色的斑点，"我能擦一擦吗，特里格？"

监工后退几步，雅维依旧被他抓住，单手无助地挣扎摸索着。"你要是再靠近，我就杀了他！"

"那就杀吧。""什么都不是"耸了耸肩膀，"反正死神正等着我们所有人。"双腿受伤的守卫鸣咽着在倾斜的甲板上试图向上爬，"什么都不是"踩着他继续向前走，"今天他等的人是你。他已经拿起钥匙，特里格，正在打开终结之门呢。"

"让我们好好谈谈！"特里格抬起一只手，又后退几步。甲板现在倾斜得更为严重，黑色的海水正从后舱室汩汩涌出。"就谈一谈！"

"谈话只会制造各种问题。""什么都不是"举起剑，"钢铁才是一切的答案。"剑在他手中旋转舞动，刃上反射光芒，映照出红、白与黄以及一切火焰的色彩。"钢铁不会谄媚，也不会让步。钢铁绝不会撒谎。"

"只求你给我一个机会！"特里格哀号着。海水已没过船的一侧，在划桨工作台之间涌动着。

"凭什么？"

"我还有梦想！我还有计划！我还有——"

剑劈开了特里格的脑袋，一直劈到他的鼻子，发出一记空洞的声响。

死神等待着

有那么一会儿，特里格的嘴依然在试图说话，却已经无法用呼吸来提供气息发声了。他向后倒下，双腿小幅踢动，雅维从他颤抖的手中挣扎出来，喘着气，边咳嗽边想拉开项圈，好让自己能自由呼吸。

"或许我不该杀了他，""什么都不是"将剑自特里格的脑袋上拔出来，"但我现在感觉好多了。"

在他们周遭，所有人都在尖叫。活着的守卫们宁可面对汹涌的海水，也不愿选择"什么都不是"的剑。一些奴隶试图从沉没的划桨位上爬往未入水的地方；另一些则眼看着海水越升越高，奋力拉扯身上的锁链；还有一些则仅仅只剩脸还露出水面，张大嘴巴尽力呼吸一点点空气，恐惧地瞪着双眼。雅维知道，另有一些奴隶已沉入黑色的海水中，或许正凭着最后的几口呼吸，无助地与锁链搏斗着。

雅维四肢着地，不停干呕，头晕目眩。他翻开特里格沾满鲜血的衣服寻找钥匙，竭力试图不要去看特里格那张被劈开的脸，然而依旧瞥到巨大伤口中紫红色的血肉。他用力咽下喉头涌上的呕吐感，再次寻觅钥匙，耳中充斥被困奴隶们的大声哀号。

"别找了。""什么都不是"站在他身后，远比雅维想象中的更高，手中提着血迹斑斑的剑。

雅维看着他眨眨眼睛，又将视线转向那些在倾覆的甲板上快要溺死的奴隶们。"但他们都会死。"他的声音带着一丝沙哑。

"死神等待着我们所有人。"

"什么都不是"拉住雅维的项圈，将他提起来举到空中，扔出船外，于是，海洋女神再一次将雅维拥入冰冷的怀抱中。

半个国王
part · three

第三部　长征

随遇而安

有人在拍打雅维的脸。他看到那人的手,听到打脸的声音,却几乎没有感觉。

"跑!"衷德的声音低低的。

但雅维所能做到的最接近于跑的动作,无非只是颤抖着蹒跚向前,锁链在他身上摆动,衣服全都湿透,他每迈出一步,这些都拖住了他。他脚上灌满水的靴子踩在鹅卵石上,咯吱作响。他常常绊倒,但每一次都会被强壮的手臂拉起,将他拉进面前的黑暗中。

"走。"鲁尔夫咕哝道。

他跑到被雪覆盖的沙滩上,向后瞥了一眼,从咔嗒作响的牙缝中挤出一句感叹:"诸神啊!"

海洋女神正贪婪地吞噬着南风号。它的船首楼被火包围,船上的绳索燃烧着,形成一条条由火焰构成的线,苏梅尔过去常常栖身的桅杆顶端也着了火。雅维曾奋战过的划桨台如今已全部没入水中,船桨无助且胡乱地直立在水面上,就像是被翻过身子的木虱的腿。整个船尾楼只有一角还在水上,那上面却闪动着火光。整个船舱、货仓和船长室都已沉入平静的水下。

在海岸那边,码头上,有些黑色的人影正望着他们。那是从"什么都不是"的剑底逃脱的守卫？是最终挣脱了锁链的奴隶？雅维怀疑自己是否听到了狂风大作中的一丝微弱的呼救，或是火焰爆裂声中的一丝微弱的呐喊。他不知道谁能幸运地自这水与火的折磨中获救，谁还活着，而谁则死了，雅维全身发冷，以至于无法因自己再次幸存而感到欣慰，同样也无法因其他人未能获救而感到伤悲。当然，稍后他会为那些人哀悼的。

只要他能活过这个夜晚。

"走起来。"苏梅尔说。

他们拖着他走过一个小丘，他摔倒在小丘背侧，蜷作一团躺在地上，寒冷冻灼他的皮肤，每一个冰冷的呼吸都如同小刀在切割他的喉咙。他看到鲁尔夫宽阔脸庞的一侧，下巴的位置挂着一丝橙色，而苏梅尔在月光之下，憔悴得瑟瑟发抖。

"丢下我吧。"他想这么说，但嘴唇却被冻得麻木，无法发声，他的牙根都在颤抖，只能喷出一阵烟雾。

"我们一起走，"苏梅尔说，"不是说好了吗？"

"特里格掐住我的时候，我以为我们的约定已经终结了。"

"哦，你别想这么简单就逃避约定。"她抓住他残疾的手腕，"起来。"

他曾被自己的家人背叛，被自己的人民背叛，最终却在一群并不欠他什么的奴隶们之间，找到了忠诚。他感到一阵感伤的愉悦，这种感情是如此强烈，令他想哭泣出声。但同时又隐隐觉得，他应该将眼泪留到不久之后。

在苏梅尔的帮助下，他站了起来。在鲁尔夫和裘德的帮助下，他挣扎着继续前进，整个过程中他几乎无法思考，只能竭力保持背对沉没中的南风号。冰冻一般的水汽在他的靴中嘎吱作响，湿透的衣服相互摩擦着，风穿过衣服割裂他的身体，就好像他什么都没穿一样。

随遇而安

"你是特意选了诸神所能创造的最寒冷的地方逃跑的吗?"鲁尔夫咆哮道,"还选了一年中最寒冷的季节?"

"我本来的计划比这要好些,"苏梅尔的声音似乎因计划被彻底毁了而不太高兴,"但它和南风号一起沉没了。"

"计划必须屈服于境况。"裘德说。

"屈服?"鲁尔夫咆哮道,"这计划明明是被掰成了碎片。"

"看那儿。"雅维伸出冻僵的手指根。在他们前方,黑夜中出现了一棵低矮的树木,它的每一根枝条上都压着白雪,树下则隐隐闪动着最微弱的橙光。他几乎无法相信自己的眼睛,但他依旧尽他所能地向那方向快速前进,半走半爬,不顾一切。在那一刻,即便是一个关于火堆的梦,也好过什么都没有。

"等等!"苏梅尔嘘了一声,"我们不知道那里是谁——"

"无所谓。"鲁尔夫说着走了过去。

在那棵歪歪扭扭的树下,有一个多少能挡点风的空洞,一个破板条箱的碎片被小心翼翼地放置在里面,微弱的火苗在其中跳动。蜷缩着照料火苗,将它燃起,呼出雾气的人,是安克兰。

在雅维决定该救谁的时候,安克兰的名字远远排在后列。但释放鲁尔夫和裘德便意味着释放他们的划桨伙伴,而此刻,雅维为了安克兰所能提供的这一丝温暖,甚至愿意跪在奥登的脚边。他笨拙地跪下,将颤抖的双手伸向火堆。

裘德将拳头支在臀部上:"你倒是得救了。"

"有些屎总能浮起来。"鲁尔夫说。

安克兰只是用手擦擦扭曲的鼻子:"要是我的臭味让你不开心,你大可以自己去找个火堆。"

一把短柄小斧静静地从苏梅尔的袖口滑出,垂下的刀刃上闪着光芒:"我喜欢你这个。"

前任仓库管理员耸耸肩："我决不会把绝望的人拒之门外。欢迎你和所有人来我的豪宅。"

苏梅尔已经把冰结的石头压到树上，几乎压断一根枝条。她将枝条插入地里，让它的嫩枝朝向火堆，然后对着雅维一弹响指："把你的衣服脱了。"

"居然还有这种浪漫的心思！"鲁尔夫说着朝他们眨眨眼。

苏梅尔无视了他："在晚上穿着湿衣服，任何人都一样是死。"

此刻，冻僵的感觉渐渐失去掌控权，雅维开始感觉到身体上的伤痛——每一块肌肉都酸痛不已，脑袋刺痛，脖子还因被特里格掐过而阵阵抽痛。尽管他很想拒绝苏梅尔，却全身无力。他除下湿透的衣物——衣摆的某些地方已经因冰结而发硬——然后蜷作一团，尽可能地靠近火堆，身上除了项圈和锁链之外，几乎一丝不挂。

鲁尔夫将一块旧羊毛布围上他瑟瑟发抖的肩膀。"这是我借你的，"他说，"不是给你的。"

"非常感谢……无论是借我还是给我的。"雅维从发抖的牙缝间挤出这个回答。他看到苏梅尔将他的衣服挂在面对火苗的地方，它们开始缓缓散发出蒸汽。

"要是有人看到这火光怎么办？"裘德边问边皱眉回望他们来的方向。

"要是你宁可坐在黑暗中冻死，你会发现这周围有很多地方可以去。"安克兰用一根细枝拨动火堆，试图让它燃烧出更多热量，"在我看来，之前的战斗、船只着火、沉船，这一连串的事件足以打消他们搜索的欲望。"

"只要我们能在天亮前逃得够远。"鲁尔夫说。

"逃去哪里？"苏梅尔蹲在雅维身边问。

往东是一个很明智的选项。沿着海岸线往东走，正是*南风号*将他们带到这里来的路线。但西边才是雅维需要去的地方。往西去凡斯特。往西去哥特兰德,去找奥登,去复仇,越快越好。他环顾一圈身边这些形形色色的伙伴们,他们全都挤在这生命之火边上,脸上痛苦的神情在火光照耀下看起来有些怪异。雅维思索着要如何才能说服他们走上一条错误的道路。

"当然是往东,"鲁尔夫说,"我们是多久以前经过那个交易点的?"

苏梅尔掰了一会儿手指头计算道:"要是步行过去,大概得三天。"

"这段路会很难走,"鲁尔夫用指甲挠了挠刚长出胡楂的下巴,"难走得一塌糊涂,而且——"

"我会往西去。"安克兰说道。他收紧下巴,紧盯火焰。

一阵沉默,所有人都看着他。"往西去哪儿?"裘德问。

"托尔比城。"

这援手来得出乎预料,雅维唯有抬眉看着他。鲁尔夫则发出了一声大笑:"感谢您在我死之前让我能笑得这么开心,安克兰大师!我们的前任仓库管理员准备走着去哥特兰德。"

"走去凡斯特。到了那里我会想办法找条船带我走。"

鲁尔夫又笑了:"所以你就打算走到伍尔斯加德?你觉得自己逛过去要用多久呢,哦,航海家?"

"步行至少一个月。"苏梅尔迅速回答,显然她早已计算过这个答案。

"在这种地方走一个月!"鲁尔夫将宽大的手掌伸向他们来时这片白雪皑皑的荒漠,雅维不得不承认,这个想法无论如何都不能令人振奋,"就穿这点装备?"

"我有一面盾。"裘德从背后挥舞着卸下它,用单拳敲了一下,那是一个巨大的圆形木盾,把手则是铁质的,"我本想靠它漂在海上。"

"一个慷慨的守卫把他的弓借给了我,"鲁尔夫像是弹竖琴似的拨动弓弦,"但没有箭它就没办法奏响音乐。有谁有帐篷?有多余的衣物?毛毯?雪橇?"除了火堆外的寒风呼啸声之外,一片沉默。"你还得有超强的运气,安克兰大师!在你身边划桨我觉得还挺愉快的,不过恐怕我们得在这儿分手了。我们其他人将会向东走。"

"是哪个傻瓜让你领头的?"

黑暗中传来低沉的话音,所有人都转过头去,是"什么都不是"。他身上除了平常的污迹之外,还有些斑驳的煤灰,破布衣服、头发和胡子全都黑乎乎的。他脚上套着特里格的靴子,身穿特里格的外套,单肩上糊满凝结的鲜血。另一侧肩膀上,扛着一大捆烧焦的帆布,手臂就像是在寒风中怀抱一个孩子似的,捧着雅维亲眼目睹杀过六个人的那把剑。

他在火边盘腿坐下,就像这是一个很久以前就已安排好的会议。他将手掌伸向火焰,然后发出一声满足的叹息:"往西去哥特兰德听起来不错。我们会跟着走的。"

"特里格呢?"苏梅尔问。

"你再也不用考虑我们监工的事儿了。我和他已经两清。但是我与沙迪克施兰姆之间的债务户头还开着。""什么都不是"舔舔手指头,用口水擦去剑刃上的一个污点,"我们必须把她甩开。"

"我们?"苏梅尔厉声问。雅维注意到她已在背后备好那把短柄小斧。"你是说你要加入我们?"

火光在"什么都不是"疯狂的双眼中跳动着:"除非另外还有什么人要邀请我?"

雅维将手插入他们中间,然后为和平之神抚平道路:"我们需要一切我们能获得的帮助。你的本名叫什么?"

"什么都不是"将视线转向夜晚的天空,就像答案正写在群星之间,"我曾经有过三个名字……或许是四个……但它们都只会给我带来厄运。我也会因为厄运而憎恨它们。如果你们必须与我谈话,叫我'什么都不是'就可以,但我不是什么好的谈话对象。沙迪克施兰姆很快就会回来,她会推测我们向东走。"

"因为疯了才会往西去!"鲁尔夫发怒道,他转向苏梅尔,"告诉他们!"

她闭上带伤痕的嘴唇,朝着火光眯起眼睛:"向东更快,向东更容易。"

"就是这样!"鲁尔夫拍了拍大腿,大喊道。

"我会往西走。"苏梅尔说。

"呃?"

"往东走意味着会遇到很多人。从船上逃走的人。那个交易点会挤满奴隶。"

"凡斯特就不是吗?"鲁尔夫问道,"我们在那儿做了不少伊格灵人的好买卖。"

"往东很危险。"苏梅尔说。

"往西除了要走上好几个礼拜的荒地之外,什么也没有!"

"那儿有森林。有森林就可能有燃料,有食物。往东走是有交易点,但是除此之外呢?只有几百里的沼泽和野地。往西则是凡斯特,往西能到达文明。往西能……或许……能有船带我们去更西边。回家。"

"家。"裘德望着火苗,就好像他能从火中直接看到故乡的村庄,还有那口全世界最甜的水井。

"我们往内陆走,"苏梅尔说,"远离所有船只的视线,然后往西。"

鲁尔夫向上挥动双手:"在这片雪里你要怎么找路?走着走着你就会开始兜圈子!"

苏梅尔从外套的口袋里拿出一个皮质小包,将它展开,从里面拿出眼镜片和其他工具。"我会找到路的,老头,这点不用你操心。无论往东还是往西,我都不指望,尤其是在这样的队伍里。但是往西可能会有更多的机会。"

"可能会?"

苏梅尔耸耸肩："有时，可能会有你能期望的最好的机会。"

"三个人往西了。"安克兰露出微笑，这是自沙迪克施兰姆将他的两颗前门牙踢掉之后，雅维第一次看到他的笑容，"你呢，大个子？"

"嗯。"裘德用单拳支着下巴，若有所思地环顾一圈，"嗯。"他郑重地看着每一个人，最后将视线转向苏梅尔的工具。"嗯。"他耸耸宽厚的肩膀，长长地呼吸了一口气，"在战斗中，我不想和你以外的任何人并肩作战，鲁尔夫。但要是说到从一个地方去另一个地方……我信任苏梅尔。我会往西走，如果你愿意带上我。"

"下雪的时候你能举起那把盾来帮我挡雪。"苏梅尔说。

"你们他妈的都疯了！"鲁尔夫将手重重地放在雅维的肩上，"看来只有你跟我一道了，约维。"

"我很高兴你能邀请我……"雅维从鲁尔夫的手以及他的羊毛毯下钻出来，穿上自己的衣服，它们还没干透，但也差不多了，"但首先我们必须团结在一起。团结，不然就只有各自死掉。"除了这个理由之外，还有他的王座，他的誓言，他的复仇都正在哥特兰德等着他，它们等待得越久，他索要它们的机会就越少。"我们都往西。"雅维对鲁尔夫露齿一笑，用好手拍拍他的肩膀，"我祈求更年轻的帮助，但我会接受我所能获得的。"

"诸神在上！"鲁尔夫对拍手掌发泄情绪，"我们都会为此而后悔的。"

"那就让诸神保留我剩下的悔恨吧。""什么都不是"凝视着黑暗，就好像他在火光之外能看到黑暗幽灵般的主宰，"我要后悔的事已经够多了。"

自　由

苏梅尔飞快地引路，其他人都跟在她身后，尽可能不提问，就像他们还在船上划桨时那样。他们挣扎着穿过这片满是黑岩和白雪的崎岖土地，在这里，在风的摧残下，低矮的树木全向海洋的方向歪斜着。

"到凡斯特还要走多少步？"鲁尔夫大声问。

苏梅尔查对工具，双唇无声地计算，抬头盯着铁锈色天空中污浊的太阳女神，最后一言不发地继续前行。

"什么都不是"那卷霉烂的帆布在托尔比城大概很难卖出多少价格，但现在却是他们最宝贵的财富。他们就像海盗瓜分偷来的财富一般，小心翼翼将它们撕开，平均分配，然后将它包裹在衣服底下，裹住冻僵的脑袋和手，塞在靴子里面。剩下的半卷由裘德扛着，这样一来，夜晚来临时，他们就可以睡在帆布底下。毫无疑问这样比直接躺在黑暗中好不了多少，但他们知道，他们必须感激这一点点的温暖。

因为它可能意味着生与死的区别。

他们轮流开道，裘德自然是走在最前面的，鲁尔夫则在雪地里边骂边走，就好像这片雪是他的某个老对手，安克兰双手抱胸挣扎前行，而"什么都不是"则高昂头颅，紧抓手中的剑，仿佛他正想象自己是钢铁铸成，没有任何天气可以令他感到炎热或寒冷，即使白雪完全无视雅维的祈祷，落在他偷来的外套下的肩膀上，也是一样。

"太他妈的妙不可言。"鲁尔夫望着天空喃喃道。

"这对我们有好处，"安克兰说，"它能隐藏我们的踪迹，让我们能一直藏身其中。要是运气好，我们从前的女主人说不定会以为我们已经冻死在这里了。"

"要是运气不好，我们真的会冻死。"雅维喃喃道。

"不管是哪一种都没人在乎，"鲁尔夫说，"不会有人疯到跟着我们走的。"

"哈！""什么都不是"吼了一声，"沙迪克施兰姆疯到可以做出任何事情。"他像甩围巾似的，将沉重铁链的末端甩过肩膀，然后如同在**南风号**上杀死守卫一般，终结了这段对话。

雅维皱眉回望他们来时的方向，他想知道沙迪克施兰姆什么时候才会发现她的船被破坏了。然后他又想知道她发现后会怎么做。接着他咽了一口口水，尽可能快地跟上其他人的步伐。

即使是在中午，太阳女神处于微弱的顶峰时，她的位置也没有高过裘德的肩膀，他们身后拖着长长的影子穿过雪地，最后蜷缩在一个洞里休息。

"食物。"苏梅尔说出了每个人心中都在想着的词语。

没有人自告奋勇。他们都知道在这地方食物比黄金更珍贵。这时候，安克兰在所有人惊讶的眼光下，首先伸入毛皮中，拿出一小包咸鱼。

他耸耸肩膀："我讨厌鱼。"

"过去总是让我们挨饿的人，现在给了我们食物。"鲁尔夫说，"是谁说这个世界上没有正义的？"他也跟着拿出了一些饼干，此时在他们看来，这些饼干远好过他们吃过的任何饼干。苏梅尔则拿出两块面包。

雅维只能展开空空如也的手掌，试着露出微笑。"我只能谦虚地……接受你们的慷慨……"

自　由

安克兰轻轻擦擦扭曲的鼻子。"看到你谦虚的样子就足够让我感到温暖了。你们两个人呢？"

裘德耸耸肩："我没什么准备的时间。"

"什么都不是"举起他的剑："我带上了武器。"

他们都开始思索这贫瘠的食物储备，它们对于六个人来说，都算不上一顿像样的饭。

"我猜我最好来扮演母亲的角色。"苏梅尔说道。

雅维坐着，像他父亲的狗等待食物的残渣似的流着口水，苏梅尔以惊人的精准分出小得可怜的六份面包。鲁尔夫两口就吃完了他那份，然后看着安克兰闭上眼睛，带着狂喜将每一小块面包屑都咀嚼了上百次。

"这点就是我们能吃的全部吗？"

苏梅尔将这点珍贵的食物重新包起来，紧收下巴，一言不发地放回衣服里。

"我想念特里格。"鲁尔夫说道，语调悲惨。

苏梅尔本可以成为一个很不错的祭司。她在逃离南风号的时候，思路足够清晰，抓过沙迪克施兰姆弃置的两个酒瓶，现在，他们在酒瓶里装满雪，轮流放入衣服里随身带着。雅维很快就学会了小口小口地抿一抿他们的成果，因为在寒风中解开衣服小解实在是一种英雄行为，能赢得其他人咕哝的祝贺。但每个人都知道，他们自己迟早也是不得不要在这凛冽的寒风中露出下体的。

白日短暂，所有人都觉得像是遭受了一整个月的摧残，到夜晚降临时，天空缀满星星，它们形成闪烁的旋涡，划出燃烧的轨迹，明亮如同诸神的眼睛。苏梅尔指出那些陌生的星座，她知道所有星座的名字——秃顶织布工、曲折之路、敲击地面的访客、食梦者——她在黑暗中细数着，露出微笑，她的话音中带有一丝欢乐，那是雅维从未听到过的，这令他也露出笑容。

"那么现在到凡斯特还要走多少路?"他问。

"不少。"她将视线转回地平线,欢乐迅速被掐灭,她加快了速度。

他奋力跟上她的脚步。"我还没有感谢你。"

"要是我们最终没有变成两具冻死的尸体,你可以到时候再来谢我。"

"就是因为我可能没有那个机会……谢谢你。感谢你没有让特里格杀了我。"

"要是我有一点时间仔细思考,我大概就会让他杀了你的。"

对此,他也没什么可抱怨的。他想了想,若苏梅尔是那个被特里格掐住脖子的人,他自己又会怎么做,他一点也不喜欢那个答案。"那么我很高兴你没有思考。"

一阵长长的沉默,能听到的只有靴子踩在雪上发出的咔嚓声。而后,他看到她转头凝视自己,又转开视线。"我也是这样想。"

*

第二天,他们通过开玩笑来保持精神振奋。

"你又开始克扣存货了,安克兰!快把烤乳猪传回来!"然后他们都笑了。

"我们来一场到伍尔斯加德的赛跑!最晚一个进门的人就要被卖掉换麦芽酒!"所有人都咯咯笑起来。

"我希望沙迪克施兰姆追上我们的时候能带点儿酒。"笑声变少了。

第三天清晨——要是这点儿微光也可以被称之为清晨——他们爬出简陋的帐篷时,所有人都愤愤不平。

"我不会照顾走在前面的这个歪歪扭扭的老东西。""什么都不是"在第三次被鲁尔夫的脚后跟绊倒时抱怨道。

"我也不确定自己喜欢这个疯子的剑就跟在我背后。"鲁尔夫转头厉声说。

"那你可以选择让剑插在你背上。"

自 由

"你俩差几岁，怎么表现得像两个小崽子？"雅维走到他俩中间，"我们得彼此帮助，否则这冬天会杀死我们所有人。"

他听到苏梅尔说话的声音从队伍最前面轻轻传过来。"不如说，不管怎么样它都会杀死我们的。"

他没有表示异议。

到了第四天，冰冷的雾气像裹尸布一般横亘在白茫茫的土地上，所有人都沉默不语。只有时不时地，有人在绊倒时咕哝一声，而其他人在帮助他起身继续向着荒蛮之地前行时，又咕哝一声。六个沉默的人影在这片广袤的旷野上，在这片宏大而寒冷的虚空中，背负着各自刺骨的不幸，佩戴着各自磨人的奴隶项圈和沉重的锁链，各自承受着他们自己的疼痛、饥饿与恐惧。

一开始，雅维想着那些在船上淹死的人。有多少人死了？厚木板碎裂，海水倒灌，只为了让他能得救？奴隶们拉扯项圈，直到海洋女神将他们拽入海中，沉没，沉没，沉没。

但他的母亲总是说，**绝不要为已经发生的事忧愁，要多想想那些即将发生的事**。

一切都无法改变，对过去的负罪感和对未来的忧虑都渐渐消失，只剩下对食物的回忆讽刺地残存着。整整四打的猪被烤熟以迎接宗主王到访，它们对于这样一个灰发小老头儿和他严肃的祭司来说，实在是太多了。还有雅维的兄长通过战士试炼时——雅维知道自己绝对过不了，所以只是选择对这试炼吹毛求疵——举行的庆祝活动。还有在他发动那场悲剧的侵略之前，战士们在海滨生火做饭——那或许是他们享用的最后一餐——成百个火堆上都烤着肉，热气如同手掌般抚过脸颊，火焰照耀着周围一圈饥饿的笑容，肥肉嘶嘶作响，油渣则逐渐萎缩变黑——

"自由！"鲁尔夫双臂大张，拥抱空无一物的白色天空，他大喊道，"通向你们想要的冰天雪地的自由！通向你们喜欢的饥饿的自由！通向步行直到摔倒的自由！"

他的话音在寒冷而稀薄的空气中很快就消散了。

"说完了？""什么都不是"问。

鲁尔夫放下手臂："嗯。"然后他们继续艰难前行。

雅维跌跌撞撞地一步接一步，全身疼痛地一脚又一脚，在寒冷中一跤跟着一跤，依然勉力跟在其他人的足迹后向前。这并不是因为他想到了母亲，也不是因为想到了未婚妻，或是他死去的父亲，乃至他在戈德琳女祭的火堆边的木凳。他是因为想到了奥登，想到奥登微笑着将手摆在他的肩膀上，想到奥登允诺将成为他的同袍战友，想到奥登如春雨般轻柔地问，一个残废能否成为哥特兰德的王。

"我认为不能。"雅维在雪烟中，以干裂的唇怒吼道，"我认为不能……我认为不能。"

随着饱受折磨的步伐继续前行，哥特兰德的边界也正在逐渐靠近。

第五天，空气清新，冰雪松脆，天空蓝得晃眼，雅维几乎可以经过来时的路一直看到海边，而遥远地平线的另一边，黑与白的土地形成了一条黑白相间的线。

"我们干得不错，"他说，"你们必须承认。"

苏梅尔凝望西方，她眼中的光亮暗淡起来，并没有接上雅维的话。"我们之前的天气运不错。"

"我并不觉得有什么幸运的。"鲁尔夫喃喃地抱紧自己，"你觉得幸运吗，裘德？"

"我只感觉到冷。"裘德边说边揉擦耳朵上冻成粉红色的部分。

苏梅尔望着天摇摇头，天空的北部有一块清晰得异乎寻常的青紫色云斑。"不是今晚就是明天，你们就会知道坏天气是怎样了。风暴即将来临。"

鲁尔夫抬头斜望着她。"你确定？"

自 由

"我从来不会教你怎么打鼾,不是吗?所以也别来质疑我的导航能力。"

鲁尔夫看看雅维,耸了耸肩膀。但是一入夜,她的话再次被证明是正确的。天空中的那块云斑变成灰色,逐渐膨胀,变暗,并转变成奇异的色彩。

"诸神正在发怒。""什么都不是"皱眉望天喃喃道。

"他们什么时候不发怒?"雅维说。

雪开始大片大片地掉落,形成雪幕和涡流。烈风带着尖啸刮起,立刻从所有方位向他们发起重击,将他们吹得东倒西歪。雅维摔倒在地,等他爬起来的时候,已经看不见其他人了。他恐慌地向前直跑,撞在裘德背上。

"我们必须从这风暴中出去!"他尖声喊道。但在风中,连他自己都几乎无法听见自己的声音。

"我同意!"裘德转头吼道。

"我们需要深厚的雪层!"

"这儿到处都是雪!"安克兰喊道。

他们狂奔进入一个狭窄的雪沟底部,这是雅维在这样狂暴的大雪中能找到的最安全的斜坡,其他人在他看来已仿佛小小的幽灵幻影。他像兔子一样挖起来,将双腿之间的雪铲开,拼命向下探挖,直到挖出一个身体长度的坑道。他包裹着潮湿帆布的手因寒冷而阵阵刺痛,肌肉也酸痛不止,但他强迫自己继续。他挖掘的动作就仿佛他命系于此。

也确实就是这样。

苏梅尔随后也跟进雪坑里,从她打战的牙齿之间发出吼声,她将短柄小斧当作雪铲挖起来。他们先是挖出一个横梁,然后是一个洞,接着挖成一间狭小的避难所。安克兰也跟着跳了进来,边铲雪边用舌头舔着掉了前门牙形成的空洞。鲁尔夫随后进入这个寒冷的幽室,而后是裘德,将宽阔的肩膀挤入这个逐渐变大的洞穴,最后"什么都不是"探入了头。

"干得不错。"他说。

"保持入口整洁,"雅维轻声道,"不然我们会死在夜里。"他背靠着堆起来的雪,解开湿透的外套,将双手窝成杯形吹气。他的手指已经很少了,他不能再承受失去更多。

"你从哪儿学到的这个?"苏梅尔在他身边坐定,问道。

"我父亲教我的。"

"我想是他救了我们的性命。"

"等你遇上他的时候,你必须为此而感谢他。"安克兰扭动肩膀以适应这个狭小的空间。他们紧紧地挤在一起,但这已是几天来的常态。在这里,没有可浪费在骄傲、厌恶与敌意上的冗余空间。

雅维闭上眼睛,然后,他想起父亲苍白而冰冷地躺在地板上的样子。"我的父亲已经死了。"

"抱歉。"裘德的声音低沉。

"有人能感到抱歉是好事。"

雅维垂下手,过了一会儿才意识到它落在苏梅尔的手背上,她翻转手腕,将手指对着他的手心。她的肌肤与他接触,传来阵阵暖意,让雅维感到愉快。他没有移开自己的手。苏梅尔也没有。

他慢慢地握住她的手。

而后是一段长时间的静默,风在他们的避难所外轻柔地呜咽着,呼吸声在室内沉重地回响。在这积雪之下,雅维渐渐开始产生了一种几乎可以算得上是舒适的感觉,就像他在安克兰的小火堆边所感受到的一样。

"这里。"他感受到这个词所带动的呼吸飘过他的脸,感觉到苏梅尔轻柔地握住他的手腕。他轻轻睁开双眼,然而在一片黑暗中,他不知道她究竟想要表达什么。

她翻过他的手,将什么东西塞进他的手心里。它已陈腐、变质,有

自 由

些黏湿,还带着些冰碴,但它是面包,而他感谢诸神自己能得到这一小块面包。

他们紧紧地挤在一起,尽可能慢慢地吃,咀嚼时都带着极大的满足,或者至少带着某种信念,而后他们一个接一个地将食物咽了下去。接着他们又沉默了,而雅维开始想自己是否有胆量能再次牵起苏梅尔的手。

这时候,她说:"这是最后的食物了。"

他们又一次陷入沉默,这一次,沉默不再那么舒适。

鲁尔夫的声音在黑暗中低沉地响起:"到凡斯特还有多远?"

没有回答。

更好的人

"哥特兰德人更好,""什么都不是"的声音沙哑,带着喘息,"他们战斗时齐心协力,人人都有同袍战友用盾保护着。"

"哥特兰德人?哈!"鲁尔夫喷出一股雾气,他跟在苏梅尔身后,艰难地往一个雪坡上爬去,"一群咩咩叫着被赶向屠夫的蠢羊!要是同袍战友倒下了,该怎么办?斯洛芬兰德人才是胸怀火焰!"

他们已经争论了一整天。剑与弓哪个更强;赫门海姆是不是在格恩莫岛南边;海洋女神究竟更钟爱上漆还是上油的木头,该用哪种造船会更好。雅维简直难以想象,他们究竟是从哪儿得到了呼吸。他觉得自己几乎无法获得充分的空气。

"斯洛芬兰德人?""什么都不是"沙哑地说道,"哈!要是火熄灭了,他们该怎么办?"他们的讨论一开始还能就事论事,接着便各自更坚定自己原本的信念,最终演变成一场相互蔑视的咕哝争辩。根据雅维一路听下来的情况,这两人自从南风号沉没之后,相互间就完全没有一丝一毫的退让。

这已是食物告罄后的第三天,饥饿在雅维的身体中形成一种疼痛的空虚,吞噬一切希望。这天早上,把帆布从手上解下时,他几乎无法认出自己的手:它们干枯的同时又浮肿着。他指尖的皮肤一片惨白,碰触

更好的人

之后便感觉到一阵刺痛和麻木。甚至连裘德的脸也瘦了下去。安克兰的脚跛了，他试图掩饰这一点，却没有成功。鲁尔夫开始气喘吁吁，令雅维不由得有些畏缩。"什么都不是"散乱的眉毛间结了霜。而苏梅尔带着伤痕的嘴唇也随着他们跋涉过一里又一里的路而抿得更紧，唇色发灰。

争辩还在雅维的身边无休止地持续着，而他所能想到的事，却只是他们中究竟谁会先一步死去。

"哥特兰德人知道纪律。""什么都不是"喋喋不休道，"哥特兰德人都——"

"有哪个傻瓜会关心这些？"雅维突然被激怒，站在这两个老头之间，用手指根指着他们的脸，狂怒咆哮道，"人就是人，好坏只取决运气！现在省省你们的呼吸好好往前走！"他又重新将手插回腋窝，强迫自己继续往雪坡上爬。

"他是个厨子家的男孩，还是个哲学家。"他听到鲁尔夫喘息着说。

"我简直判断不出，在这儿厨子和哲学家哪个更没用一点，""什么都不是"喃喃道，"我该让特里格杀了他的。毫无疑问哥特兰德人是——"

他爬上雪坡的顶端，陷入沉默。其他人也都是如此。在他们面前是一片森林，它向四面八方展开，直到在远处陷入雪灰色的遮蔽中。

"树木？"苏梅尔低声说，听起来像是几乎不敢相信自己的眼睛。

"树木可能意味着食物。"雅维说。

"树木可能意味着火堆。"安克兰说。

突然之间，他们开始向山坡的那一边蹦跳过去，就像一群孩子从家庭作业中解脱出来似的大喊大叫。雅维摔倒了，跌在一大片雪里，然后又爬起来。他们渴望地在森林外围的矮枝间跌跌撞撞地跑，然后进入高耸的云杉林中，然而这些云杉的树干都是如此细瘦，雅维几乎可以用双手手掌合围。它们就像是圣地里庄严的柱子，而雅维他们，则是不受欢迎的入侵者。

他们放慢速度，从跑动变成蹒跚前进，而后又变成拖行。稀疏的枝头没有果实掉落。没有鹿蹦出来跳向"什么都不是"的剑。地上的落木全都湿透、腐烂了。雪下的土地则由缠绕的根系和沉积了无数年的腐烂针叶组成，不够坚实。

他们的大笑渐渐消失，树林里一片寂静，除了一只小鸟发出的叽喳叫声，稍许划破一丝沉重的宁静。

"诸神在上，"安克兰轻声说道，"我们在这儿并没有比在那里好多少。"

雅维爬上一棵树的树干，用颤抖的手掰下一块已半结冰的菌菇。

"你找到什么了吗？"裘德用带着一丝希望的声音尖促地问道。

"没有，"雅维将它扔到一边，"这种不能吃。"失望与雪一同落下，比之前更让雅维感到沉重。

"我们需要的是火。"他说道。他试图存住希望的一点儿微光。火能温暖他们，振作他们，让他们凝聚在一起，从而让他们能走得再远一点。至于他们最终能到达哪里，他已无力去想。一次划一下，正如裘德过去常对他说的一样。

"要生火需要干燥的木头，"安克兰说，"厨子家的男孩知道到哪里去弄些来吗？"

"我知道托尔比城哪里有木柴出售。"雅维厉声回答。事实上，他多半是不知道的。这是奴隶们的工作。

"高的地方会干一些。"苏梅尔蹒跚前进，雅维则艰难地跟着她，一同滑下一个斜坡，进入一片没有树木的洼地，地面上覆盖着一片干净的白雪，"或许那边上面……"

她快速地走向森林中的高地，雅维则跟着她快速的脚印痕迹。诸神在上他实在是太累了，累到几乎感觉不到自己的双脚。那块地看起来有些奇怪，它非常平整而坚实，上面覆盖一整片的薄雪，底下四散露出点点黑色土地。当苏梅尔踏上去时，传来了一阵怪异的碎裂声。

她停住脚步，向下瞪眼看。

"等等！""什么都不是"站在他们身后的斜坡上，一手抓着一棵树，另一只手则紧握着他的剑，"那是条河！"

雅维盯着脚下，吓得寒毛直竖。在他脚下，冰层发出砰砰的声音，然后它咔嗒咔嗒地响起来，开始发生变化。当苏梅尔向他跑来的时候，它发出了长长的嘎吱声。她瞪大的双眼中映照出他的眼睛，在他们之间不过是一两步的距离。

雅维咽了口口水，他几乎不敢呼吸，只是将手伸向她。

"轻轻地来。"他轻声说道。

她又走了一步，然后，还不到喘一口气的工夫，她突然从冰上消失了。

一开始他整个人都愣住了。

然后他像是要向前冲出去似的全身抽动起来。

他呻吟了一声，停住动作，然后趴下来四肢着地，爬向她消失的地方。黑色的水上漂浮着小块碎冰，完全看不出一丝她的痕迹。他转过头看见裘德跳到河边，激起一片雪花。

"别动！"雅维尖叫道，"你太重了！"

他觉得自己看到冰下有什么东西在动，便将身体倾向那边，探出头，他擦去积雪，却看不到任何东西，除了一片黑暗和几个泡沫在水上浮动。

安克兰跟跄地走到河边，伸出双臂，然而冻住的冰面嘎吱一响，冻结了他的动作。"什么都不是"则沿河走到更下游一点的地方，那儿有一小片土地没有覆盖冰层，露出一些嶙峋的石块。

恐怖的静默延伸着。

"她在哪儿？"雅维尖叫起来。鲁尔夫只是在河边望着他们，无助地张大嘴巴。

一个人能屏住呼吸多少时间？不会太久，毫无疑问。

他看到"什么都不是"从河边跳了几步，高高地举起剑，剑尖向下。

"你是疯了吗？"雅维尖声喊道。

然后他突然意识到了"什么都不是"的意图。

剑猛地落下，冰碴四溅，"什么都不是"俯下身，将另一只手臂插入水中。

"我抓住她了！"他将苏梅尔从河里拖出来，她的四肢有如破布，流下道道冰水。而后，他将她拽到河岸上裘德和鲁尔夫正等待着的地方。

"她还有呼吸吗？"雅维高喊道。恐惧传遍他的全身，令他只能手脚并用向前爬行。

"我要怎么确认？"裘德跪在她身边问道。

"把你的脸贴在她的嘴上！"

"我觉得她没有呼吸了！"

"抬高她的脚！"雅维从冻住的河面上爬起来，强迫自己抬起灌了铅似的脚，沿着白雪覆盖的河岸跑。

"什么？"

"把她的下半身举起来！"

裘德默默地抓住她的脚腕，将她抬起来，她的脑袋松松垮垮地垂在雪中，雅维跑到他们身边，将两根手指硬插入她的嘴巴，在她的喉咙里转动着，向下压。

"起来！"他叫喊着，吐着唾沫，用尽全力，"起来啊！"他曾经看到戈德琳女祭对一个掉进磨房池塘的男孩这样做过一次。

那个男孩最终还是死了。

苏梅尔一动不动。她全身湿冷，就像是一具已经死去的尸体，雅维咬紧牙关挤出一堆祈祷，尽管他甚至都不知道该向谁祈求。

他感觉到"什么都不是"将手放在他的肩上。"死神正等待着我们所有人。"

雅维甩开他的手,压得更用力了。"起来!"

突然苏梅尔痛苦地抽搐了一下,她醒过来,咳出了水,粗声吸了半口气,又咳出更多的水。

"诸神在上!"鲁尔夫惊讶地后退一步。

雅维自己也差不多像他那么惊讶,毫无疑问他从未如此乐于接下一手的呕吐物。

"你想弄死我吗?"苏梅尔的声音沙哑,她的视线转到眼角。裘德放下她,她在雪上蜷成一团,拉扯自己的项圈,边咳边吐,最后开始猛烈地哆嗦起来。

鲁尔夫望着这一幕,样子就像是他刚见证了一场奇迹。"你是个巫师!"

"或者是个祭司。"安克兰喃喃道。

雅维不希望被任何人揭开这道伤疤。"我们需要让她暖起来。"

他们试着用安克兰的小打火石点起火堆,从树上剥下苔藓片来做引信,然而所有的一切都是湿漉漉的,小小的火星没办法引燃。他们一个接一个地试验着,与此同时苏梅尔在一边看着他们,双眼放出狂热的光芒,身体抖得越发厉害,直到他们能听到她拍打衣服的声音。

曾经每日清晨都在面包店里点燃烤炉的裘德无计可施;曾经在破碎之海周边,在狂风大雨中的海滩上燃起火堆的鲁尔夫无计可施;甚至连雅维也付出了无用的努力,他笨拙地用残手的手指根敲打打火石,直到敲到自己的手指;而安克兰则不住地向燃焰之神祈祷着。

但是这一天诸神已不会再创造任何奇迹。

"我们能挖一个避难所吗?"裘德用脚后跟踢打地面,"就像我们在暴风雪里做的那个一样?"

"雪不够。"雅维说。

"那用树枝做?"

"雪太多。"

"继续往前走啊。"苏梅尔突然摇摆着站起身来,鲁尔夫踩着特大号的靴子跟在她身后。"太热了。"她说着解开手上裹着的帆布,让它松松地垂落下来,又解开衣服的扣子,拉扯里面的项圈,"项圈太紧了。"她拖着脚往前又走了几步,然后笔直地脸朝下摔倒在地。"继续走。"她在雪里咕哝道。

裘德轻轻翻过她的身体,让她面朝上,用一只胳膊抱住了她。

"父亲不会永远等我。"她轻声说道。从她冻得发蓝的嘴唇中吐出最微弱的呼吸,形成薄薄的烟雾。

"她的脑子都被冻坏了。"雅维将手掌放在她湿冷的肌肤上,发现自己的手在颤抖。他或许将她从溺水中救了回来,但要是没有火或食物,冷冬依然能将她带往终结之门,而他简直无法去想这件事。要是没有她,他们该怎么办?

要是没有她,他又该怎么办?

"做些什么啊!"鲁尔夫嘶嘶地说道,他抓住了雅维的手臂。

但是做什么呢?雅维动了动他皲裂的嘴唇,将视线转向森林,就好像在那些贫瘠的枝干之间将会显现答案。

万事皆有解决之道。

他皱眉望了一会儿,抖开鲁尔夫的手,快跑到最近的树下,从好手上撕下那些包裹的帆布。他从树皮上扯下一丛红棕色的东西,希望之火又重新燃起来了。

"羊毛。"安克兰喃喃地说着,拿起了另一丛,"有羊经过这里。"

鲁尔夫从他的手指上接过:"它们往哪边去了?"

"往南。"雅维说。

"你怎么知道?"

"树干靠西的地方没被风吹到,所以长了苔藓。"

"羊意味着温暖。"鲁尔夫说。

"羊意味着食物。"裘德说。

雅维没有将自己正在思考的事说出口。羊意味着人群,而人则未必友善。但是要想选择,首先你得有两个选项。

"我会留在这里陪着她。"安克兰说道,"你们去寻求帮助,要是能得到帮助的话。"

"不,"裘德说,"我们一起走。我们现在都是划桨伙伴了。"

"谁来扛她?"

裘德耸耸肩膀。"要是有东西要扛,扛上它总好过哭泣。"他将手臂放在苏梅尔的身下,扛起她时扮了个鬼脸,踉跄一两步,然后将她的脸转向自己的肩膀,抬起头一言不发地向西走去。她的体重或许已经掉了不少,但裘德就像雅维一样又冷又饿又疲劳,因此这实在是一件几乎不可能达成的壮举。

"我算是活了有段年头了,"鲁尔夫看着裘德的背影眨了眨眼睛,喃喃道,"但我没法说我曾经看到过比这更好的事儿。"

"我也没有。"雅维说着,爬起来快步跟上。在这样的榜样面前,他怎么能抱怨,怎么能怀疑,又怎么能犹豫?

他们中的其他任何人又怎么能?

友 善

他们挤在潮湿的小树丛里,俯视底下的农场。

那里面有一幢石制的建筑,已经很老了,陷在地里,从积雪的屋顶上升起一道轻飘飘的烟,令雅维联想到食物与温暖的模糊回忆,他的舌底生津,皮肤刺痛。另一幢建筑里时不时传来羊叫,是圈羊的畜棚,它看来似乎是利用一条未完工的船的船体建成的,尽管他不知道,在这深深的内陆地区究竟要怎么才能弄到这条船。剩下的都是些简陋的小屋,湮没在大雪中,几乎都看不见,屋子与屋子之间的缺口用一排削尖了的木头围着。

就在入口外,一个小男孩在冰上开了一个洞,将钓竿架在一对棍子上,裹在毛皮里,时不时大声地擤擤鼻子。

"我有点担心,"裘德悄声说道,"那里会有多少人?我们对他们一无所知。"

"只知道他们是人类,而人类永远不可信任。""什么都不是"说道。

"我们知道他们有食物,有衣服,还有地方可以遮风避雨。"雅维看着苏梅尔,她身上裹着他们能掏得出来的每一根线,但却还是远远不够。她抖得那样厉害,牙齿发出咔嗒声,嘴唇灰蓝如同板岩,眼睑下垂,闭上,睁开,又再次下垂。"他们有能让我们活下去的东西。"

友善

"那就简单了,""什么都不是"解开了他剑柄上裹着的布,"钢铁才是一切的答案。"

雅维盯着他:"你要去杀了那个男孩?"

鲁尔夫不适地动了动肩膀,而"什么都不是"则只是耸耸肩。"若这是个选项,不是他死就是我们死,那么没错,我会杀了他,还有下面的所有人。他们可以享受到我的歉意。"他站起身来,但雅维抓住他衣服下摆的破布,将他拉回来,雅维发现自己正望着他那双冷峻而直接的灰色眼睛。雅维靠近他,那双眼睛里看起来毫无理智。只有理智的反义词。

"你也是一样,厨子家的男孩。""什么都不是"低声说。

雅维咽了一口口水,但他没有转开眼睛,也没有让"什么都不是"行动。苏梅尔曾经在**南风号**上为了他而承担生命危险。而现在,便是回报的时候。除此之外,他也厌倦了做一个胆小鬼。

"我们先试试谈话。"他站起来,试着回想起一些动作,让他看起来不那么像个深陷绝境、衣衫褴褛的乞丐,他失败了。

"要是他们杀了你,""什么都不是"说道,"钢铁会是答案吗?"

雅维叹了一口气,形成一些蒸汽。"我希望如此。"他滑下斜坡,走向房子。

四下寂静。除了那个男孩之外没有任何生命的迹象。雅维在离他十步左右的距离停了下来。

"嘿。"

那个小东西猛地惊起,摔下鱼竿,跌跌撞撞地往回跑,差点摔倒,直接跑进屋子里。雅维能做的只有等待,以及瑟瑟发抖。他发抖是因为寒冷,还有对接下来会发生的事的恐惧。你实在没办法期待生活在这样严酷的土地上的人能表现出多大善意。

人群从石质建筑里涌了出来,就像蜜蜂飞出破损的蜂巢。他数了数,一共是六个人,全都裹着毛皮,手拿长矛。其中三把矛上安的不是金属的矛头，而是石质的，但所有的矛都被人以最冷酷的意志紧握着。他们静静地半包围住雅维，长矛指着圆心。

雅维所能做的只有高举起他空无一物的双手，让手远离污秽的帆布包裹物，无声地向和平之神祈祷了一句，然后嘶哑地说道："我需要你们的帮助。"

站在中间的人示意他们将矛柄插在雪地里，慢慢走向雅维。她将兜帽向后掀起，露出一头棕灰的头发和一张因为劳作和天气而备受折磨的脸。有好一会儿，她一直观察着他。

而后她向前走了几步，赶在雅维避开之前，张开手臂紧紧地抱住了他。

"我是西达瓦拉。"她用通用语说道，"你是一个人吗？"

"不，"他轻声回答，竭力想控制自己，不要因为松了一口气而流下泪水，"我的划桨伙伴们和我一道。"

*

屋子里非常低矮狭窄，充满汗水和烟熏的臭气，但看起来仿如宫殿。一小碗泛着油花的羊肉杂煮从一个熏黑的罐子里被分盛出来，倒入一只使用多年而泛光的木碗中。雅维用手指蘸着汤，觉得自己从未品尝过如此美味的食物。长凳沿着圆形围墙摆放，雅维和他的朋友们坐在嘶嘶燃烧的火堆一边，主人们坐在另一边——西达瓦拉和四个被她当作儿子的男人，还有那个之前在冰上钓鱼的男孩，他正盯着苏梅尔和裘德，表情就像他们是从神话中蹦出来的精灵。

要是在托尔比城，这样的人会被认为是极度贫困。但现在，这房间却显得极为富足。木与骨质的工具在墙上挂着，分门别类，分别用来狩猎、钓鱼、挖掘遮蔽所、将活物从冰下引出，除此之外，墙上还挂着狼、山羊与熊的毛皮，每一张上都盖着印戳。一位长着浓密棕色胡须的主人掀开罐子，给裘德又递上一碗，大个子点点头表示感谢，然后狼吞虎咽

友　善

地吃起来，闭着眼睛陷入狂喜。

安克兰倾过身子靠近他。"我想我们把他们的晚饭吃完了。"

裘德的手指还在嘴里，他的动作冻结了，大胡子大笑起来，越过火堆倾身拍了拍他的肩膀。

"我很抱歉。"雅维将他手里的碗放在一边说道。

"你们比我们更饥饿，我想。"西达瓦拉说道，他们的话里有奇怪的口音，"而且还有很多路要走。"

"我们正在从班亚到伍尔斯加德的路上。"安克兰说道。

老妇人想了一会儿。"那你们显然确实在路上，但我觉得你们的路线有点奇怪。"

雅维能做的只有表示同意："要是我们知道这条路有这么难走，当初或许该选择另一边。"

"所以你们有很多选择。"

"但现在能做的也就只有走到底了。"

"什么都不是"靠近雅维，压低声音说道："我不信任他们。"

"他想感谢你们的慷慨招待。"雅维快速地说道。

"我们都要表示感谢，"安克兰说道，"感谢你们，还有你们屋子里的神。"

雅维拨开灶台边祈祷石上的灰，念出上面的铭文："感谢拂雪女神。"

"你推测得不错，念得也很不错。"西达瓦拉眯起眼睛，"在你们来的地方她是个微小神，嗯？"

雅维点了点头。"但在这儿她很崇高，我猜。"

"就像很多其他的东西一样，诸神也是，当你靠近的时候，你会发现它们比你想象中要高大得多。在这儿，拂雪女神就在我们的胳膊肘边。"

"我们应该将醒来的第一个祈祷献给她。"安克兰说道。

"聪明。"西达瓦拉说道。

"而我们的第二个祈祷将会献给你们,"雅维说,"是你们拯救了我们的性命。"

"在这里所有的生命都必须结为盟友。"她微微一笑,脸上深深的皱纹让雅维想起了戈德琳女祭,有那么一个瞬间,他突然非常想家。"我们有冬天这一个敌人就足够了。"

"我们懂。"雅维将视线转向苏梅尔,她在火边蜷缩成一团,闭着眼睛,用毛毯裹住肩膀轻轻摇摆,脸上有部分已恢复血色。

"你们可以和我们一起等冬天过去。"

"我不行,"安克兰猛然说道,"我必须去找我的家人。"

"我也是。"雅维说,尽管他的迫切需求是将一个家人杀死,而不是将他们救离苦海,"我们必须前进,但我们需要太多东西……"

西达瓦拉看着他们窘迫的状况,抬起眉毛。"你们确实需要。我们会很乐于交易。"

当她说出"交易"这个词的时候,她的儿子们微笑了,赞同地点点头。

雅维看着安克兰,安克兰则摊开空空如也的手掌。"我们没有可供交易的东西。"

"你们有把剑。"

"什么都不是"的眉毛皱得更深,将剑抱得更紧,而雅维痛苦地想起,在没多久之前"什么都不是"曾表示乐于将这些人全都杀死。

"他不会和剑分开的。"雅维说道。

"你们有样东西对我来说很有用处。"棕色大胡子男人的视线越过火堆,落在苏梅尔身上。

裘德的身体僵硬了,鲁尔夫不悦地低吼一声,而安克兰的声音则变得有些刺耳。"我们不会出售伙伴的。任何价格都不会。"

西达瓦拉笑了起来。"你们想错了。我们这儿缺的是金属。"她走到火堆的这一边坐下,将手伸向苏梅尔闪耀着光芒的项圈和它后面那一长段锁链。"这才是我们想要的。"

雅维感觉微笑在自己的脸上绽开。他觉得十分愉快。"要是这样的话……"他解开破破烂烂的帆布围脖,扯出他那根链子,"你们应该也会想要这个。"

大胡子用手掂了掂链子的重量,双眼闪亮,而当"什么都不是"解开领口的时候,他的下巴都要掉了下来。"还有这个!"他说着拖起沉重的链条。

现在所有人都微笑了。雅维靠近火堆,像母亲一样拍了拍手。"让我们来交易吧。"

"什么都不是"贴近他,对着他的耳朵轻声说道:"我告诉过你,钢铁将会是答案。"

最后一声清脆的击打落下,那条生锈的项圈从"什么都不是"的脖子上剥了下来,他的领口空空地敞开着。

"这条特别顽固。"大胡子皱眉看着自己损坏的凿子。

"什么都不是"有些不确定地从砧板上站起身来,用一只哆嗦的手抚摸脖子,他脖子上的皮肤经多年磨损而红肿发炎。

"我戴着它有二十年了。"他轻声说道,眼角闪烁泪光。

鲁尔夫拍了拍他的肩膀:"我只戴了三年项圈,但卸下来之后我依然觉得自己轻得就像空气。你现在一定觉得自己能飘起来。"

"对,""什么都不是"轻声说,"我会飘走的。"

雅维心不在焉地抚摸着脖子上项圈带来的旧伤,看着安克兰小心翼翼地打包他们用锁链交换的物品:一根鱼竿和一个鱼饵;用麋鹿的肩胛骨做的铲子;一把青铜小刀,古老得看起来就像是创世神分裂后不久的遗物;给鲁尔夫的弓配的九根箭;一个饮水用的木碗;生火用的干草皮;

羊毛编成的绳子；奶酪、羊肉和鱼干；还有毛皮和用羊毛粗制的大衣，里面以羊毛填充；装满这些东西的皮袋子；甚至还有一个可以拉起这堆东西的雪橇。

曾几何时，这些东西看起来是如此愚蠢，净是些乞丐的垃圾，而现在，它们却是一笔莫大的财富。

苏梅尔用一块厚重的白色毛皮将自己裹到下巴，她闭着眼睛，脸上难得地露出了一丝笑容，在她嘴唇的凹陷中露出了白色的牙齿。

"感觉不错？"裘德问她。

"我觉得暖和了。"她依旧闭着眼睛，回答道，"要是我在做梦，别叫醒我。"

西达瓦拉将"什么都不是"解开的项圈哗啦啦丢进放着其他人项圈的桶里。"要是你们需要建议——"

"总是要的。"安克兰说道。

"那么你们往南，再往西。两天后你们会到达一片地底有火焰在燃烧的土地。在那儿的边界上散发着蒸汽，有温暖的水源，还有大量的鱼。"

"我曾经听到过这样一片土地的传说。"雅维说道。他回想起戈德琳女祭在火堆边单调低沉的声音。

西达瓦拉点点头。"愿诸神与你们同行。"她转身想走，但"什么都不是"突然双膝跪地，抓住她的一只手，将皲裂的嘴唇贴在上面。

"我绝不会忘记您的友善。"他边说边用手背擦去泪水。

"我们所有人都不会。"雅维说道。

她微笑着将"什么都不是"扶起来，轻轻拍拍他斑白的脸颊。"这就是最好的回报了。"

真　相

鲁尔夫从树上滑下来，脸上挂着灿烂的笑容，他单肩扛弓，另一边肩膀则扛着一头筋肉虬结的鹿。为了让所有人都不再怀疑他的箭术，他将箭头留在鹿的心脏部位没有拔下来。

苏梅尔抬起半边眉毛看着他："所以你不只是脸长得好。"

他也眨眨眼睛作为回礼："对于一个弓手来说，有没有箭事情会完全不一样。"

"你想来剥这头鹿的皮吗，厨子家的男孩，还是由我来？"安克兰带着一丝扭曲的微笑，手拿一把匕首，就好像他早就知道雅维必然会拒绝。他不是个傻瓜。雅维曾经有过几次伤了手的经验，令他不再拉弓执矛，每次步入战场，他总会感到不适。他的父亲曾经烫伤过他，兄长曾经嘲笑过他，而他们的战士们则几乎懒得隐藏对他的蔑视。

他的大部分童年都是这样度过的。

"这次你来剥皮吧，"雅维说，"要是你哪里做得不对，我可以给你一些建议。"

吃完后，裘德在火边将赤脚伸向火堆烤火，边把脂肪填入厚靴子的裂缝里。鲁尔夫将最后一根骨头扔到一边，在羊毛外套上擦了擦手上的油。

"要是有点盐，味道会完全不一样。"

苏梅尔摇了摇头。"在这世界上有什么事情是你不会抱怨的？"

"要是找不出什么可抱怨的，说明你看得还不够仔细。"鲁尔夫用单肘支撑身体，微笑着面对黑暗，抓了抓厚重的胡子，"但是我从未对生活感到失望。我曾经觉得自己大概会死在那支船桨下。但是既然我还能活在这个世界上，还能制造出一小片影子，我就一直想再见到她。只想跟她打个招呼，知道她还活得不错就好。"

"她要是有点脑子，肯定早就离开了。"苏梅尔说道。

"她本就该离开的，生命用于等待实在太过浪费。"鲁尔夫对苏梅尔的话嗤之以鼻，他朝着火堆吐了一口口水，"要找到一个比我更好的男人并不怎么困难。"

"这一点我们倒是可以同意。""什么都不是"坐在离火堆略远的地方，背对他们，将剑拔出鞘放在膝上，用一块破布擦拭剑刃。

鲁尔夫对他的说法只是一笑。"那你呢，'什么都不是'？你花了这么多年擦甲板，你是打算用剩下来的生命一直擦那把剑吗？等我们到了伍尔斯加德，你打算干什么？"

雅维意识到，这是自南风号沉入内海之后，他们第一次谈到将来的事。这是他们第一次开始觉得自己或许真的能抵达那里。

"我有笔账要找人清算。这笔账积了二十年，""什么都不是"又回到疯狂的磨光作业中，"大概会带来一场血雨吧。"

"在这种天气里，只要不是雪，无论你能带来什么都挺不错的。"裘德说，"我会找到往南去的路，回去卡塔利亚。我的村子叫那吉特，在那里有一口井，井里有着世界上最甜美的水。"他将双手交握，放在胃部之上，像他往常提到那个地方时一样微笑起来："我渴望能再次喝到那口井里的水。"

"或许我可以和你同路，"苏梅尔说道，"那里离我要走的路线不远。"

"你要到哪儿去?"雅维问道。尽管他们曾经有好几个月睡在可以轻易触及彼此的地方,但他却对她几乎一无所知,而他发现自己想知道她的事。她凝神望他,就像是在思索到底是否要打开一扇已经尘封许久的门,最后她耸了耸肩。

"我想去的地方是无上之城。我在那儿长大。我的父亲在某种意义上来说是个名人——女王的船舶设计师。他的兄弟现在依然在这个职位上……大概。我希望如此。要是他还活着的话。在我离开的这段时间里,有很多事都可能发生变化。"

然后她陷入沉默,凝望火焰,雅维也是如此,他忧心的是,在他离开的这段时间里托尔比城又有哪些事发生了变化。

"好吧,我不会拒绝你与我同行的,"裘德说,"在长途旅行中,有个确切知道将要去往何处的人会大有用处。那么你呢,安克兰?"

"在托尔比城的英格尔夫广场有家奴隶商店,"安克兰对着火堆低沉地说着,棱角分明的脸上落满了阴影,"沙迪克施兰姆就是从那儿买下了我。卖了我的人名字叫作约夫费尔。"说出这个名字的时候,他看起来有些畏缩,那是雅维想到奥登时会有的表情。"他手里有我的妻子,还有我的儿子,我必须将他们救出来。"

"你准备怎么做?"鲁尔夫问。

"我会想到办法的。"安克兰握紧拳头,重重敲在自己的膝盖上,直到这动作造成阵阵疼痛,"我必须做到。"

雅维越过火堆看着他。雅维第一眼看到他时,心中只有仇恨。雅维欺骗了他,看着他被殴打,还偷走他的位置。而后雅维接受了他,与他同行,接受他的施舍,开始信任他。而现在,雅维发现自己对他产生了一种过去从未有过的感情。雅维钦佩他。

雅维所做的一切都是为了自己。为了自己的自由,自己的复仇和自己的王座。而安克兰所做的一切，却是为了他的家人。

"我能帮你。"他说。

安克兰迅速抬头看向他："你？"

"我在托尔比城有……一些朋友。有权有势的朋友。"

"那个你给人家做学徒的厨子？"鲁尔夫嗤之以鼻。

"不。"

雅维不太确定自己为何要选择这个时刻。或许是因为他与这群不合适的人联系越是紧密，谎言在他心头就变得越发沉重。或许是因为在他心里还残存着一丝骄傲，这股傲气选择在这个时刻被激发。或许是因为他认为安克兰说出了真话。也或许仅仅只是因为他是个傻瓜。

"莱斯琳。"他说，"前任国王乌斯里克的妻子。"

裘德喷出一口带着烟雾的叹息，坐回皮草中，而鲁尔夫甚至都懒得发出轻笑。"你对于那位哥特兰德的黄金王后来说算什么？"

雅维试图让声音保持平静，尽管此刻他的心脏突然猛烈跳动。"她的小儿子。"

这句话令所有人都停了下来。

雅维自己是最受震撼的，因为他本可以保持厨子家的男孩这一身份，去往任何地方。他本可以跟在鲁尔夫身后，闲逛着去找他的妻子，打个招呼；他本可以跟着"什么都不是"去干他那个疯狂的脑瓜所想到的任何疯事儿；他本可以跟裘德去遥远的卡塔利亚，在那口井里喝一口水；或是和苏梅尔一道，去雄奇的无上之城，就他们两个，一起……

然而现在他已无路可去，除了登上黑色王座。除非他穿过终结之门。

"我的名字不是约维，是雅维。我是哥特兰德合法的王。"

长长的沉默。甚至连"什么都不是"都忘记了磨光作业，在他坐着的那块石头上半转过身体，用那双狂热闪亮的眼睛望着雅维。

安克兰轻轻地清了清喉咙："这样你那烂透的厨艺就可以解释了。"

真　相

"你没在开玩笑,对吧?"苏梅尔问。

雅维长时间地回望着她,眼神平稳:"你听到我笑了吗?"

"那么我能问问吗,哥特兰德的国王在一艘破商船上划桨是要干吗?"

雅维将双肩上的羊毛毯子裹得更紧了,他望着火堆,火焰显现出过去那些人和事的形状,他缓缓开口。"因为我的手……或者不如说因为我少只手,我本打算放弃我的继承权加入祭司团。但是我的父亲乌斯里克被人杀害,他被格劳姆-吉尔-高姆以及他的祭司思卡尔女祭背叛……至少他们是这样告诉我的。我指挥二十七艘船袭击他们,这个计划是我的叔父奥登制定的。"他发现自己的声音正在颤抖,"在这个计划中,还包含有杀死我并夺取王位的部分。"

"雅维王子。"安克兰喃喃道,"乌斯里克的小儿子。他确实有一只手是残废的。"雅维抬起手凑向火光,安克兰考虑了一下,若有所思地摸了摸扭曲鼻子的一侧。"我们上次经过托尔比城的时候,那里的人正在谈论他的死。"

"他们宣告得稍微早了点。我从一个塔上落下,海洋女神将我送入格劳姆-吉尔-高姆的掌握。我伪装成一个厨子家的男孩,他给我戴上项圈,把我卖给伍尔斯加德的奴隶商人。"

"然后我和特里格在那里买了你,"安克兰思索着说,他考量着这个故事的真实性,就像一个商人翻检戒指,估算它的合金中究竟有几成是金子一样,"因为你告诉我说你能划桨。"

雅维已将手伸回温暖的毛毯下,因此他只能耸耸肩膀。"你看,这并不是我说过的最大的谎言。"

裘德鼓起脸颊:"每个人当然都有自己的秘密,但你这个实在是超过了平均水平。"

"而且更危险。"苏梅尔眯起双眼,"你为什么要说出来?"

雅维想了一会儿:"你们想知道真相,我也想说出来,而真相本身也想被公之于众。"

又是一段更长的沉默。裘德将更多脂肪塞进鞋底。安克兰和苏梅尔交换了眼神。然后鲁尔夫将舌头放在双唇之间，发出了一个响亮的"喷"："有谁相信这堆屁话吗？"

"我信。""什么都不是"站了起来，双眼又黑又深，他高高地举起剑。"我现在要发誓！"他将剑刃挥向火焰，火花四溅，所有人都惊讶地向后缩了一下，"这是一个日月同鉴的誓言。让这个誓言成为我的枷锁，将我激励。在哥特兰德合法的王再次登上他的黑色王座之前，我将决不会停下脚步！"

沉默延续更久，所有人里最惊讶的莫过于雅维。

"你们有没有过这样的感觉，觉得自己正活在一个梦里？"鲁尔夫喃喃道。

裘德又叹了一口气。"经常的。"

"还是个噩梦。"苏梅尔说。

*

第二天一早，他们翻过一座山，迎来一片仿佛直接从梦里蹦出来的景象。确切地说，是从一个噩梦里。在他们面前的已不是白雪皑皑的小山，而是一片蒸汽中若隐若现的黑色远山。

"炎热的土地。"安克兰说。

"冰与火之神时常交战的地方。""什么都不是"轻轻说道。

"看起来还不错，"雅维说，"以一个战场来说。"

在白土与黑地之间延伸出一道翠绿色，微风吹拂植被，天上盘旋着五彩鸟儿形成的云，河水在稀薄的日光下闪闪发光。

"冬日中的一道春色。"苏梅尔说道。

"我不信任它。""什么都不是"说。

"有什么是你信任的？"雅维问。

真 相

"什么都不是"将剑抱在怀中，脸上带着稀薄得甚至没有露出残破牙齿的微笑："只有这个。"

所有人向前跋涉，没有人提到前一天披露的真相。他们看起来就像是不知道是否该相信他，也可能是不知道若是相信他又该怎么做，所以便装作一切从未发生，只是依然像从前一样地对待他。

这对于雅维来说已经是个很不错的结果。他时常觉得相对于国王，自己更像个厨子家的男孩。

在破烂的靴下，雪越走越薄，开始变得泥泞，灌进靴子里，让他不得不在泥地里滑行。最后雪彻底消失了。地面上先是带着点点苔藓，而后变成茂密的绿草，渐渐点缀一些连雅维都叫不上名字来的野花。最终他们走到一个大湖边的卵石河滩边上，蒸汽自乳白色的水面升起，在他们头顶上，一棵遒劲的树上挂着橙黄色的树叶，沙沙作响。

"在过去的几年，还有过去的这些天里，我常常在想，我到底是干了什么才会得到这样的惩罚。"裘德说，"而我现在想知道的是，为了这样的回报我得付出什么呢。"

"生活并不全都是付出，"鲁尔夫说，"只是抓住一切你能得到的东西而已。鱼竿在哪里？"

而后这老强盗便开始从白色的水中钓起白色的鱼来，他钓得很快，几乎一放饵就有鱼上钩。天又开始下雪，但在这片温热的土地上，雪完全积不住，到处都是干木柴，于是他们架起一个火堆，安克兰则在一块扁平的石头上摆出一整套鱼肉盛宴。

饭后，雅维将双手放在撑满的腹部上，平躺着，饱受摧残的双脚浸泡在温热的水中，他开始回想自己上一次这么开心是在什么时候。毫无疑问，不是在训练场上可耻地被人又一次击中那会儿。不用说，也不是到处躲避父亲的掌掴或母亲瞪视的那时候。甚至连在戈德琳女祭的火堆边那会也没有现在这么高兴。他抬起头，看他那些散漫的划桨伙伴们的脸。

要是他再也不回去，会有谁的日子变得更糟？无疑，一个尚未完成的誓言与一个被破弃的誓言之间是有区别的……

"或许我们该一直留在这里。"他轻轻说道。

苏梅尔的嘴角浮现出了一个嘲笑的上弯："那谁能带领哥特兰德人迎向一个更美好的明天？"

"我猜他们已经有了美好的明天。我可以成为这个池塘的王，而你是我的祭司。"

"苏梅尔女祭？"

"你总是知道正确的道路。你可以为我找到更大的利益和较小的恶。"

她哼了一声："地图上没有那种东西。我要去尿尿了。"雅维看着她大步走进长长的野草丛中。

"我猜你喜欢她。"安克兰轻声说。

雅维猛地转头向他。"呃……我们都喜欢她。"

"当然。"裘德笑着咧开嘴，"要是没有她，我们肯定得迷失方向。"

"但是你，"鲁尔夫闭着眼睛，将双手枕在脑后，哼哼着说道，"你喜欢她。"

雅维想尖酸地回嘴，却发现自己没办法否认这一点。"我的一只手确实是残废的，"他低声说道，"但我身体的其他部分挺正常。"

安克兰发出了近似窃笑的声音："我觉得她也喜欢你。"

"我？她对我比对其他人更恶劣！"

"没错。"鲁尔夫同样安心地挪动肩膀，躺在地上露出微笑，"啊，我想起了年轻那会儿……"

"雅维？""什么都不是"在一路延伸的树林边一块石头上，站得又高又直，他显然对谁喜欢谁的话题毫无兴趣，只是盯着他们的来路。"我的眼神不太好，你比较年轻，看得清楚。那儿是不是起了烟？"

雅维很乐意转移话题，他爬起来站到"什么都不是"身旁向南望去。

真 相

他愉快的心情没有维持多久。那里确实升起了烟。"很难讲,"他说,"大概是的。"几乎可以确定。他可以看到那条惨淡的烟熏痕迹直升入苍白的天空。

苏梅尔也加入了观望的队伍,她手搭凉棚,完全没有显露出喜欢任何人的迹象。她收紧了下巴。"烟是从西达瓦拉的农场升起来的。"

"或许他们点了篝火。"鲁尔夫这样说,但他脸上的微笑消失了。

"或者是沙迪克施兰姆点起的。""什么都不是"说道。

一个优秀的祭司对一切怀有最好的希望,却为最坏的结果做好准备。"我们得爬得更高一点,"雅维说,"看是不是有人跟着我们。"

"什么都不是"噘起嘴巴,轻轻吹去剑刃上的一小点灰尘,"你知道她会的。"

她确实会这样做。

在湖边的岩石斜坡上,雅维透过苏梅尔那副眼镜的古怪小圆镜片,看到白雪上出现了点点黑斑。黑色的斑点移动着,他的希望流失,如同被刺破的酒袋里洒落的葡萄酒。要说希望,他已经有很长一段时间都像个漏底的花瓶了。

"我数了数,有两打。"苏梅尔说,"我猜都是班亚人,还有**南风号**上的一些水手。他们有狗和雪橇,而且很可能全都有武装。"

"而他们的目标是毁灭我们。"雅维喃喃道。

"对,要不然就是他们非常、非常希望能保护我们一路平安。"鲁尔夫说。

雅维放下眼镜。很难想象就在一个小时之前,他们还曾经笑得如此开心。他这些朋友们的脸又重新回到了憔悴而焦虑的状态,而这种状态如此常见,令人沮丧。

除了"什么都不是",当然,他看起来一如既往的疯狂。

"他们离这里还有多远?"

"我猜大概六里左右。"苏梅尔说道。

雅维已经习惯了将她的猜测视作事实。"他们大概要多久能追上我们?"

她的双唇无声地计算着:"要是他们用雪橇赶得急一点,可能会在明天一清早抵达这里。"

"那我们最好逃走。"安克兰说道。

"不。"雅维环顾着他这片小小的宁静王国,一直往上看到小碎石子堆成的山和山上那些碎石。"在炎热的土地上,他们的雪橇毫无用武之地。"

"什么都不是"凝望天空,用肮脏的指甲背面挠了挠脖子,"钢铁迟早会是答案。世事总是如此。"

"那就等再晚一点。"雅维背起他的包袱,"现在,我们先跑。"

跑

他们开始跑起来。

或者不如说,他们开始蹒跚前行,跌跌撞撞,连滚带爬,最终抵达一片由被诅咒的石头组成的地狱绝景中,没有植物生长,没有鸟儿飞翔,大地被折磨成一片炎热的荒漠,就像寒冷所能做的那样,完全没有生命的踪迹。

"命运之风最近一直将我吹到各种奇妙的土地上。"安克兰思索着说道。他们刚爬过一座小山,看着远处另一块冒着烟的岩石。

"他们还跟着吗?"裘德问道。

"在这片破碎的土地上很难看到人的踪迹,"苏梅尔透过眼镜仔细扫视身后的荒原,地面上升起散发恶臭的蒸汽形成的烟雾,"尤其是那些你宁愿自己看不见的人。"

"或许他们已经掉头了。"雅维向掷骰之神念出祈祷词,乞求一丝稀少的运气,"可能沙迪克施兰姆没办法说服班亚人跟着我们。"

苏梅尔擦去脸上肮脏的汗水:"她能成为最有说服力的人。她是个了不起的领导者。"

"我完全看不出这一点。"鲁尔夫说道。

"因为她在富尔库指挥帝国的舰队取得胜利时你并不在场。"

"但是你在，我猜？"

"我那时在她的敌方战斗。""什么都不是"说，"我那时是阿约克斯国王的首席战士。"

裘德难以置信地皱起前额："你曾经是国王的首席战士？"虽然现在的他看起来似乎令人难以想象，但雅维曾经在训练场上看到过不少优秀的战士，没有一个人能有"什么都不是"那样的剑术。

"我们的旗舰起火了，"老头陷入回忆，他紧握着剑，指关节都发白了，"有一打大帆船勾住我们的船，倒下的人流出的血让甲板打滑，四周爬满帝国的战士，那是我与沙迪克施兰姆的初次交锋。之前的战斗让我已极为疲劳，满身是伤，又不习惯动荡的甲板。她装作一个无助的姑娘，我出于骄傲相信了她，而她令我流血。之后我就变成了她的奴隶。我们第二次交手时，我因饥饿而虚弱，她手握铁剑，身后有强壮的监工，而我手里只有一把吃饭用的小刀。她再次让我流下鲜血，但同样出于骄傲让我活了下来。"他的唇上挂着疯狂的微笑，当他吐出那些词语时，嘴角出现了细小的唾液泡沫。"现在，我们即将第三次交锋，我已没有任何骄傲可以令我倒下，战场将由我来选择，而她将因我而流下鲜血。是的，沙迪克施兰姆！"

他高举起剑，嘶哑的声音回荡在这片裸岩上，山谷中。"正是今日！正是此刻！该清算了！"

"能等我安全地回到托尔比城再清算吗？"雅维问道。

苏梅尔冷冷地收紧一格皮带："我们必须动起来。"

"我们刚才做的这些不算吗？"

"算虚度光阴？"

"你的计划是什么？"鲁尔夫问道。

"杀了你，留下你的尸体来求和？"

"你该不会认为她是来寻求和平的吧？"

苏梅尔下巴的肌肉动了起来:"很遗憾,当然不是。我的计划是在他们之前到达凡斯特。"她开始往斜坡下跑,每一步都溅起不少碎石屑。

蒸汽带来的折磨几乎超过之前冰霜造成的痛苦。天上还在下雪,气温却变得越来越热,他们一层一层地脱掉身上好不容易积存的衣物,直到他们个个都半裸着,满身大汗,浑身都是灰土,活像是刚从煤矿中爬出来的劳工。口渴取代了饥饿,安克兰负责配给,他严格控制他们那两瓶浑浊污秽的水的分配,比在**南风号**上更为严苛。

在雅维心中确实早已充满恐惧。他早就记不清自己上一次无所畏惧是在什么时候。后来他又害怕过寒冷、饥饿和精疲力竭。而现在,恐惧成了一种残酷的鞭策。那是对锋利铁器的恐惧,对班亚人的狗锋利的牙齿的恐惧,还有他们前主人那更为锋利的复仇的恐惧。

他们一直往前跑,直到四周一片黑暗,雅维甚至无法看清自己面前那只残废的手,月亮之神和他所有的星星们全都消失在黑暗中,最终他们静静地爬进一堆石头形成的空洞里。他沉入徒劳的睡眠中,然后,好像就只睡了一会儿,便在第一缕灰暗的晨光下,被人摇醒了。他继续往前跑,全身酸痛,而噩梦的碎片分散着他的注意力。

他们想的都是尽可能保持领先。世界的范围不再超过他们的脚跟与追击者之间的这点裸岩,而且这世界正在不断缩小。鲁尔夫用了一点时间在他们身后布置了一个挂着两块羊皮革的绳子。这是一种盗猎者们的古老伎俩,用来绊倒狗群。但狗群并没有上当。没过多久,他们便因为成百次摔倒和滑跤而满身是伤,而只有一只好手的雅维,做得比其他人都要糟。但每一次他摔倒时,安克兰总会伸出坚定的手,帮助他起身继续往前。

"谢谢。"雅维又一次在他自己也不知是第几回摔倒时说道。

"你会有机会回报我的,"安克兰说,"在托尔比城,或者甚至更早之前。"

他们以一种尴尬的沉默向上爬着,然后雅维说:"我很抱歉。"

"因为你摔倒了?"

"因为我在南风号上做的那些事。因为我告诉了沙迪克施兰姆……"他回想起酒瓶击中安克兰脑袋,船长用靴子的后脚跟碾碎安克兰的脸,缩了一下身子。

安克兰扮了一个鬼脸,舌头填进缺了门牙的齿列之间。"我最痛恨那艘船的地方,不在于我在那上面所遭受的一切,而在于我被迫成为那种人,不,是在于它令我自己选择成为了那种人。"他沉默了一会儿,待雅维立定,然后看着雅维的双眼,"我本以为自己是个好人。"

雅维将一只手放在他的肩上:"我本以为你是个狗杂种。但我现在开始怀疑这个判断了。"

"等你们安全了,你们大有时间为彼此身上隐藏的崇高品质而洒下热泪!"苏梅尔高声喊道。在他们上方,有一块大卵石在灰雾中隐约显露出黑色的轮廓。"现在我们得往南。要是我们赶在他们前面到了河边,我们得找到一条能过河的路。石头和蒸汽没办法做成木筏。"

"在抵达河边之前,我们会因为干渴而死吗?"鲁尔夫边问边舔着瓶口的最后一滴水,然后满怀希望地凝视它的底部,就仿佛里面还有些卡着没有流出的水。

"干渴?""什么都不是"大声讥笑道,"这就是一个班亚人的长矛扎在你背上时你需要担忧的事情?"

他们滑下无止境的小石子的斜坡,跳过一个又一个巨大如房屋的卵石,爬下就像是静止的瀑布一般的黑色岩石群。他们穿过那些地表烫得几乎无法触摸的山谷,在那里面令人窒息的蒸汽自恶魔之嘴般的地裂中喷出,一个个小池塘边都冒着气泡,水面上泛着一层五彩的油光。他们艰难向上,石头在他们脚下哗啦啦地掉落。他们用手指攀附岩壁,雅维用他那只残废的手抓着缝隙,最终自高处向后看……

跑

通过苏梅尔的眼镜他可以看到那些小黑点依然在跟着他们,而且越来越近。

"他们难道永远不会疲倦?"衮德抹去了脸上的汗水,说道,"他们难道永远不会停下来?"

"什么都不是"露出了微笑:"等他们死了,就会停下来的。"

"或者是我们死了的时候。"雅维说。

顺流向下

在看到河之前,雅维就听到了它的声音,那是自树林传来的低语,给他精疲力竭的双腿一丝力量,又给了他受尽折磨的心一点点早已失落的希望。一开始是低语,而后变成吼叫,最后,当他们全都因汗水、灰泥和尘土而肮脏不堪地从树林中逃出来时,吼叫成了波浪冲击的轰鸣。鲁尔夫脸朝下倒在卵石河滩上,像条狗一样大口大口地舔着河水。其他人都跟在他身后的不远处。

这一整天剧烈的攀爬带来的如体内燃烧般的口渴最终消退时,雅维坐下休息,眼望着河对岸遥远彼方的树林,它看起来和他们身边的树林没什么两样,但与此同时,却又完全不同。

"凡斯特,"雅维喃喃道,"感谢诸神!"

"等我们过了河你再感谢他们。"鲁尔夫擦擦嘴巴和满是灰尘的脸上那一簇灰白的胡子,"就水手们看来,这可不像是条友善的河。"

在雅维看来也不是。他放松的心情已被恐惧取代,朗赫德河是那样宽阔,陡峭的对岸离他们甚至可能有两个箭程那么远,水位更是因他们背后燃烧的土地上流淌而来的泥浆而抬升。在黑色的河水水面上翻滚着白色的水泡,暗示水流的湍急,漩涡的凶险,以及那些如同叛徒的小刀般隐藏的礁石有多么致命。

顺流向下

"你能造一艘木筏渡过这条河吗?"他轻声问道。

"我的父亲是无上之城的首席船舶设计师,"苏梅尔凝视着木柴说道,"他可以在一片看起来完全一样的森林中找到最好的龙骨。"

"我怀疑我们是否有时间雕刻船首像。"雅维说。

"或许我们可以把你镶嵌在船头作为代替。"安克兰说道。

"造木筏需要六根树干,外加一根大树干劈成两半作为龙骨。"苏梅尔跑到附近一棵冷杉边,动手剥树皮,"这棵树就行,裘德,你扶着,我来砍断。"

"那我负责警戒我们过去的女主人和她的朋友们。"鲁尔夫扛起弓,向着他们来的方向走去,"我们现在大概离他们有多远?"

"要是我们运气好的话,两个小时左右,但我们总体来说没什么运气。"苏梅尔掏出她的短柄手斧,"雅维,你去找根绳子,再找点可以当作桨的木头。'什么都不是',等会儿我们把树干伐倒之后,你负责把枝条都砍掉。"

"什么都不是"紧紧抱住他的剑:"这可不是锯子。我得保证我的剑刃在沙迪克施兰姆来的时候足够锋利。"

"我们希望到时候能把他们远远甩开。"雅维说着开始翻检他们的行李。他的胃里灌了太多水,晃晃荡荡的,涨得发疼。

安克兰伸出手:"要是你不用的话,把剑给我——"

那个被擦得完美无缺的剑尖以几乎不可能的速度擦过安克兰的喉咙。"你要是敢试试看,我就先宰了你,仓库管理员。""什么都不是"低声说道。

"时间都过去了,"苏梅尔从咬紧的牙关里吐出话来,她正快速地以一记又一记砍击着那棵被她挑中的树根底部,制造出大量飞舞的碎屑,"随便你是用剑来砍,还是用屁股来坐断树枝,总之去给我修剪那些该死的枝条。记得留点长树枝,这样我们到时候可以有抓手的地方。"

Shattered Sea
Half A King

要不了多久，雅维的右手便因为拖拽长木料而被割伤，满是脏污，他将左手腕垫在木料底下勾着，很快手腕上便扎满了木屑。"什么都不是"的剑被大量使用，裘德那乱糟糟的头发里满是木灰，苏梅尔的右手掌因为不停挥舞小斧而流下鲜血，但她依然还在砍伐着，砍伐着，砍伐着。

他们满身是汗，用尽全力，露出牙齿对彼此大声吼叫。他们不知道什么时候吼叫的人会从伙伴变成班亚人的狗群，但他们知道，这个时刻很快就会到来。

裘德闷哼一声，举起那些树干，他厚实的脖子边上的皮肤都膨胀起来；苏梅尔就像一个裁缝在锁边一样，敏捷地拿着绳子在树干上下穿梭着；"什么都不是"则负责将绳子拉紧。雅维站在一边，看着他们作业，警惕一切响动，并且，不是第一次，也并非最后一次地渴望着自己拥有一双健全的手。

考虑到他们没什么工具，也没什么时间，他们的木筏算得上是一件杰作。但考虑到他们即将渡过的激流，这木筏实在是糟糕透顶——满是砍伐痕迹、开裂的树干被毛茸茸乱糟糟的羊毛绳子捆扎，麋鹿肩胛骨做成的铁铲充作一根船桨，裘德的盾牌是另一根，而雅维找到的一根勉强算是勺形的枝条则是第三根。

"什么都不是"环抱着剑，出声打断了雅维的思绪："不管这木筏和这条河看起来是什么样子，我统统不在乎。"

苏梅尔再一次拉紧绳结，羊毛纤维黏在她脖子上，极为显眼："它需要做到的就只是浮起来而已。"

"毫无疑问它可以，但问题是我们能在上面吗？"

"这取决于你抓着它的技术。"

"那如果它散架了，四分五裂地被河水冲进海里，你怎么说？"

"要是有那样的状况，我一定会永远保持沉默，但在我淹死之前我会

顺流向下

感到满足的,因为我知道你一定会比我更早地在这里,在这片凄凉的河滩边,被沙迪克施兰姆杀死。"苏梅尔向他抬起半边眉毛,"还是你想跟我们一起走?"

"什么都不是"凝望着他们,转身进入林子,用单手掂了掂他的剑,而后咒骂着将行李扔在裘德和雅维之间。他们慢慢将木筏推向河水,靴子在卵石地面上滑动着。当雅维看到有什么人从灌木丛中跳出来的时候,他在恐慌中滑倒在泥水里。

安克兰睁大眼睛:"他们来了!"

"鲁尔夫在哪?"雅维问道。

"就在我后面!就这个木筏?"

"不,这只是个笑柄,"苏梅尔嘶嘶道,"我其实在那片林子后面藏着一艘带九十个桨的战船。"

"我就随便问问。"

"闭嘴然后来帮我们把这该死的玩意儿推下水!"

安克兰将全身的重量都推到木筏上,经过所有人的努力,木筏终于从河滩上滑进河里。苏梅尔爬了上去,她蹬着腿,踢到了雅维的下巴,害他咬到自己的舌头。雅维则站在河里,河水一直漫到他的手腕,此时,他已可以听见身后树林中传来了叫喊声。"什么都不是"也上去了,他抓住雅维那只废手的手腕,将雅维拉了上去,一根裂口的枝条划戳中他的胸部。安克兰从河岸边一把抓起他们的行李,开始将行李一件件往木筏上扔。

"诸神在上!"鲁尔夫从树林里跑出来,脸颊因急促的呼吸上下鼓动着。雅维可以看见他身后林子里的那些人影,听到有人以一种连他都不知道的野蛮语言呼喊着,然后是狗的狂吠。

"跑啊,你这老傻瓜!"他尖叫道。鲁尔夫奔下沙滩跑进水里,溅起一大片水花。雅维和安克兰合力将他拉上木筏,而裘德与"什么都不是"

则像疯了似的拼命划桨。

但唯一的结果却只是让木筏开始缓慢地在原地打转。

"保持直线前进！"木筏打转的速度渐渐加快，苏梅尔厉声叫道。

"我正在试！"裘德咆哮道。他用盾牌划动水面，泼得他们满身是水。

"你们就没正常点的桨吗？"

"闭上你的嘴给我划！"雅维也怒骂起来。河水冲刷木筏，已经没过了他的膝盖。狗群，体形如同他们见过的羊一样巨大的狗，全都露出牙齿，流着口水，从树林里涌出来，在河滩边上上下下地跳动着，吠叫着。

而后追踪者们也出现了。雅维转头向身后瞥了一眼，他说不清那儿到底有多少人。他能看到的只有树林中参差不齐的人影，有人跪在沙滩上，还有弓箭划出的弧线。

"趴下！"裘德大声喊道。他爬到木筏后部，缩进盾牌后面。

雅维听到弓弦拉动的声音，看到黑色的箭头飞了出去。他蜷伏着，入迷地看着那些箭。敌人倒地极为缓慢，每一次倒地都伴随着一声轻叫。他听到了两声轻响，有两个箭头扎在裘德的盾牌上。第四个倒下的人就在木筏边上雅维的膝盖旁边颤抖着。那人被射中大腿，一只手向一边大张着。雅维惊愕地看着这一幕，张开嘴巴。

这就是终结之门之外的区别。

他感觉到"什么都不是"将手放在他的后颈上，将他拉向木筏的边缘。"划桨！"

更多的人从树林中涌出来，足有二十来个。而且在林子里可能还有更多。

"谢谢你们的箭！"鲁尔夫朝着岸边大喊道。

一个弓手又射出一支箭，但此时他们已经划进了迅猛的河水中，箭程够不着他们。有个人站着，双手叉腰地看着他们。那个人很高，身上佩着一把曲剑，在雅维的一瞥间，他看到那人的皮带上镶嵌的水晶闪烁着光芒。

"沙迪克施兰姆。""什么都不是"喃喃道。他曾经说过的话是正确的。她一直追踪着他们。而尽管雅维没有听到她发出一点声音,甚至没办法在这个距离看清她的脸,但他知道她不会停下。

绝不会。

只是一个魔鬼

他们或许是逃过了一场与沙迪克施兰姆的战斗，但没过多久，河水就给了他们另一场连"什么都不是"都不愿面对的战斗。这条河将冰冷的水泼洒在他们身上，将他们全身以及所有的装备都浸透，木筏完全泡在水中，跳跃如同一匹野马。石头自下而上地撞击他们，过长的树枝则刮擦着他们，有根枝条勾住了安克兰的脚，要不是雅维攀住他的肩膀，他可能就会从木筏上被拽进河里。

两岸渐渐陡峭，河岸变高，变窄，最终他们急速停在两座碎裂悬崖之间满是石头的峡谷中。木筏上，木板之间的缝隙中喷出水流，尽管裘德用他那插着箭的盾牌作为船舵勉力控制，木筏仍然如同一片树叶般地回旋着。河水浸透绳索，撕扯着绳结，令它们渐渐变松，木筏在激流中弯折，即将分崩离析。

河水隆隆作响，雅维无法听清苏梅尔尖叫发出的指令，他放弃了一切努力，闭上眼睛，只为活命而死死抓住木筏，他健康与残疾的手全都酸疼入骨，有一会儿他诅咒诸神安排他在这木筏上，但接着他又开始祈求他们，让他能够从木筏上安全离开。木筏一扭，向下一低，在他膝下倾斜，他紧闭双眼等待生命终结。

但突然之间河水变得平静起来。

只是一个魔鬼

他睁开一只眼睛。所有人都蜷缩在这扑腾着向下沉的木筏上,紧抓着树枝和彼此,瑟瑟发抖,全身湿透,河水平稳和缓,却一直没到他们的膝盖。

苏梅尔望着他,大口地喘着气,头发湿答答地黏在脸上。

"该死。"

雅维能做的只有点点头。将好手从木筏的树枝上松开也让他感觉到莫大的疼痛。

"我们活下来了。"鲁尔夫沙哑地说道,"我们是还活着吧?"

"要是我知道,"安克兰喃喃道,"要是我知道这条河会这样……那我宁可……选择面对那些狗。"

雅维大着胆子看了一圈伙伴们憔悴的面容,随后看到河流扩展,水流变缓。他们面前的河道更宽阔,平稳的河水几乎没有一丝涟漪,镜子一般的水面映照出两岸树林中的树木来。

他们的右前方有一大片平缓的河滩,上面四散着一些腐烂的浮木。

"过去登陆。"苏梅尔说道。

他们一个接一个从正在崩裂的木筏上滑下来,合力拖着它尽可能地深入河滩,搬下浸透水的装备,又往前蹒跚几步,最后无声地将它抛在乱石上其余的浮木中。他们已经连庆祝生还的力气都没有了,只能静静躺下来,缓慢呼吸。

"死神等待着我们所有人,""什么都不是"说,"但他首先会抓住懒汉。"在某些魔法的作用下,他依旧站立,专注地看着河的上游,警惕一切追踪者的迹象。"他们会跟上来。"

鲁尔夫用胳膊肘将身体支起:"他们他妈的为什么要这么做?"

"因为这只是一条河。尽管河的这一侧被某些人叫作凡斯特,但这对班亚人来说毫无意义。对沙迪克施兰姆来说,显然也毫无意义。他们现在有追踪的义务,正如我们有义务逃走。他们会建造他们的木筏跟上,

然后他们会像我们一样,发现水流过于湍急无法登陆。直到他们抵达这里。""什么都不是"微微一笑。每当他微笑的时候,雅维都会感到一阵紧张。"他们会在这里上岸,筋疲力尽,浑身湿透而且反应迟缓,就像我们现在这样,而我们将发起对他们的进攻。"

"对他们进攻?"雅维问。

"我们六个人?"安克兰问道。

"面对他们二十个人?"裘德喃喃道。

"而且我们当中还有一个只有一只手的男孩,一个女人和一个仓库管理员?"鲁尔夫说。

"没错!""什么都不是"的笑容更明显了,"你们和我想的一样!"

鲁尔夫用肘关节支撑着身体:"这里没有一个人,从来没有一个人,和你想的一样。"

"你害怕了。"

老强盗咯咯地笑起来,胸肋晃动:"害怕和你一起战斗?你这该死的家伙说得没错。"

"你之前对我说过,斯洛芬兰德人胸怀火焰。"

"你之前对我说过,哥特兰德人纪律严明。"

"行行好,别吵了!"雅维起身咆哮道。他心中的怒火,并不像父亲或兄长的狂暴那样强烈而丧失理智,他的怒火更像是他母亲常有的那种愤怒,审慎而耐心,如冬天般冷酷,而且不给恐惧留下任何余地。

"如果我们必须战斗,"他说,"我们需要一块比这里更好的战场。"

"那么,我们该到哪儿去找这片荣耀的战场呢,我的国王?"苏梅尔问道,她那带着凹痕的嘴唇弯了起来。

雅维盯着树林。到底去哪儿好呢?

"那边?"安克兰指着河流上方那片满是岩石的断壁。雅维抬头仰望,蓝色的天空作为背景衬垫在断壁后,他无法确定,但隐约觉得那上面似

只是一个魔鬼

乎是一座遗迹。

"这是什么地方?"裘德问道,通过拱门。当他声音响起时,群鸟从残垣上的高枝惊起,飞走了。

"一座精灵遗迹。"雅维说道。

"诸神在上。"鲁尔夫喃喃地做了一个抵御灾难与恶事的手势。

"别担心,"苏梅尔漫不经心地踢踏着走过腐烂的树叶堆,"我怀疑这里早就连一个精灵也没有了。"

"也没有几千几万年那么久。"雅维将手放在一面墙上。墙身上没有涂抹一丝灰浆,却十分平滑坚固,整面墙上没有一条接缝、一个棱边,就像它并非一砖一瓦建起,而是整体被铸造制成。在它碎裂的顶端,萌发着一些生锈的金属枝条,仿佛疯子的头发似的毫无规则。"至少在创世神分裂之前,这里还是有精灵的。"

这里曾经是一座宏伟的大厅,支柱雄壮地阵列两侧,还有通往左边与右边房间的拱道。但柱子早已倒塌多年,墙上则覆盖着厚厚的一层枯萎的藤蔓。远处的墙壁有一大半都已消失,这得归咎于其下流淌的饥饿的河水。建筑的顶部早在几百年前便已塌落,在他们上方唯有白色的天空以及一座缠绕着常春藤的荒塔。

"我喜欢这里。""什么都不是"说道,他大步跨过洒满碎石的地面,地表上厚厚地覆盖着一层落叶、腐烂物与鸟粪。

"你刚才明明想要在河滩边上作战。"鲁尔夫说道。

"确实如此,但这个地方更好。"

"我喜欢这里,因为它有一扇很不错的大门。"

"大门只能阻他们一时,""什么都不是"用肮脏的拇指和食指捏成一个环,然后用一只明亮的眼睛透过这个环凝视空空荡荡的拱道,"而这将带给他们毁灭。他们会以一种类似漏斗的阵型进入这里,没有空间能让他们施展。在这里我们有获胜的机会!"

"所以你最后的计划就是确定的死亡?"雅维说道。

"什么都不是"露齿一笑:"死亡是生命中唯一能确定的东西。"

"毫无疑问你知道如何提振士气。"苏梅尔喃喃道。

"我们的人数远远不够,得以一敌四,而且我们中的大部分人都不是战士!"安克兰的眼睛凸出,表情绝望,"我不能接受自己死在这里!我的家人正——"

"有点信心,仓库管理员!""什么都不是"将一只手臂环在安克兰的脖子上,另一只则环住雅维,然后以惊人的力量将他们拉到一起,"就算你不相信自己,也要相信我们其他人。我们现在才是你的家人!"

沙迪克施兰姆曾在南风号上对他们说过这句话,而此时,它能给他们带来的安心比当时更少——假设还有那么一点的话。安克兰紧盯着雅维,而雅维所能做的也只有盯回去。

"不管怎么说,现在这里没有出路,而这很不错。走投无路的人总会战斗得更勇猛。""什么都不是"紧紧地搂了他们一下,然后蹦到一个倒塌石柱的基石上,用出鞘的剑指着入口,"我会站在这里,承受他们的主力攻击。至少他们的狗没办法进河。鲁尔夫,到时候你带着弓爬到那座塔上去。"

鲁尔夫抬头凝视那座残破的塔,又环顾其他人,最终鼓起长满灰色胡楂的脸颊,长长地叹了一口气:"我敢说,诗人的死必然令人忧伤,但我是个战士,而战士则命中注定迟早是要战死的。"

"什么都不是"大笑起来,发出一阵古怪的笑声:"我敢说我俩的年纪都已经比我们该活的岁数要更大了!我们在一起勇敢地面对大雪和饥饿,蒸汽与饥渴,我们在一起能站立于世。这里,现在!"

这个男人笔直而高昂地站立,手中握着钢铁之剑,蓬乱的头发向后拢起,双眼如燃烧的烈焰般明亮,很难想象他曾是雅维在南风号上迈步

只是一个魔鬼

经过的那个可怜的乞丐。如今他确实像个国王的首席战士了,满身带着唯我独尊的气质,一种甚至连雅维都能从中获得勇气的疯狂自信。

"裘德,拿上你的盾。""什么都不是"说,"苏梅尔拿上短柄斧,你们负责防卫左边。这边是我们的薄弱部位。不能让任何人包围我。让他们保持在我和我的剑的视线范围内。安克兰,你和雅维负责防卫右边。你可以把铁铲当棍子用——只要你的力气够大,任何东西都能杀人。把小刀给雅维,他只有一只手能握。他或许只有一只手,但在他的皮肤下面,流淌的是国王的鲜血!"

"皮肤下有国王的鲜血这种东西,让我觉得挺焦虑的。"雅维小声说道。

"那么,你和我一起。"安克兰递过小刀。这只是把比门闩好不了多少的东西,只能凑合着用,木质的把手上缠着皮绳,刀背泛着一层绿色,但好在刀刃足够锋利。

"你和我。"雅维说着接过小刀,紧紧攥住它。第一次在伍尔斯加德恶臭的奴隶坑里见到这个仓库管理员时,他绝没有想到有朝一日会成为他的同袍战友,但雅维发现自己尽管恐惧,却又对此十分自豪。

"我们的这场旅途若是以血流成河收场,那将能成为一首很不错的歌谣,我想,""什么都不是"伸出空着的手臂,五指大张,指向沙迪克施兰姆以及她的班亚人不久后一定会蜂拥而入的拱道,也指向屠杀,"一队勇敢的同伴护卫哥特兰德合法的王返回他被篡夺的王座!在昔日的精灵遗迹中背水一战!你们知道,在一首好的吟游诗歌中,不能指望所有英雄都能活下来。"

"这家伙是个该死的魔鬼。"苏梅尔喃喃道。她掂了掂短柄小斧,下巴的肌肉一松一紧。

"当你身在地狱的时候,"雅维也喃喃道,"只有魔鬼能给你指明离开的道路。"

背水一战

鲁尔夫的声音撕破了宁静："他们来了！"雅维觉得内脏都要从身体里掉出来了。

"他们有多少人？""什么都不是"急切地问道。

停了一会儿："大概二十个！"

"诸神在上。"安克兰咬了咬嘴唇，轻声说道。

在那一刻之前，雅维还曾有过期望，最好这些追踪者里有些人调头或淹死在河里，然而正如他过去的无数个愿望一样，这个期望在有结果之前便已凋谢了。

"他们人数越多，我们能获得的荣耀也就越多！""什么都不是"大叫道。困境越大，他越是开心。这个时刻本可以有许多该如何苟且偷生的争论，然而他们已经做出了选择。

不再逃跑，不再玩弄花招。

在这最后的一点点时间里，有一打祈祷词正在雅维的嘴边，向着一切诸神，向着所有崇高神与微小神，只要他们能起到一点点帮助。但他闭上眼睛，只说出了一个神的名字。或许他曾经被和平之神触碰过，然而这个祈祷却只祈求战争女神。他祈求女神能守护他的朋友们，他的伙伴们，他的家人。这里的每个人都以自己的方式证明了他们值得获救。

背水一战

而这要求将他的敌人们杀得片甲不留。因为战争女神喜欢向她祈祷的人浑身浴血,这早已不是什么秘密。

"要么战,要么死。"安克兰喃喃地说道,他伸出手,雅维也伸出自己的手,尽管那只手没什么用处。他们相互看了看彼此的脸,雅维和这个男人,这个雅维曾经憎恶过、算计过、眼睁睁看着他被殴打、而后一同勉力穿过荒原并相互理解的男人。

"要是我的结局不是荣耀而是……其他的东西,"安克兰说,"你会设法帮助我的家人吗?"

雅维点了点头:"我发誓。"毕竟,要是他再次没能守住誓言,那又有什么不同?他只能被诅咒一次。"要是我的结局是那其他的东西……"请求安克兰杀了他的叔父似乎是个太过困难的期望。他耸了耸肩:"为我泪流成河?"

安克兰露齿一笑。因为没有前门牙,这笑容看起来不太明显,但他依然设法做到了,在这样的场合里,他的笑容看起来带着一种英雄气概。"海洋女神会因为我的泪水而抬升海平面的。"

而后是一阵长长的沉默,被雅维心脏跳动的声音分割打断。

"那要是我们都死了呢?"他轻声问。

"什么都不是"刺耳的声音在安克兰说出答案之前就响了起来:"阿卜杜勒·埃里克·沙迪克施兰姆!欢迎来到我的会客室!"

"这地方和你一样,都已过了最好的状态。"她的声音响起。

雅维藏身在墙壁的一处裂缝中,双眼紧紧盯着拱廊。

"我们都不如从前了,""什么都不是"高声说道,"你曾经是个舰队司令。然后是个船长。而现在——"

"现在的我什么都不是,就像你一样。"雅维看到了她,正站在拱廊的阴影处,她凝视着,双眼闪亮,正在试图辨认室内到底有什么,都有些谁,"就像一个空了的水壶,一个摔坏的瓶子,所有的希望全都流光了。"他知道从她那里看不见他,但他依然蜷缩进了碎裂的精灵岩石后面。

"我怜悯你,""什么都不是"高声道,"失去一切令人感到痛苦。又有谁能比我更清楚这种感受?"

"那么,你觉得这对于我变成'什么都不是'的'什么都不是'的同情,又值什么呢?"

"什么都不是"大笑了起来。"什么都不是。"

"你那儿还有谁跟你一起?那个总是蹲在我桅杆顶上的爱撒谎的小婊子?那个手里捏着大头菜的鬼鬼祟祟的蛆?"

"我对他们的评价比你给的要高一些,不过,不是他们。他们往前走了。我一个人。"

沙迪克施兰姆爆发出一声大笑,当她向拱廊前倾身,雅维可以看见剑出鞘的寒光。"不,你不是一个人。但很快就会是了。"雅维抬头凝望高塔,看到鲁尔夫的弓拉满了弦。但沙迪克施兰姆警惕性太强,令他无法射击,"我实在是太仁慈了,这一直是我的弱点。我应该在好几年前就杀了你的。"

"你现在可以试试看。我们曾经在战场上两次交战,但这一次我——"

"这些话留给我的狗去说吧。"沙迪克施兰姆发出一个尖利的哨声。

人群涌入拱道。或者说,是一些像人一样的东西。班亚人。他们就像是一个个狂野而参差的黑影,张着嘴的白色面孔一闪而过,琥珀与骨头的钉钮以及他们裸露的牙齿全都闪着寒光,武器则是打磨过的石头、海象的牙齿与鲸鱼的下颚骨。他们尖叫着,咆哮着,哀号着,说着一些难以理解的话,声音疯狂得像野兽,像魔鬼,就好像拱廊便是地狱的出口,来自地狱的东西正在涌入这个世界。

领头的班亚人被鲁尔夫射中了胸口,鲜血汩汩地流出来,他摔倒在地，但剩下的人却依然跳入废墟，雅维就像是被人拍了一下似的从裂缝中踉跄着走出来。逃跑的渴望已经增强到了几乎无法自抑的地步，但随后他感觉到安克兰将手放在他的肩上，他站直身子，像一片落叶般瑟瑟发抖，每一声呼吸都伴随着呜咽地喘息。

但他终究还是忍住了。

号叫声响起。撞击声，钢铁敲击的声音，愤怒的声音，痛苦的声音，没办法看清究竟是什么，以及是什么造成了这样的声音，令这些声音变得更可怕。他听到班亚人的尖叫，但"什么都不是"的声音依旧是最令人感到害怕的。一个呻吟，一个轻声的叹息，一声刺耳的咆哮，或是最后一口呼吸发出的呼噜。

或许，他可能会大笑？

"我们上去帮忙吗？"雅维轻声问，尽管他的双脚如同生了根似的，他怀疑自己是否能够抬起步子。

"他说过让我们等着。"安克兰扭曲的脸仿佛白垩一般，"我们要等着吗？"

雅维转身看着他，接着越过他的肩膀看到有个人影正从墙上掉下来。

那个人与其说是男人，不如说是个男孩，他几乎不可能比雅维年纪更大。是*南风号*上的一个水手。雅维曾经见过他在绳索边大笑着，却从未了解过他的名字，而如今，要再介绍似乎也已经晚了。

"那边。"他沙哑地说道，安克兰转身，与此同时另一个人影也从墙上跳下来，那人手中握着一柄狼牙棒，沉重的棒头缀满铁钉。雅维的视线被那具武器可怕的重量吸引，他想象着这把武器要是被愤怒地挥舞，撞击在自己的脑袋上，会有怎样的一番景象。那个人就像是看穿了雅维的想法，露出微笑靠近安克兰，两人摔倒在地，扭打在一起。

雅维知道他有笔债要还，知道他必须跳出去帮助他的朋友，他的同袍战友，但他还是转向面对那个更年轻的小伙子，就好像他俩在丰收舞会上结成了对，正以某种方式寻觅最适合自己的舞伴。

两人像是舞蹈般地绕着圈子，手里握着的匕首向前，好似在测试正确的方位般戳刺着空气。他们绕着，绕着，无视安克兰与那个大胡子男人缠斗厮打的声音，生与死的争斗让位给了想再多活一会儿的迫切渴望。透过污泥与龇着的牙，这个小伙子看起来有些害怕。几乎就像雅维一样害怕。他们绕着圈，绕着圈，眼睛盯着闪动的匕首和——

那小伙子跳上前来，向他攻击，雅维蹒跚后退几步，脚后跟正撞在一块树根上，只能勉强维持身体的平衡。少年再次向他扑来，但他躲开了，少年没有刺中任何东西，踉跄着向墙壁撞去。

他们中的一个人必须要杀了另一个吗？消灭他过去一切的存在，消灭他未来一切的可能？

看来必须如此，但在这件事里，很难看出一点荣光。

男孩再次刺过来，雅维看到阳光下的匕首闪着光。他凭借在训练场上获得的那些微弱记忆，用自己的匕首架住了它，喘着气，刀刃刮擦而过。小伙子单肩撞向雅维，他向着墙摔了过去。

他们相互朝对方的脸吐口水，对骂着，两人之间近到雅维能看清对方鼻子上的黑头，还有少年那双鼓出来的眼睛的眼白里满布的血丝，近到雅维可以伸出舌头舔到对方。

他们都很紧张，咕哝着，哆嗦着，雅维知道自己比对方更弱小。他想将手指戳在对方脸上，却被抓住了残疾的手腕，手腕被扭到他的背后。刀刃再次刺过来，雅维感到手背上一阵剧痛，刀尖划过他的腹部，冰冷地刺破了他的衣服。

"不，"他轻声说道，"求求你。"

这时有什么东西擦过雅维的脸颊，抓住他的力道消失了。少年跌跌撞撞地后退几步，用颤抖的手抓住喉咙，雅维看到那里插着一支箭，箭尾正对着雅维，从少年的喉咙上流出一道血迹，一直向下延伸进领口。

背水一战

他的脸色发红，脸颊颤抖，跪倒在地。

通过他身后碎裂的精灵墙的缺口，雅维看到鲁尔夫正伏在塔顶，将另一支箭搭上弓。少年的脸色已然发紫，他喘着粗气，发出一些咕咕声——是咒骂雅维，是乞求他的帮助，或是祈求诸神的仁慈，然而他嘴里能吐出来的只有血。

"我很抱歉。"雅维轻声说道。

"你会的。"

沙迪克施兰姆站在他身后几步之外一处倒塌的拱廊上。

"我本以为你是个聪明的男孩，"她说，"但你还是变成了一个叫人失望的东西。"

她的华服上沾满泥巴，头发脏兮兮地打结成团黏在脸上，发卡早就掉了，在深陷的眼窝中，她的一只眼睛亮得可怕。但她那长长的弯剑刀锋，却干净得致命。

"你无非也就是这些家伙里的一个。"她踢在这死去的男孩背上，跨过他依然抽搐的双腿。她迈着大步，动作慵懒，丝毫没有一点焦躁或忧虑的样子，就像她曾经在南风号甲板上的那样走着。"但我猜我得亲手结果了你。"

雅维缓慢后退，低着头，呼吸粗重，双眼在遗迹墙上扫过，希望能找到逃生之路，却一无所获。

他将不得不与她战斗。

"就我们所处的这个严酷的世界而言，我实在是太过仁慈了。"她环顾四周，向鲁尔夫的箭曾经射入的缺口走过去，然后缓缓藏身其下，"这一直是我的一个弱点。"

雅维转身爬过碎石地，紧攥住匕首的手掌汗津津的。其他人都忙于他们通往终结之门那血腥的最后一步。他向身后瞥了一眼，看到桥那边与破损的精灵墙交界的地方，幼小的树苗将枝条伸向河上的空间。

"我简直没办法告诉你,有机会能跟你道别有多让我高兴。"沙迪克施兰姆露出了微笑,"再见。"

毫无疑问她的装备比他的要好得多。而且她更高、更强壮、更有技巧、更有经验,更不用提她曾经的那一大票了不起的冒险。此外,尽管她一直把所谓的仁慈挂在口边,但是雅维并不认为她真的会因此而手软。

万事皆有取胜之道。他母亲过去常常说,但是他要从哪儿才能找到取胜之道,击败沙迪克施兰姆?他,一个曾经在训练场上丢过千百次脸,从来没有赢过一次的人?

她抬起下巴,就像是她也正好和他一样算计着,然后得出同样的答案。"或许你该往上跳。"

她又往前走了一步,将他慢慢逼退,她的剑尖在一道日光下闪动。他跑过一片平地,发现背后有大片空地,高处有微风吹过他的头颈,他能听到愤怒的河水在下方啃噬着岩石。

"跳啊,残废。"

他又慢慢往回挪了一点儿,听到小石子咔嗒咔嗒地掉落,脚下地面的边缘正在塌裂。

"跳!"沙迪克施兰姆大喊一声,牙间喷出唾沫。

与此同时雅维用眼角的余光瞥到角落里有人在动。安克兰那张苍白的脸在破碎的墙边闪动,他龇牙咧嘴,舌头填在牙齿掉落的位置,正往上攀爬,高举起手中的木棒。雅维无法控制自己不将视线往他那边望去。

沙迪克施兰姆皱起肩头。

她像只猫似的迅速转身,侧身避开驼鹿骨做的铲子,它呼啸着划过她的肩膀,没有造成多少伤害,而她的剑则几近无声地直接划过安克兰的胸膛。

他的呼吸打战,双眼都鼓了出来。

沙迪克施兰姆咒骂着收回了持剑的手臂。

背水一战

仁慈是弱点。雅维的父亲过去总是这么说。**仁慈是错误。**

一瞬间雅维跳到她背上。他将一只手抓在她的腋下,扣住她的剑,多瘤的残手卡住她的喉咙,然后用右拳敲她、撞她、抠她。

他俩扭打在一起,呜咽着,尖叫着,蹒跚着,她的头发落进他的嘴里。他紧紧攀住她,敲击,敲击。她一把将他扯开,用手肘重重击中他的鼻子,将他的头猛地往上一推,他的背部重重摔在地上。

远处传来叫喊声。剑与剑交锋的回响。

在远处的战斗。有什么重要的事情。

必须站起来。不能让他的母亲倒下。

必须做个男人。他的叔父正等着他。

他试图摇散眼前的金星,当他翻滚的时候,天空一闪而过。

他的手臂一下子拍空了,他身下遥远处是黑色的河,白色的河水在岩石上跳动。

就像阿姆文德镇塔楼下的那片大海。那片他曾经投身其中的大海。

他喘息着,渐渐恢复过来。他从碎裂的桥上挣扎着爬起,晕头转向,面部抽搐,脚底打滑,嘴里充斥着鲜血的咸涩。

他看到安克兰仰躺在地上扭动着,双臂大张。雅维呜咽了一声,向他爬去,伸出了手。然而雅维颤抖的手指尖在安克兰浸透鲜血的衬衫前停住了。终结之门已向安克兰打开,他已不需要帮助。

在这片碎石地上,沙迪克施兰姆正躺在他身边,她试图坐起,却惊讶地发现自己已失去这个力量。她左手手指胡乱地抓着剑,右手已经折断。她将它扯下来,手掌上满是鲜血。雅维低头盯着自己的右手。他的手里还抓着那把匕首,刀刃光洁,他的手指,他的手腕,他的手臂,鲜血一直漫到手肘。

"不。"她咆哮道。她想举剑,但那把剑对她来说已太过沉重。

"不是这样的,不是这儿。"她满是鲜血的嘴唇动了起来,她抬头看着他,"不是死在你的手里。"

"这里。"雅维说道,"我,你曾经怎么说的?一个人或许需要双手与人战斗,但只要有一只手就能偷袭他们。"

而后他突然明白过来,他在训练场上每次都输并不是因为他缺乏技能、缺乏力量,乃至缺乏一只手。他缺少的是意志,但是在**南风号**上的某处,在那片人迹罕至的冰原上的某处,在这片古老遗迹的某处,他终于找到了它。

"但是我曾经指挥过帝国的舰队,"沙迪克施兰姆咳嗽着,她左半边的身体全都被血染成暗色。"我曾经是米克达斯公爵……最受宠幸的情人。世界都在我的脚下。"

"那都是很久以前的事情了。"

"你说得对。你是个聪明的男孩。我的心肠太软了。"她的头垂了下去,仰望着天空,"那是……我的一个……"

*

精灵废墟的大厅里遍布尸体。

从远处看,班亚人个个都像魔鬼。然而靠近之后,却会发现他们都是些可怜的东西。个子矮小,骨瘦如柴,就像一群孩童,身穿破布烂衫,身上佩戴鲸须制的神圣符号,在"什么都不是"无情的剑下毫无还手之力。

一个还活着的班亚人向雅维伸出手,他的另一只手抓着一支深刺入肋骨的箭。在他的双眼中看不到仇恨,只有怀疑、恐惧和痛苦。就像安克兰被沙迪克施兰姆杀死时那样。

他只是一个人,一个就像其他人一样被死神引入终结之门的人。

"什么都不是"走向他,他试图说些什么。那同一个字眼,一次又一次地重复着,他不停地摇着自己的脑袋。

"什么都不是"将手指放在他的嘴唇上。"嘘。"他将剑刺入班亚人的心脏。

"胜利!"鲁尔夫大喊着跳进来,"我从来没有看到过像这样的剑术!"

"我也没有看到过这么高明的剑术!""什么都不是"说着用力给了鲁尔夫一个拥抱。他俩在一场大屠杀中紧密地联合在一起,成了最亲近的朋友。

苏梅尔站在一条拱道里,抓住半边肩膀,一道道鲜血从她的手臂往下,一直流淌到手指上。"安克兰在哪里?"她问道。

雅维摇了摇头。他太过虚弱,不敢开口。他可能会哭喊出声,或者边说边哭。他内心痛苦不堪,而狂怒正在消散;因为幸存而放松,又因朋友死去而悲恸。悲恸在任何时候总是比一切都更沉重。

裘德跌坐在一块倒塌的精灵石上,满布战斗痕迹的盾牌从他手中掉落在地,苏梅尔将一只沾满鲜血的手放在他颤抖的肩膀上。

"我现在总算是知道了,哥特兰德人是最好的!"鲁尔夫道。

"而我则开始怀疑这一点!""什么都不是"皱眉回道,"我本想杀了沙迪克施兰姆的。"

雅维看着自己手中握着的沙迪克施兰姆的剑,就像在看一个证据。"我杀了她。"

或许他应该跪下来,感谢诸神给予他们这个几乎不可能成功的胜利,但在这片废墟中,剑与箭织就的血色收割看起来并不像是一件值得感谢的事。

所以他只是坐在其他人身边,从鼻子下面揭掉一层血痂。

归根到底,他是哥特兰德人的国王,不是吗?

他已经跪得够多了。

火　化

死者们都被焚化了。

环绕着尸体的火焰在精灵遗迹的墙壁上投射出跳跃的怪异影子。火焰生起的烟直升入粉红色的天空，正是感谢战争女神赐予他们胜利的最好献祭。"什么都不是"说，很少有人能像他一样受到女神的友好相待。要是雅维用力眯起眼睛，他甚至觉得自己能在火焰中看到死者的骨头，九个死去的班亚人、三个死去的水手，还有安克兰和沙迪克施兰姆的骨头。

"我会想他的。"雅维强忍泪水说道。

"我们都会的。"裘德说着用手背抹去眼泪。

"什么都不是"朝火焰点点头，让眼泪自由地从伤痕累累的脸颊上掉落，"我会想念她的。"

鲁尔夫哼了一声："我绝对不会。"

"要是这样，你就比我一开始想的更傻了。诸神赐予我们的礼物中，再没有什么比一个优秀的敌人更好的东西了，就像是上好的磨刀石与刀刃。""什么都不是"低头凝视他的剑尖，用手指清除了上面依旧黏着的血痂，然后用磨刀石又用力磨了它一下，"一个优秀的敌人能让你保持锋利。"

火化

"我宁可变钝。"裘德低声说道。

"选择敌人必须比选择朋友更为谨慎,""什么都不是"对着火焰喃喃地说着,"他们陪着你的时间会更长久。"

"别担心,"鲁尔夫拍了拍"什么都不是"的肩膀,"要是生活教会了我什么事,那就是下一个敌人永远都不会离你太远。"

"朋友总是会变成敌人,"苏梅尔拉紧披在肩上的沙迪克施兰姆的外套,"但要让敌人变成朋友却难得多。"

雅维很清楚这句话有多正确。"你觉得这是安克兰想要的吗?"他低声问道。

"想要死亡?"裘德说,"我不这么想。"

"被焚化。"雅维说。

裘德望向"什么都不是",耸了耸肩。"热衷暴力的人一旦有了动手的想法就很难放弃,特别是在他们的鼻尖还能嗅到血腥味的时候。"

"那为什么要进行这样的尝试?"苏梅尔又挠了挠雅维绑在她受伤胳膊上的脏绷带,"这些都是死人。他们的抱怨可以轻松无视。"

"你打得不错,雅维。""什么都不是"高声说道,"确实像个国王。"

"一个国王会让他的朋友们为他而死吗?"雅维内疚地望着沙迪克施兰姆的剑,他回忆起了那时的感受,击打,再击打,他满是鲜血的手中紧握着的血红的匕首,他在偷来的斗篷下不住颤抖。"一个国王会从背后刺杀女人吗?"

泪水在"什么都不是"的沧桑脸颊上依旧湿漉漉的。"一个伟大的人会为胜利献上一切,同时也会用尽一切方法来刺杀他必须刺杀的人。在庆祝活动上,伟大的战士是那些依然能够呼吸的人。而一个伟大的国王,则是能看着他敌人的尸骨被烧掉的人。就让和平之神哭泣吧,战争女神会为战果而微笑的。"

"这是我叔父会说的话。"

"那么他就是个聪明人，一个有价值的对手。或许你会从他背后刺中他，而我们则会一起看着他被烧掉。"

　　雅维轻轻地擦了擦肿起的鼻梁。想到将会有更多的尸体出现在火焰中，无论那些尸体的主人是谁，他都不会感到有多宽慰。当时的场景一次又一次地出现在他脑海里：他朝安克兰眨了眨眼睛，暴露了他，沙迪克施兰姆转过身去，递出了剑。他一次又一次地回想那些他本该做得更好的事，他本可以让他的朋友活下来，然而他知道这一切都是徒劳。

　　一切都无法回头。

　　苏梅尔转过身，皱眉向黑夜中望去："你们有没有听到——"

　　"举起手来！"黑暗中回荡着一个粗粝如鞭子抽打般的声音，雅维扭过身来，心脏剧烈地跳动着，他看到一个高个子的战士穿过拱廊。那个人在焚烧尸体的火光中看起来非常巨大，头盔与铠甲闪亮，有力的剑与盾闪着光。

　　"放下你们的武器！"传来了另一个人的声音，又一个战士从阴影中出现，他手举搭着箭的弓，脸上垂着长长的辫子。那么，他是个凡斯特人。之后又出现了更多的人，呼吸之间一打战士半包围住了他们。

　　雅维觉得他的心不能悬得更低了。现在他发现自己的错误究竟有多大。

　　鲁尔夫的视线移动到自己的弓上，它正放在他够不着的地方，于是他坐回原处。"在你那张有价值的敌人的名单上，凡斯特人在什么位置？"

　　"什么都不是"鉴定似的朝这些人点了点头："就这个数量来说，非常高。"

　　诸神给予雅维的力量，在这一天早已被他用尽。他用脚尖挑开沙迪克施兰姆的剑。裘德举起空空的双手。苏梅尔用拇指和一根手指捏起小斧，将它扔进阴暗之中。

　　"那么你呢，老头？"第一个凡斯特人问道。

火 化

"我正在思考自己的位置。""什么都不是"在剑上刺耳地又刮了一下。这个声音深深地刺激了雅维的神经。

"要是钢铁是答案,他们有很多。"他轻声说。

"把它放下。"第二个凡斯特人拉满了弓,"不然我们就把你的尸体也烧了。"

"什么都不是"将剑尖刺入地面,发出一声叹息:"他的条件很有说服力。"

三个凡斯特人走上前来,将武器都收集在一起,又用了一点时间搜了他们的身,队长一直在边上看着。"是什么风把你们五个吹到凡斯特来的?"

"我们是旅行者……"雅维说道,他看到一个战士抖开他的包裹,将里面的破铜烂铁都掏了出来,"要去伍尔斯加德。"

那个弓手抬起弓指着火葬堆说:"旅行者带着尸体?"

"要是一个正直的人不能在不被怀疑的情况下焚烧尸体,这个世界会变成怎么样?""什么都不是"问道。

"我们被强盗埋伏了。"雅维尽可能快地动着脑子,冒险地说道。

"你们该保证在你们的国土上旅行的安全。"鲁尔夫说道。

"哦,那么我们得谢谢你让我们更安全了。"队长凝视着雅维的脖子,然后将裘德的领口拉到背后,露出他脖子的伤痕,"奴隶。"

"自由人,"苏梅尔说道,"我是他们的女主人。我是个商人。"她从大衣里郑重地掏出一张皱巴巴的羊皮纸,"我的名字是阿卜杜勒·埃里克·沙迪克施兰姆。"

那个男人皱眉望着宗主王的许可证,它才刚刚被苏梅尔从它真正的主人的尸体上掏出来。"作为一个商人,你穿得也太破了。"

"我没说我是个好商人。"

"而且你年纪太小。"队长说道。

"我没说我是个老商人。"

"你的船在哪里？"

"海上。"

"你为什么不在你的船上？"

"我觉得在船彻底沉没之前就离开它，才是明智之举。"

"真是个可怜的商人。"一个战士喃喃道。

队长耸了耸肩膀："国王能判断到底该相信哪些话。把他们绑起来。"

"国王？"雅维伸出手腕，同时问道。

那个男人露出了一丝浅浅的微笑："格劳姆-吉尔-高姆正在北方狩猎。"

如此看来鲁尔夫是对的。下一个敌人比他们任何人想象的都要更靠近他们一些。

漂浮的细枝

坚毅的战士对雅维来说，并不陌生。曾经他的父亲就是一个这样的人。他的哥哥则是另一个。在托尔比城，每天都有几十个这样的人轮流出现在训练场上。当乌斯里克国王下葬时，海边的沙滩上聚集着几百个。他们与年轻的国王雅维一同航行，对阿姆文德镇发动了那场被诅咒的袭击。他们的脸只在战场上才会微笑，他们的双手都被自己锋利的武器磨出了老茧。

然而雅维从未看到过像格劳姆-吉尔-高姆狩猎时所带领的队伍这样庞大的集结。

"我在伍尔斯加德待了一整年，"鲁尔夫轻声说道，"但是从来没有看到过这么多凡斯特人出现在同一个地方。"

"一支军队。""什么都不是"低沉地说道。

"而且特别丑。"裘德说。

这些人都因武器而高大，因恐吓而膨胀，匕首闪亮，刀剑出鞘。他们身上满是伤痕，却以此为傲，就像珠宝之于一个公主，而与此同时，伴随着音乐，一个女人用仿佛磨刀石般尖厉的声音念诵着一首献给战争女神的情歌，在这首歌里，她称颂流溢的鲜血、满是凹痕的武器与流逝太快的生命。

在这片巨熊的凹坑正中,火堆炙烤着新鲜的野兽尸体,上面淌下血红色的肉汁,雅维与他的朋友们被绑着,矛头驱赶他们,让他们聚拢在一起,蹒跚地前行。

"要是你们有什么计划,"苏梅尔从嘴角轻轻挤出一丝声音,"现在正是时候。"

"我有个计划。""什么都不是"说道。

"要用到剑吗?"裘德问道。

一阵停顿。"我所有的计划都得用上剑。"

"你现在手里有剑吗?"

又一阵停顿。"没有。"

"在没有剑的情况下你的计划要怎么实施?"苏梅尔低声问道。

第三次停顿。"死神等待着我们所有人。"

在这群杀手最密集的地方,雅维看到了一把巨大椅子的轮廓,在椅子上坐着一个巨大的男子,他巨大的手里握着一只巨大的杯子,但雅维不再像之前那样被恐惧攥住心智,相反他感觉到机会正轻轻地触碰他。他没有计划,甚至没有一点想法,但是正如戈德琳女祭过去常常对他说的,*溺水之人必须抓住一切他们能抓住的细枝*。

"对待敌人,有比杀了他们更好的方式。"他轻声说道。

"什么都不是"哼了一声。"那种方式能是什么?"

"与他们结成同盟。"雅维深深吸了一口气,然后大吼道,"格劳姆-吉尔-高姆!"他的声音里带着尖啸与破音,与想象中的国王气概相差甚远,但至少响亮到足够传遍整个营地,这才是重点。一百个火堆边的脸都转向他。"凡斯特人的国王!战争女神最血腥的子嗣!刀剑粉碎者与孤儿制造者啊,我们又相遇了!我——"

他的胃部被人重重揍了一下,瞬间仿佛连呼吸都要凝滞,他发出一声悲惨的叹息。"闭上你的嘴,不然我就把你的舌头拔掉,小子!"队长怒骂道,他推搡着雅维,让男孩边咳嗽边跪了下来。

但雅维说的话奏效了。

一开始四周一片沉重的寂静,而后更沉重的脚步声渐渐靠近,最后则是格劳姆-吉尔-高姆本人那仿如唱歌一般的声音:"你带着一些来访者!"

"虽然他们看起来像是乞丐。"尽管自从他们将项圈戴上雅维的头颈之后,他就再也没有听到过这个声音,但在无数次梦中,他早已熟悉思卡尔女祭冰冷的嗓音。

"我们在河上游的精灵遗迹里找到他们的,我的国王。"队长说道。

"他们看起来不像是精灵。"格劳姆的祭司说。

"他们当时在焚烧尸体。"

"要是他们烧对了人,这倒是一项高尚的事业。"格劳姆说道,"你说话的口气就好像我认得你,男孩。你能跟我玩个猜谜游戏吗?"

雅维奋力想要开口说话,他抬起头,再次按照顺序,从靴子到皮带,到那绕了三圈的项链,最终看向凡斯特国王那高高在上、轮廓分明的头颅,这就是他的父亲、他的国家以及他的人民最大的敌人。

"上一次我们见面的时候……你将你的小刀提供给我。"雅维盯着格劳姆的眼睛。他跪在地上,衣衫褴褛,全身是血,被捆绑着,被人殴打,但依旧紧盯着格劳姆的眼睛。"你对我说,如果我改变主意,就可以来找你。你现在能把它给我吗?"

凡斯特的国王皱着眉,用手指把玩着头颈上的项链,那都是用死者的球形剑柄串起来制成的。他的另一只手小心翼翼地推动皮带上的一排小刀。"这样做不太谨慎。"

"我以为你还躺在婴儿床里的时候,战争女神就在你的头顶上吹气,这预示没人能杀得了你?"

"诸神帮助那些会自助的人。"思卡尔女祭用手指抓住雅维的下巴,将他的脸扭到光亮中,"是我们在阿姆文德镇抓到的那个厨子家的男孩。"

"确实是,"格劳姆轻声说,"但他变了。他现在的眼神很坚毅。"

思卡尔女祭眯起双眼:"而且你丢了我给你的项圈。"

"那东西太磨人了。我也不是生来就是奴隶的。"

"但如今你再次跪在我的面前。"格劳姆说,"那么你生来是什么人呢?"

他的战士们纷纷发出谄媚的笑声,但雅维的一生都在被人嘲笑,这对他来说不痛不痒。

"哥特兰德的国王。"他说道,这一次他的声音就像黑色王座一样冷酷而坚定。

"哦,诸神在上,"他听到苏梅尔的呼吸声,"我们这下死定了。"

格劳姆露出灿烂的微笑。"奥登!你怎么比我记忆中的要年轻这么多。"

"我是奥登的侄子,乌斯里克之子。"

队长给了雅维的后脑勺一巴掌,又击中他已经破了的鼻子。这令人十分难堪,雅维的双手被绑,他无法阻止自己被打倒在地。"乌斯里克的儿子早就跟他一起死了!"

"他有两个儿子,你这傻瓜!"雅维翻身又重新摆回跪坐的姿势,嘴里满是血液的咸味,他早已厌倦了这个味道。

有人用手指揪住他的头发,将他拉了起来:"我该雇他做宫廷小丑呢,还是以间谍的名义把他吊死?"

"那不是你能决定的事。"思卡尔女祭微微动了动一根手指,精灵手镯在她长长的手臂上叮当作响,那队长则像是被人打了一拳似的松了手。"乌斯里克确实有个小儿子。雅维王子。他受训要供职于祭司团。"

"但未曾通过试炼。"雅维说道,"作为交换,我取得了黑色王座。"

"这样一来黄金王后将能继续执掌大权。"

漂浮的细枝

"莱斯琳。我的母亲。"

思卡尔女祭审视了他很长一段时间,雅维抬起下巴,在他流着血的鼻子、被绑住的双手和散发出臭味的破衣烂衫所能允许的范围内,尽可能地表现得像个国王。或许这样就已足够,至少已足够种下怀疑的种子。

"给他松绑。"

雅维感觉到绑着他的绳子被割断,于是他便以一种恰如其分的戏剧性,将左手缓慢地移到光下。围绕着营火的人们发出那种看到残疾的东西时才会有的喃喃低语,这种低语第一次令他感觉到了满足。

"你们是在找这个吗?"他问道。

思卡尔女祭接过他的手,翻转他的手背,用强有力的手指捏了几下。"如果你师从于戈德琳女祭,那么她又是师从于谁?"

雅维毫不迟疑地回答:"她师从于威克森女祭,当时她是斯洛芬兰德国王的祭司,而现在则是祭司团的主祭,以及宗主王本人的首席仆从。"

"戈德琳女祭有多少只鸽子?"

"三打,另外还有一只戴着黑色眼罩,当死神为她打开终结之门时,它将会把她的死讯带往赛肯豪斯。"

"哥特兰德国王的卧室大门是用什么木头做的?"

雅维露出了微笑:"他的卧室没有大门,哥特兰德的国王与他的国土和人民同在,不能在他们面前有所隐藏。"

思卡尔女祭枯瘦的脸上露出震惊的神情,这令雅维难得地感到极为满足。

格劳姆-吉尔-高姆抬起一边高耸的眉毛。"他说出了正确的答案?"

"是的。"他的祭司轻声回答。

"那么……这残疾的小崽子确实就是乌斯里克与莱斯琳之子、哥特兰德合法的王雅维?"

"看来是这样。"

"这是真的?"鲁尔夫嘶哑地问道。

"是真的。"苏梅尔吸着气回答。

格劳姆则忙于大笑:"那么这一趟就是我这些年来成果最丰盛的狩猎之旅了!快放出一只鸟,思卡尔女祭,看看奥登国王能为了他这不听话的侄子付我们多少钱。"凡斯特的国王转身准备离开。

雅维哼了一声阻止了他:"伟大而可怕的格劳姆-吉尔-高姆!在哥特兰德,人们称你为疯子,说你会痛饮人血。在斯洛芬兰德,人们称你为统治着野蛮王国的野蛮国王。在赛肯豪斯,在宗主王的精灵大厅中……但为什么,你几乎得不到任何注意。"

雅维听到鲁尔夫发出一声担忧的咕哝,那个队长则带着压抑的怒火咆哮起来,而格劳姆仅仅只是若有所思地轻敲胡须说:"若你的目的是奉承我,恐怕没有什么效果。你想说什么?"

"你想证明他们的想法都是正确的,并且在诸神给予你如此宝贵的机会时,只拿上这么一点点好处?"

凡斯特的国王对着自己的祭司抬起半边眉毛:"我洗耳恭听你那巨大的好处到底是什么。"

出售人们想要的东西,雅维的母亲总是这样说,*而不是你拥有的东西*。"每个春天你都会召集战士,侵入哥特兰德的边界。"

"大家都知道这一点。"

"那么这个春天呢?"

格劳姆噘起嘴:"大概会来个小小的短途旅行吧。战争女神要求我对你叔父在阿姆文德镇的暴行进行复仇。"

"在这场暴行开始时,雅维仍是国王——尽管在结束时已经不是了——但他觉得不要提起这一点可能更为明智。"我想要求的一切仅只是你在今年得比往常更推进一点距离。一直到托尔比城的城墙下。"

思卡尔女祭厌恶地嘘了一声:"就这样?"

漂浮的细枝

但格劳姆已被挑起好奇心:"要是我答应了这个请求,我能得到什么呢?"

那些心中留存有骄傲的男人,比如雅维死去的父亲,被杀害的兄长,还有他那溺死的伯父乌瑟尔,毫无疑问会将最后一丝气息都吐在格劳姆-吉尔-高姆的脸上,而不是向他寻求帮助。但雅维的心中毫无骄傲可言。当他被父亲羞辱的时候,当他被奥登欺骗的时候,当他在**南风号**上被殴打的时候,当他在荒原上冻得瑟瑟发抖的时候,骄傲早已消失不见。

他一生都跪在地上,再多跪一会儿也没什么大不了的。

"帮助我取回王座,格劳姆-吉尔-高姆,我将以哥特兰德国王的身份,在奥登的鲜血中跪在你的面前,成为你的属臣与仆从。"

"什么都不是"靠近他,咬紧牙关愤怒地说道:"这代价太高了!"

雅维无视了他。"乌瑟尔,乌斯里克和奥登。长久以来这三兄弟都是你最主要的敌人,当他们三个都通过终结之门,那么在整个破碎之海沿岸,你的权力之高将仅次于宗主王本人。或许……假以时日……会比他更高。"

越是大权在握的人,戈德琳女祭过去总是说,*越是渴望权力*。

格劳姆的声音微微有些嘶哑:"这听起来不错。"

"确实不错。"思卡尔女祭表示同意,她的双眼比审视雅维时眯得更细了,"如果能够做得到的话。"

"你们所需要做的只是将我和我的伙伴们送到托尔比城,我会负责发动攻击。"

"你聚集的这些家臣看来不怎么像样。"思卡尔女祭边说,边淡淡地望着他们。

"缘分有很多种形式。"

"这怪里怪气的家伙是谁?"格劳姆问道。其他人都明智地低头看向地面,"什么都不是"却不屈不挠地盯了回去,双眼如同燃烧般闪亮。

"我是一个自豪的哥特兰德人。"

"啊,一个哥特兰德人。"格劳姆微笑着说道,"在这儿,我们比较乐于看到哥特兰德人受到屈辱,全身流血。"

"不要在他身上浪费时间,我的国王。他什么都不是。"雅维的声音甜得像蜜,那是他母亲过去常常使用的口吻,让格劳姆将视线移回他身上,因为以暴力为生的人能因愤怒而成长,在理性与判断前却会不知所措。"要是我失败了,你依然能保留你在南下行军时所掠夺到的东西。"

"什么都不是"用咆哮表达厌恶和小小的疑惑。哥特兰德的城镇将会燃烧,土地被侵略,人民将会被驱逐或卖作奴隶。那是雅维的国土,雅维的人民,然而他已在这泥潭中陷入太深,无路可退。离开的唯一方法就只有穿过它,要么在尝试中溺亡,要么带着满身污浊爬出来抵达泥潭对面,好歹还能呼吸。要夺回黑色王座,他需要集结一支军队,而此刻战争女神正将这支军队的剑放置在他残废的手中,或者,至少他们的靴子正踩在他已伤痕累累的头颈上。

"你能获得一切,"雅维劝诱道,声音轻柔,再轻柔,"什么也不会失去。"

"但我们会失去宗主王的偏爱。"思卡尔女祭说道,"他下过命令,在他的神庙建造完成之前,不能有任何战争……"

"曾经有段时间,威克森女主祭的老鹰送来的是请求,"格劳姆那悦耳如歌声般的嗓音带着一丝怒火,"而后他们送来要求。现在,她开始下令了。这一切最终会变成什么,思卡尔女祭?"

他的祭司轻柔地说道:"如今,低地全境和大部分伊格灵人都崇拜宗主王的唯一神,他们都准备为他的命令而战,甚至为此而死……"

"那么统治凡斯特的也是宗主王吗?"雅维嘲笑道,"还是格劳姆-吉尔-高姆?"

思卡尔女祭抿起嘴唇:"别离火太近,男孩。我们都得对一些人负责。"

但格劳姆的思绪已经飘远了,毫无疑问,他已准备将火焰与杀手传遍哥特兰德领土的农场。"托尔比城的城墙很厚,"他低声说道,"有不少强壮的战士守卫着它们。人数太多。要是我能夺得那座城市,我的吟游诗人们将会歌颂我的胜利。"

"绝不会。""什么都不是"轻声说着,却没有人听他在说什么。交易已经完成了。

"这就是最好的一点了。"雅维低声吟道,"你要做的只是在墙外等待,而我将会为你献上整个托尔比城。"

半个国王
part · four

第四部　合法的王

乌　鸦

　　雅维面对海风，将身上那件借来的披风的毛皮领口拉紧，他皱起鼻子，海风带有浓重的咸味，还有划桨奴隶们散发出来的臭味。当他也是这些人中的一员时，他曾经被迫习惯于这种气味，当时他面朝鲁尔夫的腋窝睡觉，却几乎完全没有注意到它。他知道，他曾经就像其他人一样臭，但这并不能让现在这些人身上的气息更令人好过一点。

　　甚至会更糟糕。

　　"真是一群可怜的狗。"裘德站在船尾楼顶的扶手后，皱眉看着下面奋力划桨的水手。他虽然个子巨大，却有一颗柔软的心肠。

　　尽管鲁尔夫的头顶心已经秃了，耳鬓却还长着一些棕灰色的头发，他用手擦擦头发，说道："该行行好释放他们。"

　　"那么我们要怎么去托尔比城？"雅维说，"必须有人划桨。你愿意划吗？"

　　他的两个划桨伙伴都紧盯着他。"你变了。"裘德说。

　　"我必须改变。"他转身离开这两个人和他自己也曾奋力划过桨的划桨位。苏梅尔站在护栏边，脸上带着灿烂的微笑，她的头发已经养长了，海风吹拂发丝，它们黑得仿佛渡鸦的羽毛。

　　"你的心情看起来不错。"雅维说。她高兴的样子令他也感觉到了愉悦，因为这实在不是什么常见的景象。

"我很高兴能再度出海。"她张开双臂，动了动手指尖，"而且不用戴锁链！"

他脸上的微笑消失了，因为他依旧背负着一条无法破弃的锁链。一条他亲手用誓言锻造的锁链。一条将他拉回托尔比城，并将他困在黑色王座上的锁链。他知道，迟早有一天，苏梅尔会站在另一条船的护栏边，那条船将带她去往无上之城，永远离开他。

她的微笑也有些犹豫，就好像她和他在同一时间想到了同样的事，然后他俩的视线便在一片尴尬的寂静中从彼此的脸上移开，转向大地。

尽管凡斯特与哥特兰德这两个国家之间的矛盾十分尖锐，这两片国土看来却极为相似。贫瘠的海滨、森林与沼泽。他看到了一些人，都是些急匆匆的内陆居民，他们看到船出现在视线里都极为恐惧。雅维朝南眯起眼睛，他看到在一个海岬的尖角上，房屋燃烧升起的烟污浊了白色的天空。

"那是哪个镇？"他问苏梅尔。

"阿姆文德镇。"她说，"就在边境附近。"

阿姆文德镇，正是他曾经领导过一场入侵的地方。或者，至少可以说，是他曾经笨拙地从船上跳下，连盾牌也不带，一头扎进陷阱里的那个地方。正是那个小镇，那个凯姆达尔死去的地方。在那里，胡里克背叛了他，而奥登则将他扔下，向下掉落，进入那片痛苦的大海，以及更令人痛苦的奴隶生涯。

雅维意识到自己正用残手用力压住护栏，几近受伤。他将视线从土地移开，移到搅动起白色水花的海面上，划桨的痕迹迅速在水中消失了，完全没有留下他们穿过这片海水的迹象。他也会这样吗？逐渐消散，被人遗忘？

思卡尔女祭的学徒欧德姐妹受命与他们同行，此刻她正直直地看着

乌　鸦

他。那是一种鬼鬼祟祟的目光,她迅速低头在一小张纸片上写了点什么,在海风的吹拂下,那张纸在她手里的木炭下抖动着。

雅维慢慢向她走去。"你在监视我?"

"你知道我是谁,"她说,完全没抬头,"这就是我为什么在这儿的原因。"

"你怀疑我吗?"

"我只是向思卡尔女祭汇报我看到的一切。她自会知道什么值得怀疑。"

她的个子很小,脸圆圆的,长相让人很难猜测出年龄,但即使如此,雅维也觉得她应该不会比自己年纪更大。"你什么时候通过祭司试炼的?"

"两年之前。"她边说,边用肩膀挡住那张小纸片。

他放弃了偷看的企图。不管怎么说,祭司有独特的书写记号:他怀疑自己是否能够读懂它们。"试炼如何?"

"不难,如果你做好了准备。"

"我准备过。"雅维说。他回想起奥登在大雨中出现的夜晚。火焰在瓶瓶罐罐上映照着,戈德琳女祭的脸因为笑容而生出皱纹,单纯的问与答。他突然感觉到一阵强烈的怀念,怀念那种无比单纯的生活,不需要杀死叔父,不需要坚守誓言,也不需要做出极为困难的选择;他怀念那些书本、药草和轻柔的语言。他不得不费力地强迫自己收回思绪,他现在承受不起。"但我始终会得到机会,接受试炼。"

"那你也没有错过什么大不了的事。无非就是门外一大群人大惊小怪,还要被一群老女人盯着。"她写完便条,将它卷起来,塞进一个小球里。"然后就是被威克森女主祭亲吻的荣誉了。"

"被她亲吻的感觉如何?"

欧德姐妹从嘴里喷出气来,发出一个长长的叹息:"她可能是所有女人中最有智慧的,但我还是希望自己人生中的最后一个吻,对象能更年轻一点。我远远地看到了宗主王。"

"我也曾经远远地看到过他。他看起来很矮小,又老又贪婪,对什么事都很不满,对食物特别挑剔。不过他身边跟着不少强壮的战士。"

"那么时间并没有怎么改变他,除了他现在崇拜起唯一神。不过也因此掌握了更多权力,另外,据说他每次清醒都不超过一个小时。还有,守卫的数量也增加了。"她将盖在鸟笼上的帆布揭开,里面的鸟儿没有任何动静,并没有因为亮光而惊动,只是将六对完全一眨不眨的眼睛水平地盯着雅维。黑色的鸟儿。

雅维盯着它们。"乌鸦?"

"对。"欧德姐妹卷起袖子,打开小小的鸟笼门,灵巧地将雪白的手臂伸入笼子里,抓住一只乌鸦的身体,将它取出来,那只乌鸦非常平静镇定,就像是一只用煤制成的假鸟。"思卡尔女祭已经有很多年不用鸽子了。"

"完全不用?"

"自从我做她学徒开始她就不用了。"她将便条绑在乌鸦的脚上,轻柔地说道,"传说是因为戈德琳女祭送来的一只鸽子试图抓她的脸。她不信任鸽子。"她靠近那只黑色的鸟儿,嘴里发出咕咕声。"再有一天我们就能到托尔比城了。"

"托尔比城。"乌鸦沙哑地说道,欧德姐妹将它抛向天空,而后它便拍打翅膀向北飞去。

"乌鸦。"雅维望着它在天空中划出的细小白色痕迹,喃喃自语道。

"那是对你的主人格劳姆-吉尔-高姆表示顺从的承诺?""什么都不是"站到雅维的身边,尽管现在换了更好的剑鞘,他依然将那把剑抱在怀里,就像是抱着自己的恋人。

"他是我的盟友,不是主人。"雅维回答道。

"当然。你已经不是个奴隶了。""什么都不是"擦了擦头颈上那一圈伤痕，"我记得在那个友好的农庄里，在沙迪克施兰姆烧毁它之前，我们已经把项圈解开了。你已不再是奴隶。然而你却做了一桩让哥特兰德的人民都必须下跪的交易。"

"那时候我们所有人都跪着。"雅维低声道。

"我的问题是，我们现在仍然跪着吗？若你在哥特兰德最糟糕的敌人的帮助下，才能夺回黑色王座，你将几乎得不到任何朋友。"

"只要在位，我就能获得朋友。我现在关心的是如何将敌人从王座上赶走。不然我那时应该怎么做？让凡斯特人把我们烧死？"

"在让格劳姆杀死我们与把祖国卖给他之间，或许能有个折中地带。"

"近来折中地带有些难找。"雅维咬牙说道。

"世事就是如此，国王的位置就在那里。你得付出代价，我想。"

"你提问的速度很快，回答却很缓慢，'什么都不是'。你难道没有发誓要帮助我吗？"

"什么都不是"眯起眼睛看着雅维，风吹起他饱经战火的脸旁灰色的头发。"我发过誓，我打算看着它实现，或者死亡。"

"很好，"雅维说着转身离开，"我会带你看到它的。"

在他们脚下，划桨奴隶们正挥洒着汗水，紧咬牙关，时不时发出低吼，背上盘着鞭子的监工正在他们之间穿行，正如**南风号**的甲板上特里格所做的一切。雅维依旧清楚记得肌肉的酸痛，以及鞭子抽打在背上所带来的疼痛。

但当他离黑色王座越来越近，他的誓言变得越来越沉重，耐心却随之越来越少。

必须有人划桨。

"加快速度！"他朝监工喊道。

敌人的屋子

苏梅尔从船上跳入码头，推开拥挤的人群，直接走到被守卫环侍的托尔比城码头主管的办公桌前。雅维跟着她，他的动作在敏捷上比她尚略有不及，在霸气的程度上则差了很多。他踩着踏板进入这片本应属于他的王国，双眼向下，戴着兜帽，其他人则跟在他身后。

"我的名字是沙迪克施兰姆。"苏梅尔说道，漫不经心地打开执照，丢在桌上，"我有宗主王颁发的贸易执照，上面还有威克森女主祭本人的印章。"

他们等待着，希望这最下级的码头主管能快点办完手续，好让他们所有人离开。然而她却一直盯着那张执照，时间长到所有人都开始焦虑不安，主管的手指抚摸着脖子上的钥匙，其中一枚是她家的钥匙，另一枚则是办公室的钥匙。雅维注意到执照的一角因为干透的血而呈现出褐色，他感到一阵紧张。那是这张执照真正的主人身上流下来的鲜血，她正是被雅维本人的手刺杀的。码头主管抬头凝视苏梅尔，说出雅维曾经担忧过的话。

"你不是沙迪克施兰姆。"一个守卫将戴着手套的手轻轻移到长矛的把手上，而"什么都不是"则将拇指放在佩剑的皮带上，雅维的不安膨胀成了恐惧。一切会在这里就此终结吗？就在码头上这样一场愚蠢的小

敌人的屋子

争执之中?"我常在这里看到她上岸,总是喝着——"

苏梅尔猛地横扫桌面,对着码头主管的脸大声咆哮,令后者震惊地缩起身子。"你说的是我妈阿卜杜勒·埃里克·沙迪克施兰姆,态度给我放得再尊重一点!她已经沉入北方的冰海里,度过终结之门了。"她声音粗哑,边说边用手背作势擦了擦干干的眼睛,"她把生意托付给了我,她挚爱的女儿苏梅尔·沙迪克施兰姆。"她从桌上一把抓过许可证,再次大叫起来,口沫横飞,全都洒在码头主管、守卫和雅维身上。"我跟莱斯琳王后可还有一笔交易要做!"

"她已经不是王后——"

"你知道我在说谁!莱斯琳在哪儿?"

"她通常都在她的账房——"

"我有话要对她说!"苏梅尔转过后脚跟,扬长而去。

"她一般不见人……"她身后传来码头主管微弱的声音。

欧德姐妹学着雅维的样子,友好地拍拍桌子,其他人则列队缓缓走过。"我给她带去的可是慰问,她会像其他任何人一样喜欢的。"

"成功的表演。"雅维跟上苏梅尔说道。他们匆匆穿过挂着的鱼、晒着的网和大声叫卖的渔民。"要是没有你,我们该怎么办啊。"

"我自己也汗得都湿透了。"她嘘了回去,"有人跟着我们吗?"

"看来是没有。"码头主管正忙于将不快发泄在下一个到访者身上,很快他们就将她抛在了身后。

至少他回家了,但雅维觉得自己像是个异乡人。一切看起来都比他记忆中的更小,也没有那么繁忙,锚位与货栏空空荡荡的,不少屋子被弃置了。每一次看到熟悉的面孔,他的心跳就会加速,就好像一个小偷正穿过犯罪现场,他往兜帽里缩得更深,尽管天气寒冷,他的背上仍因出汗而隐隐作痛。

要是雅维被认出来了,那么奥登国王很快就会知道这一点,然后他就会立刻不失时机地终结在阿姆文德镇的高塔顶上开始的一切。

"那么，那些就是你祖先的坟丘了？"

"什么都不是"从纠结的发丝间望向北方，向下看着长而独立的沙滩以及沙滩上那一整列长满青草的隆起，最靠近的那一个隆起边的青草只长了没几个月，看上去是一片不协调的绿色。

"是我被杀害的父亲乌斯里克的，"雅维动着下巴，"还有淹死的伯父乌瑟尔，以及可以一直追溯回黑暗历史中的哥特兰德诸王。"

"什么都不是"抓了抓灰白的面颊说："就是在他们面前，你许下了誓言。"

"正如你在我面前许下了你的誓言。"

"我决不会畏惧。"他们穿过最外围城墙大门前拥挤的人群，"什么都不是"露齿一笑。他的笑容疯狂，双眼闪亮，让雅维感到深深的恐惧。"血肉可能遗忘，但钢铁绝不会。"

欧德姐妹对托尔比城各条路径的了解似乎远远超过雅维——这座城市土生土长的孩子，这座城市的王。她领着他们经过盘绕陡峭山间的狭窄道路，在露出地表的岩石之间挤满了又高又窄的房屋，城市的表皮上展现着灰色的哥特兰德之骨。她领着他们穿过汹涌波涛上的桥梁，在水边，奴隶们正为富人们的水壶灌水。最终，她领着他们到达了城堡下方阴影中狭长的院子里，就是在这里，雅维出生、成长、每日被羞辱、学习成为一个祭司，并最终发现自己成了王。

"就是这间屋子。"欧德姐妹说道。这间雅维曾经时常进出的屋子正近在眼前。

"为什么格劳姆的祭司对托尔比城的屋子这么了解？"

"思卡尔女祭说，聪明的祭司对她敌人的屋子要比自己的更熟悉。"

"思卡尔女祭和戈德琳女祭一样喜欢警句。"雅维咕哝道。

欧德转动钥匙。"祭司都这样。"

敌人的屋子

"让裘德陪着你,"雅维将苏梅尔拉到一边,对她轻声说道,"去账房,然后和我母亲谈谈。"要是他运气好的话,胡里克这会儿应该正在训练场。

"说什么呢?"苏梅尔问道,"说她死了的儿子来召唤她了?"

"对她说,他终于学会系好自己的大衣扣了。带她来这里。"

"要是她不相信我怎么办?"

雅维回想起母亲的面容,在他脑海中,她一如往常那样皱眉看着自己,他觉得她很有可能确实会怀疑。"那我们必须另想办法。"

"要是她不相信我,要让我为无礼的行为付出死亡的代价呢?"

雅维顿了一下。"那么我必须另想办法。"

"你们当中的谁带着厄运来了?"一个银铃般的声音从广场中传来。人群聚集在一栋新造的大建筑前,它的正面是白色大理石的柱子,在人群前站着一个牧师,身穿简陋的麻布长袍,双臂大张,正在布道。"你们当中有谁发现自己的祈祷被诸神无视?"

"我的祈祷总是一直被无视,所以我现在都已经不再祈祷了。"鲁尔夫轻声说。

"这是一场小小的神迹!"牧师大声说道,"因为世上没有那么多神,只有唯一的神!精灵的把戏不能击碎她!唯一神的双臂,以及敬拜她的神庙的大门,向所有人敞开!"

"神庙?"雅维皱眉道,"我母亲修建这个建筑本是想用作造币厂的。他们本应该在这里铸造分量一致的硬币。"而现在,建筑的大门上高悬着唯一神的七道日光标记——那是宗主王敬拜的神。

"她所提供的快乐,她的仁慈,她的庇护,是无条件敞开的!"牧师吼叫道,"她的唯一要求就是你们像她爱你们一样地爱她!"

"什么都不是"向着石头吐了口口水。"神和爱有什么关系?"

"这里的事情有些变化。"雅维说着,环顾广场一周,将兜帽拉得更低。

"新的王,"苏梅尔舔了一下留有疤痕的嘴唇,说道,"新的道路。"

豪 赌

他们听到门打开的声音,雅维的身体僵硬了。他们听到走廊上传来脚步声,雅维用力咽了一口口水。门摇摇晃晃地打开,雅维有些犹豫地向前走了一步,几乎无法呼吸——

两个人闪身出现,手放在剑上。那是两个肩膀宽阔的伊格灵人,脖子上戴着银色的项圈。"什么都不是"绷直身体,将剑拔出鞘来,剑刃上闪着寒光。

"别!"雅维说。他认得这两个人,他们是他母亲的奴隶。

而现在他们的主人步入房间,苏梅尔跟在她身后。

她一点儿也没有变。

个子很高,面容坚定,金色的头发抹有头油,盘成闪闪发亮的发型。她戴着几个珠宝,尺寸都很小。象征着伟大王后的钥匙,能打开哥特兰德国库的钥匙,已经不在她的项链上了,取而代之的是一个小小的钥匙,上面镶嵌着如同一滴滴血液般的暗红宝石。

雅维很难让伙伴们相信他是个国王,然而他母亲的出现,却轻而易举地令这斗室的每个角落里都布满庄严。

"诸神在上。"鲁尔夫嘶哑地说道。他退缩了一下,跪在地上,欧德姐妹、裘德和苏梅尔也跪了下来,两个奴隶急忙跟上他们的动作。最后一个跪下的人是"什么都不是",他的双眼与剑尖都对着地面,然后,就只有雅维和他的母亲还站着了。

她几乎没有和其他人打招呼,只是凝望雅维,而他也凝望着她,就好像这房间里只有他们两个人。她向他走过去,脸上没有笑容,也没有皱眉,直到她离他只有一步之遥,这才站定了。他觉得她看起来是如此美丽,只要望着她便会伤到自己的双眼,他感觉眼中涌出泪水。

"我的儿子,"她轻声说,将他拥进怀里,"我的儿子。"她拥得那么紧,甚至让他感觉到了痛楚,他的泪水沾湿她的肩膀,她的泪水也打湿了他的脑袋。

雅维回家了。

过了许久,母亲才放开他,与他保持一定距离,然后小心翼翼地擦了擦脸颊。他意识到自己不用抬头就能望到她的脸。他已经长大了。各方面都长大了。

"看来你的朋友说了实话。"她说。

雅维缓缓点了点头。"我还活着。"

"而且学会自己系外套纽扣了。"她说完,试着拉了拉雅维的纽扣,发现它确实紧紧地系住了。

她静静听着他的遭遇。

她静静听着对燃烧的阿姆文德镇的入侵,听着奥登的背叛,以及雅维是如何高高地坠落入寒冷刺骨的海里。

哥特兰德真的该让一个半王来统治这个国度?

她静静听着雅维如何成为奴隶,如何被出售,她所有的动作只是将视线转向他脖子上淡淡的痕迹。

这只是些可怜虫。

在寂静中,雅维讲述了他的脱逃经历,讲述他如何忍耐冰原上长久的折磨，如何在精灵遗迹中为自己的生命而战，与此同时，他想象要是自己能活下来，让这一切编入音乐，将会成为一首怎样的叙事诗。

不能指望所有英雄都能活下来。

当故事进行到安克兰的死亡，以及随后沙迪克施兰姆的死亡，雅维回想起手中那把红色的匕首，他和她的咕哝声，于是他的嗓子发紧，他闭上双眼，再也无法言语。

你需要双手与人战斗，但只要有一只手就能偷袭他们。

他感觉到母亲将手放在他的手上。"我很骄傲。你的父亲也会为你而骄傲的。重要的是，你又回到了我的身边。"

"感谢他们四个人。"雅维说着，咽下发酸的口水。

雅维的母亲扫视了一圈他的伙伴们。"我感谢你们所有人。"

"这不算什么。""什么都不是"低沉地说道，他的视线一直盯着地面，脸藏在纠结的头发里。

"我很荣幸。"裘德说着鞠了一个躬。

"要是没有他我们做不到这一切。"鲁尔夫喃喃道。

"这家伙就是我屁股上的一个痔疮，"苏梅尔说道，"要是我能从头再来一遍，我会把他留在海里。"

"那你要怎么找到一艘船带你回家？"雅维笑着对她说。

"哦，我会另想办法。"她也笑着回答。

雅维的母亲没有加入他们的谈话。她仔仔细细地观察他们的每一个细节，然后眯起眼睛。"我的儿子对你来说是什么，姑娘？"

苏梅尔眨了眨眼睛，深色的脸颊染上一层红色。"我……"雅维从未见到她这样不善言辞的样子。

"她是我的朋友。"他说，"为了我，她甘冒生命危险。她是我的划桨伙伴。"他顿了一会儿。"她是我的家人。"

"是这样吗？"雅维的母亲依旧望着苏梅尔，而后者则突然对地板产生了兴趣，低头做出研究的样子。"那么她也必须是我的家人了。"

事实上，雅维完全不确定他们对彼此来说究竟算什么，而且也没什么兴趣在母亲面前验证这种关系。"这里变了。"他朝窗外点点头，可以听见唯一神的牧师布道的声音正隐约传来。

"这里的一切都被破坏了。"他母亲将视线转回他的身上，声音带着怒火，"我刚脱下悼念你死亡的黑服，就有一只老鹰飞去找戈德琳女祭。邀请我去参加赛肯豪斯宗主王的婚礼。"

"你去了吗？"

她哼了一声。"无论是当时还是现在，我都不乐意参加。"

"为什么？"

"因为威克森女主祭希望婚礼的另一个主角是我，雅维。"

雅维张大双眼。"噢。"

"是的。噢。他们想将我锁在那个废老头的链子上，让我给他们用稻草编出金线来。与此同时你那蛇蝎叔父和他的蛆虫女儿每一回都挫败我，用尽全力破坏我建造的一切。"

"伊瑟伦？"雅维从喉咙里发出最轻微的响动，嘶哑地说道。他几乎要加上一句，"我的未婚妻"。但他眼角的余光瞥到了苏梅尔，于是决定最好还是缩短这句话。

"我知道她的名字，"他的母亲咆哮道，"我只是不想从嘴里把它说出来。他们破坏了市场上经年的协议，让那些很难赢得的朋友立刻成为敌人，掠夺外乡商人的货物，把他们从市场上赶走。若他们的目的是毁了哥特兰德，那他们就算完成得不错。他们把我的造币厂改成了宗主王那伪神的神庙，你看到了吗？"

"那是某种——"

"唯一神高于一切其他的神，正如宗主王高于一切其他的王。"她发出一声毫无欢愉的大笑，雅维几乎被惊得跳了起来，"我与他们争斗过,但我已失去根基。他们对战场并无理解,但他们拥有黑色王座。他们拥有国库的钥匙。每一天我都要与他们战斗,用尽一切武器和策略——"

"除了剑。""什么都不是"低声说道,他没有抬头。

雅维的母亲将匕首一般的目光投向他。"接下来会的。但是奥登的安全措施做得很好,很难找到机会,而且他还拥有哥特兰德所有的战士。而我则只有家里不超过四十的人手。我有胡里克——"

"不,"雅维说,"胡里克是奥登的人。他试图杀我。"

他的母亲睁大了双眼惊道:"胡里克是我的王选侍从。他绝不会背叛我——"

"他轻而易举地背叛了我。"雅维回想起鲜血淌过凯姆达尔的脸,"相信我。那一刻的事我决不可能忘记。"

她露出牙齿,将一只颤抖的拳头砸在桌上。"总有一天我会看着他沉入泥沼的。但要打败奥登,我们需要一支军队。"

雅维舔了舔嘴唇。"我有一支军队正在赶来的路上。"

"我是失去了一个儿子而获得了一个魔法师吗?哪来的军队?"

"从凡斯特来。""什么都不是"说道。

一阵无情的沉默。"我明白了。"雅维的母亲将视线转到欧德姐妹身上,后者露出了一个带有歉意的笑容,于是母亲清了清喉咙,向下看着地板。在这间屋子里时,他的母亲很少这样看往别处。"你与格劳姆-吉尔-高姆结成了联盟?那个杀了你父亲、把你卖作奴隶的人?"

"我的父亲不是他杀的。我很确定这一点。"至少有七成的把握,"是奥登杀了你的丈夫和儿子,他的兄弟和侄子。而我们必须抓住那些风吹给我们的同盟。"

"格劳姆的酬劳是什么?"

雅维在干涩的口腔中动了动舌头。他早该知道黄金王后绝不会错过

交易中的每一个细节。"我将在他面前下跪，成为他的封臣。"从房间的一角里传来了"什么都不是"的愤怒咕啾。

他母亲的眼皮抽搐了。"国王跪在他们最痛恨的敌人面前？这是魔鬼的交易，我们的人民会怎么想？"

"等奥登的尸体倒在他们中间，他们就会想到自己将会变成什么样子。做个跪着的国王总比站着的乞丐好。总有一天我会站起来的。"

她的嘴角露出了一丝微笑。"你更像是我的孩子，而不是你父亲的孩子。"

"对于这一点我感到很自豪。"

"还有问题。你会在托尔比城放出那个刽子手吗？让我们的城市变成一片杀戮之地？"

"他要扮演的角色，只是这座城市里战士们的诱饵，"雅维说，"把战士都引出城外，这样整个城堡内将几乎不剩什么武装。我们将从岩石下的通道进入，封上尖啸之门，然后抓住将失去护卫的奥登。你能找到足够的人手做这些事吗？"

"可能，我想可以。但你的叔父不是傻瓜。要是他没有跳进你的陷阱里呢？要是他把人都留在城堡里，自己留在守卫的保护中等待呢？"

"在刀剑粉碎者站在他正门口嘲笑他的时候，表现得像个胆小鬼？"雅维坐着，身体前倾，看着他的母亲，"不。我在他现在正坐着的位子上坐过，我知道他的想法。奥登才刚登上黑色王座。他还没有获得什么了不起的胜利可以被歌颂。只有像我的父亲以及我的伯父乌瑟尔那样的传奇才能满足他。"雅维微笑起来，他很明白隐匿于一个强大兄长的光芒背后是怎样一种感受，"奥登不会放过这样一个宝贵的机会去做他的兄长们没能完成的事：击败格劳姆-吉尔-高姆，证明他是个强有力的战争领袖。"

母亲的笑容更明显了，雅维回想着他是否曾经看到过母亲用这样赞许的目光看着自己。"你的兄长或许得到了比他应得的更多的手指，但诸神将所有的智慧都留给了你。你现在成了一个深思熟虑的人,雅维。"

看来感知能力只要被正确使用,便能成为一个致命的武器。"这些年来我为做一个祭司而受的训练并没有浪费。那么,向奥登身边的人寻求帮助能增加我们的机会,我们可以去找戈德琳女祭——"

"不行。她是奥登的祭司。"

"她是我的祭司。"

雅维的母亲摇了摇头:"这最多让她放弃对奥登的效忠。但谁能知道她会怎么判断所谓的更大的利益?我们已经有太多不确定因素了。"

"但也有像这么不确定的因素一样多的胜算。巨大的利益意味着巨大的风险。"

"没错。"她站起身,抖落裙边,低头惊讶地看着他,"我亲爱的儿子是什么时候变成赌徒的?"

"当他的叔父将他丢进海里,偷走他的法定继承权的时候。"

"他低估了你,雅维。我也是。但我很高兴能知道自己犯了这个错误。"她的微笑消失了,声音带着一丝致命的锋芒,"而他会为他的低估付出血的代价。给格劳姆-吉尔-高姆送出你的鸟儿,小姑娘。告诉他我们正热切地期待他的到来。"

欧德姐妹深深地鞠了一个躬。"我会的,我的王后,但是……一旦我这么做,一切就都没有回头路了。"

雅维的母亲发出一声毫无欢愉可言的大笑。"你可以问问你的女主人,姑娘。我绝不是一个会走回头路的人。"她走到桌子的另一边,将强有力的手放在雅维虚弱的手上,"我的儿子也不是。"

黑暗中

"这风险也太他妈的大了。"鲁尔夫轻声说,他的声音在黑暗中渐渐减弱。

"生命本身就是风险,""什么都不是"回答道,"一切都是,从你出生开始。"

"但是一个人能选择是赤身裸体地尖叫着狂奔向终结之门,还是以另一种方式轻松跨过去。"

"死神会无情地引导所有人通过那扇门。""什么都不是"说道,"我选择直面她。"

"我能选择下一次,换个地方吗?"

"吵够了没有!"雅维嘘了一声,"你俩像两条老狗在争抢最后一块骨头!"

"我们不可能所有的人都表现得像国王。"鲁尔夫低声说,话音中包含着不止一点的讽刺。或许当你看到过一个人在你身边汗流浃背,你就很难接受他的位置在诸神与凡人之间。

随着经年的铁锈纷纷落下,门闩吱呀作响,最终大门被推开了,扬起大片尘土。他母亲的一个伊格灵奴隶挤进门后狭窄的拱廊,向下皱眉望着他们。

黑暗中

"你看到了吗?"雅维问。

奴隶摇了摇头,转身,在狭窄的天花板下弯着腰,缓慢爬上窄小的台阶。雅维思索着这个奴隶是否可以信任。他的母亲认为可以,但她也曾经信任过胡里克。雅维早已成长到不再怀有孩子气的想法,以为父王与母后知道一切。

他已成长到不会再有任何类似这样的想法了,就在这几个月间。

台阶通向一个巨大的洞穴,洞穴的上部是参差的岩石,上面垂挂着石笋,每一根都往下滴落水珠,在火炬映照下闪着点点微光。

"我们在城堡底下了?"鲁尔夫紧张地凝视着他们头顶上难以想象重量的巨石。

"岩石里打通了许多暗道,"雅维说道,"有一些是古老的精灵密道,还有一些则是新挖的地下室。在这里有不少暗门和窥测孔。有些国王,以及所有的祭司,偶尔都会想要不被人注意到。但是没人能像我这么了解这些通道,我的童年有一半的时间是在阴影中度过的,为躲避我的父亲或兄长,在一个又一个荒僻之处爬行,我观察,同时不被人发现,装作自己是我看到的一切中的一员,将人生装点得仿佛不再是一个被放逐之人。"

"悲伤的故事。""什么都不是"低声道。

"可怜虫。"雅维回想起幼年时的自己,在黑暗中哭泣,希望有谁能来寻找自己,却又知道根本没有任何人会在意他。他厌恶地对自己过去的软弱摇了摇头,"但这个故事依然可以有一个不错的结局。"

"确实可能。""什么都不是"用单手擦过身边的墙壁。那是一面由毫无接缝的精灵石制成的墙,大概已有几千年的历史,却依旧平整得如同昨日刚立,"从这里走,你母亲的人就能神不知鬼不觉地进入城堡了。"

"要在奥登的军队出城面对格劳姆-吉尔-高姆的时候。"

伊格灵奴隶伸出一只手臂,让他们停止了讨论。

通道的尽头是一道圆形的光晕，没比小小的光圈更大，但大过水滴的闪光。有一条异常狭窄的阶梯环绕着这道光晕，雅维侧身上前，肩膀紧贴平滑的精灵石，鞋尖擦蹭着台阶边缘，汗水不断地从额头上渗出。在半路上，有什么东西从上面呼呼地飞了下来，从他的面前闪过，他忍不住退缩一下，要不是鲁尔夫抓住他的胳膊，他可能会就此向前摔倒。

"别让你的王朝因为一个桶而早夭。"

那个桶掉到下方深处，雅维长出一口气。眼下他最需要的是再次跳入冰冷的水中。

有个女人的声音在他们身边环绕着，响得有些怪异。

"……她还是不同意。"

"在你嫁给一个像乌斯里克这样的男人之后，还会愿意和一个老废物结婚吗？"

"她的想法不重要。如果一个国王是坐在诸神与人类之间的，那么宗主王就坐在诸神与诸王之间。永远不会有人拒绝他……"

他们拖着脚慢慢继续前进。更多的阴影，更多的台阶，更多可耻的回忆，人类之手用粗糙的石块砌成的墙尽管从时间上说比底下那些通道晚了几千年，但看起来却显得更为古老，日光在天花板附近的栅格中闪动着。

"王后有多少人？"鲁尔夫问。

"三十三个，"伊格灵人在他身后答道，"目前为止。"

"都是好手？"

"都有手。"伊格灵人耸耸肩，"根据运气的不同，他们可能杀敌，也有可能会死。"

"像这样的手下，奥登能有多少？""什么都不是"问道。

"非常多。"伊格灵人回答说。

"在这里大概有他四分之一的人手。"雅维踮着脚自一个栅格向外看去。

　　这一天的训练场设置在城堡的院子里，院子的一角就是那棵古老的雪松。战士们正进行持盾训练，他们筑起墙壁，打上楔子，然后将墙击破，稀薄的日光下钢铁闪烁，他们劈刺着木头，攻击那些动作缓慢的人的脚部。在寒冷的空气中，胡南导师的讲解听来尖利刺耳……

　　"这人数还挺多啊。""什么都不是"用一种尽量轻描淡写的口气说道。

　　"都是些训练有素、身经百战的战士，而且是在自己的土地上。"鲁尔夫补充道。

　　"我的土地。"雅维咬牙说道。他领着他们继续前行，每一级台阶，每一块石头以及每一个转弯角，他都无比熟悉。"看到那边了吗？"他拉过身边的鲁尔夫，让他从另一个栅格中看出去，正可以看到城堡的一个入口。钉着铆钉的木头门洞开，两边立着守卫，而拱廊顶端的阴影中，闪动着青铜的光芒。

　　"尖啸之门。"他低声说道。

　　"为什么起这样的名字？"鲁尔夫问道，"是指我们在计划失败时会发出的尖叫吗？"

　　"别管它的名字。它从高处掉下来就能封住这个城堡。这套装置是六个祭司设计的，由一个银质的搭扣吊在顶上。始终有人守卫着它，但是有一条秘密阶梯可以通到那个房间。等到那天来了，我和'什么都不是'将会带着一打人过去，控制住它。鲁尔夫，你在屋顶上射箭，做好准备给我叔父的守卫们一个教训。"

　　"他们肯定会受到好一顿教训的。"

　　"时机成熟时，我们会推下搭扣，让大门落下来，将奥登关在里面。"雅维在脑中想象出尖啸之门落下时他的叔父惊恐万状的样子，便又一次希望世事在进行时也能像说的那么简单。

"奥登被关在城里时……""什么都不是"的双眼在黑暗中闪动,"我们也一样。"

最后的练习也结束了,院子里爆发出一阵欢呼声。一头是胜利者,另一头躺着失败者。

雅维对着一言不发的伊格灵人点点头:"我母亲的奴隶会给你们带路,把路线记牢了。"

"你要去哪里?"鲁尔夫问道,然后不太确定地加了一句,"我的国王。"

"我有件必须要去做的事。"

*

雅维屏息凝气,唯恐最轻微的响动暴露身形,他在充满霉味的黑暗中轻轻穿过和平之神双腿之间的暗门,将身体凑近窥视孔,凝视着圣堂内部。

此时正是午前,哥特兰德的国王正在他所应该在的位置——黑色王座上。王座背对雅维,所以他看不到奥登的脸,只能看到他肩膀的轮廓,还有头上戴着的王冠的光芒。戈德琳女祭坐在他左边,属于她的矮凳上,手臂因紧抓着祭司权杖而微微颤抖。

王座之下,则是面容晦暗的人海,他们是哥特兰德的要人和精英,或者也可以说是哥特兰德最鄙薄之辈,身配上好的腰带和晶亮的钥匙,脸上带着卑屈的笑容。就是这同一群男女,曾经在他父亲被葬入圆冢时落下泪水,并且怀疑是否还能找到一个像他父亲那样的国王。当然不是他父亲那笑话般的残疾小儿子,毫无疑问。

在王座下方的几级台阶下,笔直站立的是雅维的母亲,在她身后隐约可以看见胡里克。

他看不到奥登的脸,但是能听到伪王的声音在空旷的大厅中回荡,这声音一如既往的平静而合乎逻辑,如冬日般充满耐心,雅维却因此打了一个寒战。

"我能问问我们最敬爱的姐妹,她打算什么时候前往赛肯豪斯呢?"

"等我能够在此处脱身就会上路,我的国王。"雅维的母亲回答道,"有几桩生意拖住了我——"

"国库的钥匙正佩戴在我身上。"

雅维从窥视孔的一角望过去,看到伊瑟伦正坐在黑色王座的另一边。他的未婚妻。不用说也是他兄长的。国库的钥匙挂在她的脖子上,无论怎么看,都不像是她曾经恐惧过的那般沉重。"我能处理你的生意,莱斯琳。"

她的声音完全不像当时那个颤抖着发誓的紧张姑娘。他还记得她将手放在黑色王座上时,她的眼睛是如何闪闪发亮,而现在,她看着父亲坐在王座上,双眼也同样是闪闪发亮的。

看来,在雅维航向阿姆文德镇之后,变了的人并不是只有他一个。

"我希望看到你尽快启程。"奥登的声音再度响起。

"到那时候你就是宗主王后,凌驾在我们所有人之上了。"戈德琳女祭补充了一句,将手中的权杖高举了一会儿,精灵金属散发出幽光。

"也可能是跪着成为威克森女主祭的簿记员。"雅维的母亲厉声说。

一阵沉默后,奥登轻柔地说道:"有人的命运比你更糟,姐妹。我们必须履行我们的职责,我们必须做对哥特兰德来说是最好的事。去吧。"

"我的国王。"她鞠了一个躬,咬紧牙关回答道。这是雅维时常梦到的景象,但真的看到她如此谦卑,他感觉到一阵燃烧般的怒火。

"现在都退下吧,让我一个人和诸神待在一起。"奥登说着,屏退他的臣民。大门大开,要人和精英们怀着无比的敬意鞠躬示意,而后鱼贯而出,踏入室外的日光中。雅维的母亲走在这些人当中,胡里克在她身边,戈德琳女祭则跟在他们身后,伊瑟伦是最后出去的,在门口,她转身向父亲露出微笑,正如当时她微笑着望向雅维。

Shattered Sea
Half A King

随着隆隆的回声响起,大门关上了,而后便是一片沉重的寂静,奥登呻吟一声,猛地从黑色王座上站起,就好像坐在上面会被灼烧一般。他转过身,雅维的呼吸停顿了。

他叔父的脸一如他记忆中那般,强壮,面部线条坚毅,面颊上胡须斑白。他长得和雅维的父亲很像,只是多了一丝柔和的色彩,以及一种关切的神情,那是乌斯里克国王的亲生儿子都没能在他脸上寻觅到的表情。

仇恨之情本该涌入雅维的心头,卷走他所有的恐惧,洗刷掉他那些无谓的怀疑,让他不再觉得,相比于必须付出的鲜血代价,将他的叔父从黑色王座上拖下来并不值得。

然而他没有,他望着仇敌的面庞,这个杀害他家人的凶手、窃走他王国的小偷,他的心脏却背叛了他,他所感受到的是汹涌得令他窒息的爱意。那是他整个家族中唯一一个曾经给予过他善意的人。是这个人,让他觉得自己是被人喜爱着的;也正是这个人,让他觉得自己有被人喜爱的价值。接下来他所感受到的是一阵强烈的悲痛,他已失去这个人,泪水从他的双眼中涌出,他将残废的手指根靠在身边冰冷的石头上支撑身子,痛恨自己是如此软弱。

"不要再看着我了!"

雅维猛地将视线转向窥视孔,却发现奥登正注视着高处。他缓慢前行,脚步声在这片昏暗的大厅中回响。

"你们都弃绝我了吗?"他大声喊道,"就好像我弃绝你们一样?"

他所交谈的对象是宏顶上安置的那些琥珀神像。他所交谈的对象是诸神,声音中饱含各种情绪,唯一缺少的却是镇定。现在,他取下了雅维曾经戴过的那顶王冠,面容抽搐,擦着前额上王冠留下的印痕。

"我能怎么做?"他说,声音轻得连雅维几乎都没有听清,"我们都得为什么人服务,因为所有的一切都得付出代价。"

黑暗中

而雅维却想起奥登对他说过的最后那些话，它们在他的记忆中，像匕首一般锋利。

你本该是个很不错的宫廷小丑。可是，我的女儿真的该找个只有一只手的废物做丈夫？一个被他母亲牵着线的残废傀儡？

现在，恨意腾升而起有如烈焰，火烫却又令人安心。他不是发过誓吗？为了他的父亲，还有他的母亲。

为了他自己。

随着一声极轻微的响动，他将沙迪克施兰姆的剑拔出鞘，然后将残手紧握成拳，抵在暗门上。只要用力一推就能将门转开，他知道。用力一推，跨上三步，刺出剑就能结束这一切。他舔舔嘴唇，将手攥得更紧，收紧肩膀，血液在太阳穴上涌动——

"够了！"奥登大喊着，回声响起，雅维停住了。他的叔父又抓起王冠，将它戴上头顶。"已经做了的事情就是做了！"他朝头顶挥了挥手，"如果你们不希望发生这一切，当时为什么不阻止我？"他转身大步离开房间。

"他们派我来阻止你。"雅维轻声说道。他将沙迪克施兰姆的剑插回剑鞘。不是现在，时机未到。不能就这么简单地杀了他。但雅维的怀疑已经不复存在。

即便是让托尔比城沉入血海。

奥登也必须死。

朋友的战斗

雅维用力推桨,鞭子抽打在他身上。他用力推着,叫喊着,甚至连残手的手指根都用上了力气,但他只有一个人,怎么才能推得动?

海洋女神攥住了**南风号**,浪涛隆隆作响,雅维绝望地摸索着梯子,看到海水渐渐漫过船上奴隶的脸,他们用力拉扯锁链,只为最后再呼吸一口气。

"不管是狡猾的还是傻呵呵的小娃娃,要是溺死了,可都是一样的。"特里格说道,脑袋上鲜血直淌。

雅维在无情的大雪中又往前挣扎着走了一步,他摇摇晃晃地滑倒在如草地般光滑的炽热岩石上。不管他怎么跑,狗群始终在咬扯他的后脚跟。

格劳姆-吉尔-高姆露出红色的牙齿,脸上充血,雅维的手指掐住他的脖子。"我来了,"他发出铃铛般清脆的声音,"战争女神与我同在!"

"你准备好下跪了吗?"思卡尔女祭问道,她的手臂上覆盖着闪动着的精灵手镯,鸦群在她双肩上大笑着,大笑着。

"他已经跪下了。"奥登说,他的手肘架在黑色王座的黑色扶手上。

"他总是跪着。"伊瑟伦说道,她微笑着,微笑着。

"我们总得侍奉什么人。"威克森女主祭说道,眼中闪动着一丝贪婪的光芒。

"够了!"雅维嘘道,"够了!"

然后他猛地推开暗门,拔出弯剑。剑刃穿透了安克兰,他的双眼鼓了出来。"钢铁才是答案。"他嘶哑地说道。

沙迪克施兰姆咕哝着,推挤着,雅维用拳头猛击她,金属在血肉中嘎吱作响,她转身朝他露出微笑。

"他来了,"她轻声说道,"他来了。"

雅维浑身汗湿地醒来,身上缠着毯子,面朝床垫。

一个由火焰与阴影以及恶臭的浓烟组成的恶魔的面孔靠近了他,他缩起身子,才发现那个人是手举火把站在黑暗中的鲁尔夫,他终于放心地喘了一口气。

"格劳姆-吉尔-高姆来了。"他说。

雅维掀开毛毯。透过百叶窗,他可以隐约听到有声音在回荡,撞击声,叫喊声,还有叮当作响的铃声。

"他越过了边境,身边带着超过一千人,也可能有十万人,这取决于你听信哪一种传言。"

雅维眨着眼睛,试图屏退梦境。"已经到了?"

"他移动的速度快得像火,沿途制造了同样多的混乱。几乎没有任何信使的速度比他更快,再有三天他就到了。托尔比城已经骚动起来了。"

楼下,透过百叶窗,最微弱的一点清晨的灰光照射进来,洒在他们苍白的脸上。微弱的烟气令雅维的鼻腔发痒。烟与恐惧。他可以隐隐听到那个牧师正在屋外嘶哑地叫喊着,让人们跪在唯一神面前,从而获得救赎。

跪在宗主王的面前,成为他的奴隶。

"你的乌鸦飞得挺快,欧德姐妹。"雅维说。

"我告诉过你这一点,我的国王。"最后那个字眼令雅维有些畏缩。对他来说,它听起来依然像个笑话。在奥登死去之前,它就是个笑话。

他看着自己那些划桨伙伴的脸。苏梅尔与裘德都在掩饰恐惧。"什么都不是"则将饥渴的微笑与锃亮的剑刃都暴露在外。

"这是我的战斗,"雅维说,"如果你们当中有谁想要离开,我不会指责你们的。"

"我和我的剑都发誓要达成我们的诺言。""什么都不是"用拇指尖擦去剑刃上的一个小灰点,"能阻止我的门,只有名为'终结'的那一扇。"

雅维点点头,他用健康的手拍了拍"什么都不是"的手臂。"我不太理解你的忠诚,我不想伪装这一点,但我为此而感激。"

其他人则表态得更慢一些。"要是说不寻常的事儿没有困扰到我,那么我就是在说谎。"鲁尔夫说道。

"他们在边境上就开始困扰你了,""什么都不是"说道,"我们的敌人燃烧的尸体可以终结这种困扰。"

"但这也可能意味着是我们的朋友的尸体。而我们将被一群愤怒的凡斯特人俘虏。还得继续和这些愤怒的凡斯特人打交道,而且,不管这个年轻的国王说得有多么天花乱坠,他都没有好好告诉我们,万一计划出现差池,我们该怎么办。"

雅维将扭曲的手掌放在沙迪克施兰姆的剑柄上:"那么钢铁将为我们代言。"

"说总比做容易。"苏梅尔盯着裘德,"我想我们最好在刀剑开始说话之前一起南行。"

裘德的视线从雅维移到苏梅尔身上,又移回雅维身上,他垂下宽阔的肩膀。智者会等待时机,但是绝不会让机会溜走。

"你可以带着我的祝福离开,但我还是希望你能站在我这边。"雅维说道,"我们曾一起勇敢地面对**南风号**,一起从她那里逃走,一起穿过冰雪,我们也将安然度过面前的这件事,我们一起。就只是求你与我一起再多划一次桨。"

苏梅尔惊愕地看着裘德,然后靠近他:"你不是个战士,也不是个国王。你只是个面包师。"

裘德瞥了一眼雅维,叹出一口气。"也是个划桨伙伴。"

"这不是你自己的选择。"

"生活中没有多少事情真正出于自己的选择。什么样的划桨伙伴才会抛弃朋友?"

"这不是我们的战斗!"苏梅尔嘶嘶地说道,声音低沉而急切。

裘德耸耸肩膀:"我朋友的战斗,就是我的战斗。"

"那么这世界上最甜的水该怎么办?"

"晚些去它也照样很甜。或许,还能更甜。"裘德浅浅地给了雅维一个笑容,"要是有东西要扛,扛上它总好过哭泣。"

"我们可能最终都得哭泣。"苏梅尔缓慢地向雅维迈出一步,深色的双眼紧盯着他的眼睛。她抬手去触碰他,令他无法呼吸,"约维,请——"

"我的名字是雅维。"尽管这样做令他感到难过,他依然像母亲可能会做的那样,用坚定的目光回望她。尽管他本可以接过她的手,像他曾经在雪地里那样握住她的手,远离这里的一切,去无上之城,再次成为约维,让黑色王座见鬼去。

他是那么期望能够接过她的手,但他不能承受这样的软弱。他已经不能承受这一切。但他曾经发过一个誓言,他需要他的划桨伙伴在他身边。他需要裘德,他需要她。

"你呢,鲁尔夫?"他问。

鲁尔夫动了动嘴巴,小心地转动舌头,精确地将一口口水吐出窗外。

"面包师都在战斗的时候,战士能做什么?"他宽阔的脸膛上露出一个笑容,"我的弓就是你的。"

苏梅尔垂下了手,盯着地板,她那带有伤疤的嘴唇扭曲着。"那么,这里就由战争统治了。我能做什么呢?"

"什么都做不了。""什么都不是"说道。异常简洁。

战争女神的契约

鸽棚依旧设在这座城市的某座高塔上,里里外外依旧都沾满数百年来的沉积物,它无数的窗口依旧灌入寒冷的风。甚至比过去更为寒冷。

"真他妈的冷。"雅维喃喃说道。

苏梅尔一直观望着,嘴唇形成一道严肃的线。"你是说你从未比现在更冷过吗?"

"你知道我有过这样的经历。"他俩都有过,就在那片冷得让人难以忍受的冰原上。但在那时候,他俩之间似乎曾有一颗能温暖他的小小星火。而现在,他可以确定,自己已完全将那星火扑灭了。

"我很抱歉。"他说,声音听起来像是个很不情愿的咕哝。她保持沉默,他发现自己只能独自继续瞎扯。"抱歉我妈妈跟你说的那些话……我要求裘德留下来……还有我没能——"

她动了动下巴:"毫无疑问,一个国王不需要道歉。"

他因为这句话而畏缩了一下。"我依旧是**南风号**上睡在你边上的那个人。依旧是在雪中走在你边上的那个人。依旧是——"

"是吗?"说着她终于转头看他,但在她的眼神中没有丝毫柔和的成分。"那边的山上。"她递过了眼镜,"有烟。"

"烟,"一只鸽子咯咯叫道,"烟。"

苏梅尔怀疑地望着那只鸽子,整个鸽群自墙壁上排列着的鸽笼中一眨不眨地盯着她看。所有的鸽子,除了一只青铜色的老鹰,它身躯庞大而庄严,定然捎来了威克森女主祭的另一道提议——或者说要求——让雅维的母亲出嫁。它骄傲地整理着翅膀的羽毛,没有屈尊向下张望。

"烟,烟,烟……"

"你能让它们别说了吗?"苏梅尔说道。

"它们会重复训练时让它们说的信息单词,"雅维说道,"别担心。它们不能理解这些词语。"话虽这么说,但当成打的眼睛都一齐转而盯着他,一个个脑袋都注意地高抬着,他不得不怀疑,它们对这些信息的理解是否其实比他自己更多。他转向窗子,将眼镜抬到眼前,看到一道弯曲的烟线升上天空。

"那边有一座农场。"农场主人是他父亲葬礼上那些与他握过手的哀悼者之一。雅维试着不去想,当格劳姆-吉尔-高姆抵达时,那人是否正在自己的农场里。要是那人不在,又有谁会在那里迎接凡斯特人,接下来又会发生什么呢……

一个睿智的祭司会衡量更大的利益,戈德琳女祭总是说,*找到更小的恶*。无疑一个睿智的国王也只能做这同样的事。

他猛地将眼镜从燃烧的农场转开,沿着参差的地平线扫视,捕捉到日光照射在铁器上的反光。

"一群战士。"他们正沿着北方的道路向南走来,自山间的裂口涌出。从这样一个遥远的距离来看,他们攀爬的样子极为缓慢,就仿佛冬季的蜜糖流淌的样子,雅维发现自己正咬着嘴唇,期望他们继续。

"哥特兰德的国王。"他喃喃自语道,"策动一支攻向托尔比城的凡斯特人军队。"

"这是诸神创造的怪异食谱。"苏梅尔说道。

雅维抬头看宏顶,上面描绘着如同飞鸟一般的诸神,颜色都已脱落。

传递信息之神。摇枝女神。初语与终词女神。在正中间,那个长着一双红色翅膀、露出血腥笑容的,正是战争女神。

"我很少向您祈祷,我知道,"雅维对着她的画像低声说道,"和平之神总是更适合我。但是,今天请给予我胜利。还给我黑色王座。你曾对我进行试炼,而我如今已站在此处。我不再是过去那个傻瓜,不再是过去那个胆小鬼,不再是过去那个孩子。我是哥特兰德合法的王。"

一只鸽子选择这一刻拉出一坨鸟粪,正落在他身边的地板上。这大概就是战争女神的回复。

雅维咬了咬牙。"如果你选择不让我成为国王……如果你选择让我在今天跨过终结之门……至少让我达成我的誓言。"他握紧拳头,指节发白,"把奥登的生命交给我。让我复仇。如此我就会满足。"

这不是祭司们受教学习的祈祷词,这句话里没有包含付出或条件。但付出与条件对战争女神来说一文不值。她是索取者,是破坏者,是寡妇制造者。她关心的唯有鲜血。

"国王必须死。"他嘶嘶地说道。

"国王必须死!"老鹰声音尖利地跟着说,它笔直挺立,张开双翅占据了整个笼子,令室内都变暗了几分。"国王必须死!"

*

"时间到了。"雅维说。

"很好。""什么都不是"回答。他的声音自头盔的高槽中传来,那个头盔由金属制成,盖住了他大部分的面孔。

"很好。"两个伊格灵人也一起说道。其中一个用双手舞动一把巨斧,轻松得就像那是个玩具。

"很好。"裘德也低声说,但是他看来并不高兴。借来的战斗装备令他不适,但更令他不适的,似乎是看到他那些生死与共的兄弟们蹲伏在精灵通道深深的阴影中。

实话说，他们几乎没能让雅维增加多少信心。为了他的目标，他的母亲用黄金换得一队垃圾。来自破碎之海周围的所有国家——乃至一些更远的地方——每个国家至少有两个最糟糕的子民。他们都是些混混和凶手，海盗和罪犯，有些人的前额上还刻着罪犯的文身。其中一个总是泪眼蒙眬的人身上的文身是一张潦草涂抹的蓝色的脸。这些人没有国王，也没有荣耀可言；他们没有道德感，也没有目标。更不用说那三个可怕的肖恩德女人，倒竖的发丝如同刀锋，肌肉仿佛泥瓦砌成，只要有人看她们一眼，她们便会兴致勃勃地露出牙齿，做出威胁的样子来做恶作剧。

"这不是我第一次选择将性命交托在这种贫民手里。"鲁尔夫小心翼翼地避开眼神交会，喃喃道。

"你会怎样看待这么一个目标，"裘德低声说，"所有正派人都站在另一边？"

"有不少工作需要那些正派人，""什么都不是"小心地前后转动头盔，"但谋杀一个国王并不包含在这些任务之内。"

"这不是谋杀，"雅维沉声说道，"而且奥登也不是真正的国王。"

"嘘。"苏梅尔双眼向上，看着天花板。

从岩石的缝隙之间传来轻微的声音。或许是叫喊声，慌乱中组织武装的声音。可以听到非常微弱的警报声。

"他们知道，我们的朋友们已经到了。"

雅维强咽下一阵涌动的紧张感。"各就各位。"

他们早已排练多时。鲁尔夫带着一打精于使用弓箭的手下。两个伊格灵人分别带着一打人手，藏在他们可以迅速抵达院子的隐秘之处。还有一打人则跟在雅维与"什么都不是"身后，爬过狂风呼啸的楼梯，向城堡那条唯一的入口上方的锁链之间前进，前往尖啸之门。

"小心点，"雅维在暗门后停下来，他的喉咙发紧，几乎说不出话来，但仍低声说道，"里面的人不是我们的敌人——"

"他们今天就会成为我们的敌人,""什么都不是"说道,"而且战争女神讨厌小心。"他将门踢得大张,然后闪身进入。

"该死!"雅维咒骂了一句,匆匆跟上。

锁链之间里十分昏暗,日光自窄窗洒入,可以听到脚下通道中,无数的靴子踩踏,形成响亮的回声。桌边坐着两个人。其中一个人转过身,他看到"什么都不是"出鞘的剑,脸上的笑容消失了。

"你们是——"

剑刃带着一道夺目的光亮划过,随着一记湿漉漉的咔嗒声,他的头颅已掉落,滚进角落里。一切看起来是如此荒谬,像是春日庆典上的哑剧表演,但现在却不会有孩子们的笑声。"什么都不是"跨过倒下的尸体,将另一个人夹在腋下,同时抬手将剑插入那人的胸膛。那人刺耳地喘了一声,将手伸向桌子,那上面正放着斧头。

"什么都不是"用一只脚小心地将桌子挪到他抓不到的地方,而后将剑从那人身上抽出,轻轻地将那人的身子放低,让他背靠墙坐下,突然之间一片寂静,死神已为那人打开了终结之门。

"锁链之间是我们的了。""什么都不是"朝着拱廊远处望了一眼,关上门,上好闩。

雅维跪在那死去的人身边。他认得这个人。或者说,是曾经认得。他的名字是乌维登。他不是雅维的朋友,但也不是敌人。他曾经因为雅维的笑话露出微笑,而雅维曾为此而感到喜悦。

"你非得杀了他们不可吗?"

"不,""什么都不是"小心地将剑擦干净,"我们也可以让奥登一直当他的王。"

雇佣兵们在室内散开,凝望屋子正中央的装置,那便是他们的目标——尖啸之门。它的底部没入地板,顶部则陷在天花板中,它是一面用锃亮的青铜制成的墙壁,闪着柔光,墙上雕刻有数百张面孔,全都是痛苦、或恐惧、或愤怒，咆哮着，呼喊着，怒吼着，彼此融会，如同在同一个池塘中的无数反光。

苏梅尔将手撑在臀部，看着尖啸之门。"我想我现在知道它为什么要叫尖啸之门了。"

"维系着我们希望的可怖之物。"裘德说道。

雅维用指尖擦过这面金属墙，它寒冷而又坚固得令人害怕。"要是它掉在你头上，那毫无疑问就是可怖之物了。"在这块巨大铜板边有一块标牌，上面雕刻着十五个神的名字，那是个复杂的连锁装置，一个接一个铭刻的齿轮，一个接一个盘绕的锁链，即使用祭司的眼光审视，雅维也无法看穿它运作的原理。在这装置的中间，是一个独立的银色搭扣。"这就是那个装置了。"

裘德伸出手。"你要做的就是拉开这个搭扣？"

雅维将他的手拍开。"在正确的时间！最后那一刻。奥登的人手出城面对格劳姆的越多，我们的胜算就越大。"

"你的叔父在讲话了。""什么都不是"在一扇窄窗边叫道。

雅维轻轻推开另一扇窗，凝望下面的院子。那是高耸的灰墙间一小块绿地，雪松将枝丫向一边伸展，对此他早已极为熟悉。人群在那里聚集，不少人正急匆匆地穿戴装备，也有不少人已列队准备开战。雅维点了点人数，他的双眼睁大了。三百人左右，他知道城堡外还有更多的人已做好准备。在这些人面前，圣堂大理石台阶上的远处，身穿银色盔甲，头戴王冠的人，正是雅维的叔父奥登。

"现在站在托尔比城墙外的人是谁？"他对着群集的战士们大喊道，"格劳姆-吉尔-高姆，刀剑粉碎者！"

所有人一起跺脚，释放出一股诅咒与蔑视的风暴。"正是他谋杀了乌斯里克，你们的国王，我的兄长！"这句话引发了一阵愤怒的吼叫，雅维不得不阻止自己，以免也对这谎言发出一声狂吼。

"但是他太傲慢了,他只带了一点人手!"奥登高喊道,"正义在我们这边,这是我们熟悉的战场,我们的人数与水平都远超于他们!我们能让他们那些老弱残兵再多活一会儿吗,就在能得到我的兄长乌斯里克和乌瑟尔的墓前,在我的祖父'凡斯特人锤击者'英格尔夫·克劳文福特的墓前?"

战士们将武器拍打在盾牌上,将盾牌拍打在盔甲上,咆哮着说"不"。

奥登伸出手,他的负剑侍卫跪着递上他的剑,他拔剑出鞘,高举起来,剑身刺破黑暗,它的闪光是如此明亮,令雅维不得不转开视线。"那就让我们向战争表示敬意,给她献上一个屠杀之日!让我们跨过城墙,在太阳升起时将格劳姆-吉尔-高姆和他那些凡斯特狗的头颅挂在大门上!"

"今晚,让我们来瞧瞧最后是谁的头颅被挂在大门上。"雅维说,他的话音淹没在哥特兰德战士们的欢呼回应声中。这些战士,他们本该为他而欢呼的。

"他们去战斗了。""什么都不是"说道。人们开始自院子鱼贯而出,列队形成一道延伸的盾墙,每个人都知道自己的位置在何处,都准备好要为自己的同袍战友而死。"你对你叔父的看法猜得一点不错。"

"这不是靠猜的。"雅维说道。

"你母亲说得对。"黑暗中,他看到"什么都不是"的双眼在头盔的凹槽中闪动,"你成了一个深思熟虑的人。"

站在队伍最前面的是最年轻的战士,有一些人甚至比雅维更年轻,紧随其后的是一些年长者和战斗经验更丰富的人。他们踏步行过尖啸之门,马具翻动的哗啦声在锁链之间回响,雅维手下的小混混们趴在地上,从窥测孔中向下凝望,看着那些更优秀的战士在他们身下鱼贯而出,阴影在这些混混们坑坑疤疤的脸上闪动着。

这是他复仇的时刻。或是他死亡的时刻。

"国王动了。"苏梅尔说着,将身体隐入另一扇窗边的阴影里。奥登穿过那些身经百战的战士们,走向大门,身后跟随着持盾侍卫、负剑侍卫和执旗侍卫,边走边拍战士们的肩膀。

"时机还没有成熟。""什么都不是"低声道。

"我知道!"雅维嘶哑地叫道。靴子前进着,人群自城堡列队而出,但留在院子里的人还是太多。

他是否能忍耐这一切,承受这一切,满足于这一切,从而在这最后时刻,让奥登毫无警觉地经过这个挂钩下方?他焦躁地捏紧手指根,每一个拇指的指尖上都沾满汗水。

"我要推这个搭扣吗?"裘德叫道。

"还不行!"雅维害怕他们的说话声从地板上的凹槽中传出去被人听见,便急速尖声说道,"还不到时候!"

奥登大步前进,很快就会离开底下拱廊中他们能看得到的地方。雅维对裘德抬起手,准备将尖啸之门以及它所携带的千钧重量放下。

即使这也将杀死底下所有的人。

"我的国王!"雅维的母亲站在圣堂的台阶上,高大的胡里克站在她身旁,戈德琳女祭拄着权杖站在另一旁。"我的兄弟!"

雅维的叔父停住脚步,转过身子凝望她。

"奥登,请等一下,听我说一句话!"

雅维几乎不敢呼吸,因为这样或许便会破坏此刻精妙的平衡。时间缓慢流逝,奥登看着大门,然后又看着雅维的母亲,咒骂了一句,回身向她走去,近侍们跟在他的身后。

"等等!"雅维轻叫道。裘德张大眼睛,将手指从搭扣上移开了。

雅维靠向窗边,冰冷的风亲吻着他满是汗水的面颊,却无法听见圣堂台阶上的谈话。他的母亲跪在奥登脚边,将双手贴在脸颊上,谦逊地低下头颅。或许她正在为她之前的倔强、为她对自己兄弟与宗主王的忘恩负义而表示卑微的歉意，或许她正在发誓顺从并乞求宽恕。而后她用双手捧起奥登的一只手，将嘴唇贴在那上面，雅维的肌肤一阵战栗。

他的叔父看着戈德琳女祭，轻轻点点头。他的祭司则回望他，轻微地耸耸肩。接着奥登触摸了雅维母亲的面颊，而后大步走开，返身走向大门，他的仆从和近侍饥渴地喧哗着，簇拥着他。

此时最后一列战士也已随着弟兄们走出城堡，留在院子里的人已不足三打。雅维的母亲双手合击，抬头看着大门入口，雅维想象她的眼神或许正与他的交会。

"谢谢你，母亲。"他轻声说道。他再次向衮德抬起残手。他再次看着奥登接近大门。而这一次，他看到的不再是诸神将他的计划撕扯粉碎的景象，他看到他们给了他机会。

"等等。"他低声说，炽热的呼吸带着这个词在他的唇边盘旋。

"等等。"就是今天。就是此时。

"等等。"就是此刻。

"现在。"

他将残手向下一斩，尽管他的手本身如此虚弱，但感谢那六个上古祭司的精巧装置，这个动作带上了如山的重量。衮德拉开搭扣，装置呼呼作响，一条锁链被拉紧，尖啸之门得名的原因便也由此一清二楚。随着一声仿佛地狱所有死者发出的尖啸，以及一阵将雅维的头盔掀翻、将他猛撞向墙边的劲风，尖啸之门穿过地板向下坠落。

它重重落在底下的地面上，令城堡挖掘有精灵通道的地基都为之震颤，将城堡的出口彻底封死，它的重量令大地本身都随之上升。

地板旋转、倾覆，有一会儿雅维甚至怀疑，在这巨大的冲击之下，这间屋子是否也会被撕扯得四分五裂。

他跌倒在地板上一个凹槽边，试图摇晃脑袋消除眼前的金星和耳朵内的耳鸣。底下的通道里满是奥登的近侍。有些人跟跄脚步，双手紧抱

Shattered Sea
Half A King

脑袋；有些人笨拙地摸索武器；还有一些人则聚集在门前，无声地叫喊着，无声地、愚蠢地、徒劳地拍打着门上尖叫的面孔。在他们中间站着的是那个伪王，他向上望着。他的视线与雅维的正好相遇，他的脸色惨白，仿佛看到一个自终结之门爬回来的恶魔。

雅维露出了微笑。

而后他发现有人抓住了他的肩膀。

"什么都不是"拉着他，对着他的脸大叫着，雅维能看到头盔的凹槽后，他的嘴巴正在动着，听到的却只是模糊的咕哝声。

他跟在"什么都不是"的身后，穿过被抬高的地板，经过一段有风吹过的阶梯向下，跳过围墙，挤开身后的人群。"什么都不是"将一扇大门猛地打开，在黑暗中他们能看见面前出现一道光明的拱廊，于是他们便走到了室外。

终结之门

城堡院子里一片混乱。

武器挥舞，碎片飞溅，剑刃相击，人人咆哮，箭镞攒动，尸横遍野，而这一切都仿佛梦境一般，悄然无声。

正如雅维计划的那样，母亲的雇佣兵们从藏身之处涌出，从背后袭击了奥登的精锐部队。那些士兵不是被从背后直接击倒，就是被驱赶着绕院子乱转，或是四散躺在地上，鲜血直流。

但那些在第一波攻击中残存的部队反击得十分凶猛，战斗演变成了一场丑恶而致命的小型搏斗。眨眼之间，雅维便看到一个战士用盾牌边缘在一个肖恩德女人的脸上划出一道深深的口子，而后者则向他猛力刺去。

正如他的计划，雅维看到鲁尔夫和他的弓手们自屋顶上射下一阵箭雨。他们无声地持续射击，箭扎在奥登身边近侍的盾牌上，在他们国王的周遭形成了一个环。一个侍卫的脸被箭射中，他仿佛浑然无觉，手中的剑依然指着圣堂，口中依然无声地叫喊着。另一个侍从也紧随其后被击倒在地，他抓着扎在身上的箭，又抓着身边的人，对方却踢开了他的手，继续向前。雅维认得这两个人，他们都是些有名望的人，曾经都是站在国王卧室门外通道上的守卫。

Shattered Sea
Half A King

战场能让所有人变成野兽，雅维的父亲曾经这样告诉他。他看到一个脸上有"盗羊者"刺青的暴徒，咆哮着砍倒一个毫无武装的奴隶，水壶从那奴隶的手中飞起，砸到墙上，四分五裂。

这也是他计划中的一部分吗？他祈求的到底是什么呢？

他曾将门洞开，乞求战争女神造访。他无法令面前的一切都停下来。没有人能做到这一点。在这场战斗中，存活已是一种挑战。

他看到"什么都不是"砍下一个人的小腿，又在另一个人转身逃走时击中他的背部，然后用盾牌猛撞第三个人，将那人推得一个踉跄，正撞在一口水井低矮的井沿上。那人掉了下去，消失不见。

在一阵听不见任何声音的恍惚之中，他将沙迪克施兰姆的剑拔出鞘来。这是每一个男人在战场中都会做的事，不是吗？但是，诸神啊，那把剑突然之间变得如此沉重。人群从他身边跑过，加入这场疯狂的战斗，他们推挤他，但他却仿佛双腿都在地上生了根。

他看到圣堂的大门打开了，奥登的侍卫们蹲伏在扎满箭的盾牌后面，环卫拱道，领着伪王逃入阴影中。

雅维将剑指向他们，他叫喊着："那边！"他的耳朵突然又能听到声音了。至少他能及时地听到砰砰的脚步声出现在他身侧。

但也没有什么用。

剑刃与剑刃相击，那把剑在他的手掌中猛然扭动，几近脱手。他瞥到胡里克满是伤疤的脸，听到一声低沉的吼声，而后他的脸便被胡里克的盾牌击中，他整个人都被撞飞出去，背朝下落在两步之外，发出一声呻吟。

胡里克的视线转开了，他转身抓住击在他盾上的斧子，劲风激起一阵碎屑。是裘德，他大吼一声加入战斗，像个疯了的樵夫砍树桩似的劈刺着。胡里克转身，阻挡住第二斧，裘德挥出的第三斧有些笨拙，胡里克蹲身闪过，一把将斧子远远推开，沉重的斧头在呼吸之间擦过他的肩膀,砰地一声陷入草地中。裘德踉跄了一记,胡里克用盾缘砸中他的脑袋,将他撞得失去平衡,而后轻松地一挥手中的剑,将裘德手中的斧柄斩落在地。

看来面包师始终是无法战胜王选侍从的,无论这个面包师是个多好的人。

胡里克的黑色胡须间露出了白森森的牙,他挥剑刺出,刺入裘德的肋骨,直没到剑柄。

"不!"雅维沙哑地叫道。他挣扎着想爬起来,但是光有意志往往是不够的。

裘德的双膝一软,脸上带着痛苦的神情,面朝下摔倒在地上,胡里克将巨大的靴子踩在他的肩膀上,从他身上抽出剑,又将他踢得仰面朝天。胡里克转向雅维。

"让我们来了结阿姆文德镇发生的这一切吧。"

他向前走,抬起血红的剑。雅维本该微笑着面对死神,但终结之门在面前洞开时,很少人还能鼓足勇气,就算那人是国王也一样。尤其是国王,或许是这样。他向后倒爬,抬起残手,就仿佛它能挡住剑刃似的。

胡里克的嘴唇动了起来。"你能成为什么样的国王——"

"走着瞧。"

这时,胡里克斑白的胡子前闪出刀刃的寒光,他的下巴抽搐了一下。那是一把匕首,如坚冰般闪亮。雅维的母亲眯着双眼,紧收下巴,出现在他身边。

"放下你的剑,胡里克。"

他犹豫了片刻,她靠近他,在他的耳边低语道:"你了解我。很少有人能比你更了解我。你真的打算……"她转动匕首,直到胡里克坚实的下巴上出现一道血线。"质疑我的意志?"

胡里克咽了一口口水，在匕首前露出畏缩的神色，就仿佛喉咙里长出了一个瘤子。他的剑哗啦一声掉在地上。雅维爬起来，抓住沙迪克施兰姆的剑，将剑尖抬起，指着胡里克的胸膛。

"等等。"他的母亲说道，"先回答我几个问题。你从十九岁开始，就是我的王选侍从。你为什么要违背誓言？"

胡里克的视线移到雅维身上，露出悲伤的神色，而后，他开始说："奥登对我说，这个男孩必须死，不然就是你死。"

"那为什么不直接杀死奥登？"

"因为这个命令来自宗主王！"胡里克叫了出来。"宗主王的命令不能违背。我的誓言是保护你，莱斯琳，"他垂下肩膀，闭上双眼，"而不是你残疾的儿子。"

"那么我就把你从誓言中解放吧。"

匕首轻轻挥动，鲜血溅上雅维的脸颊，他踉跄着后退了几步。胡里克脸朝下跌倒在地，雅维站着垂下手中的剑，盯着眼前草地上蜿蜒扩大的暗色血泊。

他的皮肤充血，针扎一般地刺痛。呼吸撕扯着喉咙。他的眼前闪动光斑，四肢沉重，擦伤的脸颊隐隐作痛。他想要的只是坐下来。在黑暗中坐下来，然后放声大哭。

在雅维孩童时常常玩耍的这片草地上，刀剑闪动，箭镞四射，死者倒地，伤者被驱散。贵族们被当作传家宝的剑与盾自那些已失去生命的指尖跌落，四散碎裂，被鲜血污浊。圣堂的门紧紧关上了，雅维的人手依旧包围在门外，鲁尔夫的头发上挂着因脸上的伤流出的血。那两个高大的伊格灵人用斧子猛砍着门，但沉重的木头纹丝不动。

在那棵枝丫繁茂延展的雪松树干边上，雅维的兄长常常嘲笑他连爬树的胆量都没有，现在那里静静地靠着裘德，他的头向后仰起，双手虚弱地放在沾血的膝头。苏梅尔跪在他身边，脑袋高高仰起，嘴唇张开，

终结之门

露出牙齿,正揪住他满是鲜血的上衣,就好像是要将他拉起身来。就好像她能将他扛到安全的地方,一如他曾经扛着她一样。然而再没有什么安全之处,即使她有足够的力量。

除了穿过终结之门,他再也无处可去。

在这一刻,雅维意识到死神并不会为所有经过他身边的人折腰,并不会尊敬地伸臂指引道路,并不会说出任何意味深长的语句,也不会开启任何门闩。不需要她使用胸前挂着的钥匙,因为终结之门始终大开。他不耐烦地将成群的死者驱赶进门,对死者的等级、名声与质量毫不在意。在他大门前的队伍实在太长,太盲目,无休无止。

"我到底干了什么?"他犹豫地向裘德与苏梅尔走出一步,低声说道。

"你做了你不得不去做的事。"他母亲紧握住雅维肩膀的手如铁般坚定,"现在你没有哀伤的时间,我的儿子。我的国王。"她一边的面颊十分苍白,另一边却有些泛红,这一瞬,她仿佛就是战争女神本人。"跟上奥登。"她抓得更紧了,"杀了他,夺回黑色王座。"

雅维收起下巴,然后点点头。再也没有回头之路了。

"停下!"他对伊格灵人喊道,"有更好的方法。"那两人垂下斧子,阴郁地看着他。"母亲,你留下跟他们一起看守这道门。保证没有人能离开。"

"到奥登死前都不会有。"她说。

"'什么都不是',鲁尔夫,带上一打人手跟我来。"

鲁尔夫望着城堡院子里的这场大屠杀,呼吸粗重。伤者与垂死之人,全都跌跌撞撞地,流着血。而裘德,勇敢的裘德,曾经站在伙伴们身边的裘德,正靠在雪松树干上,他已不会再划桨,不会再扛什么东西,也不会再鼓励任何人了。

"我还能找得到一打人吗?"他轻轻说道。

雅维转身:"能找到什么人就什么人吧。"

孤独的王座

"真的?"雅维轻声说。

"世事永远如此。""什么都不是"说。

鲁尔夫将脑袋转过来又转过去,在黑暗中,他脸上沾着的血看起来是黑色的。"没见我已经准备得不能再好了吗?"

雅维深吸一口气,先将残手手腕搁在暗门上,然后用上肩膀的力气将它推开,突然跌入神圣而巨大的圣堂之中。

黑色王座矗立着,上面空无一人,它被崇高神们注视着,他们宝石制成的眼睛闪动着光芒。在他们下面,环绕宏顶一圈的是琥珀制的微小神们的雕像,他们注视着人类的凡尘琐事,不置一词,无动于衷,甚至是一丝一毫的兴趣。

奥登身边只剩下十个人,全都狼狈不堪,聚集在门边,当外面撞击大门时,他们也跟着微微颤抖。两个人正在用长矛加固大门。另外两个则将一个年代久远的闪亮桌子上的东西一扫而下,将它拖到过道里作为路障。其余的人则或是困惑地坐着,或是震惊地站着,不明白国王究竟怎么会在他自己的城堡中心,突然遭到这样一伙杂牌军的袭击。戈德琳女祭在奥登身边俯下身子,照料着执旗侍卫流血的肩膀。

"去国王身边!"看到雅维出现,执旗侍卫立刻尖叫起来,奥登的人

孤独的王座

手聚在主人周围，在他身前抬起盾牌，准备好武器。脸上扎着箭的侍卫将箭折成两段，沾满血的箭镞依旧戳在他的脸颊上。他之前正倚着剑歪歪斜斜地站着，此刻也摇摇摆摆地将剑尖抬起，指向雅维。

"什么都不是"也扑进了圣堂，他立在雅维左边，鲁尔夫则在雅维右边，那些依旧可以战斗的奴隶和佣兵们则簇拥在他们身边，紧握着锋利的武器。

他们靠近黑色王座的边缘，走下台座的阶梯，啐着口水，用各种不同的语言粗鲁地咒骂着。奥登催促他的手下上前，两边的人相距不过十步，而后是八步，六步，即将展开的战斗如同圣堂顶上，静止的空气中沉重地悬浮着的积雨云一般。

戈德琳女祭瞥到雅维，她的双眼睁大了。"等等！"她叫喊起来，用精灵权杖敲打地面，撞击声跃起，在宏顶中不住回响。"等等！"

两拨人停了一会儿，相互瞪视着，怒骂着，抓着武器，雅维抓住了老祭司为他创造的这一丝时机。

"哥特兰德的战士们！"他叫道，"你们认得我！我是雅维，乌斯里克之子！"说着他用左手那根残废的指头指着奥登。"这狡猾的东西想要偷走黑色王座，但诸神不会允许一个篡位者在它上面长久安坐！"他将拇指指向自己，"哥特兰德合法的王回来了！"

"那个女人的傀儡？"奥登朝他吐了一口口水，"那个半王？那个残废王？"

在雅维想要叫喊回话之前，他感觉到一只强有力的手放在他的肩膀上，将他推到一边。"什么都不是"走上前去，解开了头盔的带子。"不，"他说，"合法的王。"他将头盔取下来，随手一扔，它哗啦啦地滚过圣堂的地板。

他那头乱蓬蓬的头发已经剪短了，丛生的胡须也已剃得一干二净。终于显现的脸有着坚毅的轮廓和残忍的线条，带着骨折的痕迹，显得更为强硬，饱经风霜，带着战斗和被殴打时留下的伤痕。那个衣衫褴褛的乞丐已消失不见，取而代之的是一个橡木与铁般站立的战士，只有他深深的眼窝中那双眼睛，一如既往。

依旧闪动着疯狂的火焰。甚至比过去更为热烈。

突然之间，雅维不再确定这个男人是他曾经并肩旅行、并肩战斗并睡在一起的同一个人。不再确定自己带入哥特兰德的城堡，带到黑色王座之旁的人，究竟是谁。

雅维上下打量着他，突然满是疑惑。哥特兰德的年轻战士们依旧在吼叫一些挑衅的话，但那些上了年纪的战士们，在看到"什么都不是"的脸时，突然都变了颜色。

他们的下巴都惊得要掉下来，武器在手中晃动着，睁大眼睛，甚至溢出了泪水，颤抖的嘴唇中吐出无声的惊叹。奥登的脸色变得比看到雅维时更为苍白。那是人们看到世界终结时才会有的脸色。

"这是什么魔术啊？"鲁尔夫轻声问，雅维无法回答。

精灵权杖从戈德琳女祭颤抖的手指间滑落，掉在地板上，发出的回声很快便在沉重的寂静中消逝了。

"乌瑟尔。"她轻声说道。

"对。""什么都不是"朝着奥登露出疯狂的微笑，"好久不见，弟弟。"

当这个名字被说出口时，雅维终于发现，这两个人看起来是如此相似，他感到身上一阵战栗，一直传到指尖。

他的伯父乌瑟尔，他那无人能及的战斗技巧在每一场训练前都会被战士们传颂，他那被淹死的尸体从未被海水冲回岸边，在狂风呼啸的海滩上，他的墓穴是空的。

他的伯父乌瑟尔，几个月来一直站在他身边。

他的伯父乌瑟尔，如今正站在他身前。

"该清算了。""什么都不是"——乌瑟尔——说道。他向前走了几步,手中握着剑。

"圣堂里不该流血!"戈德琳女祭喊道。

乌瑟尔只是微笑:"再没有什么事物能比鲜血更受到诸神的喜爱了,我的祭司。还有什么地方更值得鲜血横流?"

"杀了他!"奥登尖叫道,此时在他的声音里已经再无一丝平静,但没有任何人依命冲上前去。甚至都没有任何人说出哪怕一个字。"我是你们的国王!"

但权力有时是极为脆弱的。战士们缓慢地远离他,逐渐散成扇形,就好像他们都想到了一个同样的念头。

"黑色王座实在是个孤独的位子。"乌瑟尔说着,抬眼向上望它,王座上空无一人。

奥登动了动下巴的肌肉,他凝望着周围那些冷酷的面孔,凝望着自己的护卫以及那些雇佣兵,凝望着戈德琳女祭与雅维,最后转到乌瑟尔的脸上,那张脸与他自己的脸是如此相似,但沉淀着二十年的恐怖。乌瑟尔哼了一声,往兄弟脚下神圣的石头上吐了一口口水。

"那么,如你所愿。"奥登从持盾侍卫手中拿起盾,它的边缘镀金,还镶嵌着闪亮的宝石。他将持盾侍卫一脚踢开。

鲁尔夫递出自己的盾,但"什么都不是"摇了摇头。"木材自有它的用处,但此处钢铁才是答案。"他举起手中的剑,那正是他带着穿越荒原的那把剑,式样简单,却被打磨出了一层霜般的光芒。

"你离开得实在太久了,哥哥。"奥登抬起剑,那把剑是为雅维的父亲锻造的,剑柄以象牙制成,上面镀金,镜子一般白亮的剑刃上刻有祝福的符号,"让我们先拥抱一下。"

他向前冲去,速度快如毒蝎,雅维喘了一口粗气,跟跄几步,左右摇摆着想要跟上他叔父移动的速度。奥登刺出一剑,又再刺一剑,嘴里发出嘶嘶的声音，上下劈刺，每一击都让一两个人退后几步。但尽管他是如此快速而又致命，他的兄长却比他的速度更快。仿佛一缕狂风卷起的烟，乌瑟尔漂移、转身、回旋，白亮的剑便刺了个空，甚至都不能在他身上留下一个吻。

"你还记得我们上一次见面时的情景吗？"乌瑟尔一边如跳舞般地闪避，一边问道，"在那场暴风雨中，我们父亲的船的船头上，我在狂风中大笑，而我的弟弟们站在我的身后。"

"你除了笑之外什么都不在乎！"奥登再次出手，左右劈砍，让在一旁观看的守卫们纷纷退避，但乌瑟尔依然安全地转身避开，他甚至都没有抬剑。

"这就是你和乌斯里克一起把我扔进无情大海的原因？还是如此一来他就能从我手中偷走我的继承权？而你则随后也偷走了他的？"

"黑色王座属于我！"奥登的剑在他的头顶闪过一道弧光，然而随着一声清脆的撞击声，乌瑟尔用剑架住了它。他同样架住了奥登的盾牌，在那一瞬间奥登的叔父与伯父扭打在一起，剑刃摩擦着。而后乌瑟尔肩膀一沉，猛地向上一拉盾牌，盾的边缘撞在奥登的下巴上。乌瑟尔扭动另一边肩膀，用力将奥登甩开，奥登的脚跟踢在石头上，掉入了站在他身后的战士中。

他们将他推了出去，他缩在盾牌后，然而乌瑟尔只是在包围圈的中心站立着。"尽管你们在沙滩边为我建起空冢，我却没有被淹死。奴隶们将我从海水中拉起，然后把我囚在一个斗兽场里战斗。在黑暗中的那些年里，为了那些嗜血野兽得以获得消遣，我杀了九十九个人。"乌瑟尔将一根手指放在自己的耳朵上，那一瞬间他看起来又有些像"什么都不是"了。"有时我能听到他们轻声低语。你听到他们的声音了吗，奥登？"

"你疯了！"奥登的唇上挂着鲜血，他吐了口口水。

乌瑟尔的笑意更浓："不疯还能怎么样呢？他们答应我，要是我赢一

孤独的王座

百次便让我获得自由,但他们最终却骗了我,再次将我出售。"奥登绕着他,像个猎手一般蹲伏着缓慢前进,他的盾牌扬起,银色盔甲的重量令他的额头沾满汗水。而乌瑟尔只是长身站立,手中的剑放松地左右摇摆,甚至几乎连呼吸都没有加重。"我做过战斗奴隶,然后是划桨奴隶,再然后……什么都不是。我跪着过了痛苦的十二年,这实在是个能让人思考的好姿势。"

"那就思考一下这个!"奥登吐出一口血,再次攻上前去,他佯装要向前刺出,斜斜地劈了一下。但乌瑟尔用剑将他的剑远远挥开,奥登的剑撞落在石头地板上,击起火星点点,令整个圣堂充满了刺耳的回声。

奥登喘着气,踌跚几步,因为这阵撞击而瑟瑟发抖,而乌瑟尔则后退一步,以一种骇人的精准,刺向奥登盾牌上石榴石镶边上方的位置,正中他的肩膀。

奥登怒吼一声,华而不实的盾牌从他虚弱无力的左手中滑落,顺着他垂下的指尖滴落的血,已经一滴滴地落在盾牌上。他抬头看着乌瑟尔,睁大双眼。"我是我们三个人中最优秀的!我本该成为国王!乌斯里克除了暴力之外什么也没有,而你有的则只是疯狂!"

"你说得没错。"乌瑟尔皱着眉,用袖管仔细将剑的两面都擦拭干净,"想想诸神为此而惩罚了我些什么。他们给我好好地上了一课,奥登。而现在,他们派我来给你上一课。他们所选定的国王并不是最优秀的那个人,而是长子。"他朝着雅维点点头。"而有件事情,我们的侄子想得没错:诸神不会乐于让一个篡夺者在黑色王座上长久安坐。"他露出牙齿,从齿缝中挤出几个字,"黑色王座,是我的。"

他向前跳起,与奥登缠斗在一处。剑与剑相撞,一次,两次,速度快得雅维无法看清。第三击时乌瑟尔一矮身,砍中了弟弟的腿,令他发出一声吼叫,而自己则向后跃了出去。奥登缩成一团,膝盖弯曲,靠着将剑像拐杖一般地支撑在地,才勉强得以站立。

"终结之门正在为你开启。"乌瑟尔说道。

奥登终于重新掌握了平衡，他挺起胸膛，雅维看到他腿上覆盖的银色盔甲已被染成红色，鲜血快速地自他的靴中流到地面石板之间的缝隙里。

"我知道。"奥登抬起下巴，雅维看到有一滴泪水从他眼角滑落，弄花了他的脸。"这些年来它一直在我双肩之上开启着。"他发出了一个介于哼哼与啜泣之间的声音，将剑扔向阴影中，"从暴风雨的那一天就开始了。"

乌瑟尔高举起剑，剑身反射着光线，令剑刃闪动寒光。雅维的双耳开始充血。

"我只有一个问题……"奥登喘着气说道，他的双眼抬起，凝望着自己的死亡。

乌瑟尔迟疑了一会儿。他的剑摇摆了几下，放了下来，而后，他抬起一边的眉毛，问道："说吧，兄弟。"

而此时，雅维看到奥登的手动了起来，巧妙地在自己的背上游走，手指抓住皮带上挂着的匕首柄。那是一把长长的匕首，柄上镶着一块黑玉。正是阿姆文德镇的塔顶平台上，奥登曾在雅维面前展示过的那一把。

我们必须做出对哥特兰德来说最好的事。

雅维一跃而起，跳下台阶。

他可能并不是训练场上最敏捷的学生，但他知道如何才能刺中一个男人。他抓住奥登手臂下方，将沙迪克施兰姆那把剑刺入奥登的盔甲，随着一声剧烈的声响，剑尖从奥登的胸前透了出来。

"无论你的问题是什么，"雅维在他耳边嘶声道，"钢铁便是我的答案。"说完他后退一步，抽出了剑。

奥登发出一声冒泡一般的喘息。他如同醉了似的滑了一步，跪在地上。他慢慢转过脸来，在那一刻，他的眼神带着难以置信与雅维的视线交会了。而后，他便向一边倒去。他静静地躺在神圣的地板上，在王座边，在诸神的视线下，在一圈守卫的中心，而雅维与乌瑟尔则在他的尸体两端，静静地彼此对望着。

"现在看来我们俩之间有一个问题，我的侄子。"雅维那唯一幸存的伯父说道，他一边的眉毛依旧抬起，"钢铁是我们的答案吗？"

雅维的视线闪烁，看向在他们之上静静地放置的黑色王座。

它或许非常坚硬，但它能比南风号的甲板更坚硬吗？它或许非常冰冷，但它能比极北的雪更冰冷吗？雅维已不再对它心怀恐惧。但他是否真的想要这个王座？他记得自己的父亲坐在这王座上的样子，父亲看起来高大冷酷，疤痕累累的手从未远离过剑。那才是战争女神溺爱的孩子，那才是哥特兰德的王该有的样子。正如乌瑟尔。

崇高神的群像正在望着下方发生的一切，就仿佛他们也在等待着一个决定，雅维依次望着他们石质的脸，最后深吸一口气。戈德琳女祭总是说他是被和平之神触碰过的人，他知道她是对的。

他从未真正渴求过黑色王座。为什么要为它而战？为什么要为它而死？就为了让哥特兰德拥有一个半王？

他摊开手掌，沙迪克施兰姆的剑咔嗒掉落在浴血的石头地板上。

"我已经完成了复仇，"他说，"黑色王座是你的。"他说着缓慢地在乌瑟尔面前跪下，低下头："我的国王。"

耻 辱

格劳姆-吉尔-高姆——凡斯特人的王——与他的祭司一同大步跨入圣堂,巨大的左手松弛地放在巨剑的圆柄上。他身后跟着十名身经百战的战士。

雅维注意到,他宽阔的肩膀上披着一条全新的白色皮草,巨大的食指上戴着一个崭新的戒指,绕了三圈的链子也因为一些新挂上去的剑柄而变得更长。毫无疑问,这些都是他这场穿越哥特兰德的旅行的见证,都是在雅维的邀请下,从那些无辜的牺牲者身上窃取的,同时被取走的还有那些人的生命。

但在他踏入满是斧劈痕迹的大门,进入他仇敌的屋子时,他身上最为明显的东西,还是他的笑容。那是一种征服者才会有的笑容,他的一切计划都得以实行,一切对手都被击垮,一切赌局都掷出了他需要的骰子点数。那是一种备受诸神宠爱的人才会有的笑容。

然而当格劳姆看到雅维站在王座前的台阶上,他母亲与戈德琳女祭之间,他的笑容僵住了。而后他看到了坐在黑色王座上的人,那笑容整个儿都垮了。他有些不确定地停住脚步,站在宽阔地板的正中间。在他脚下,奥登的血犹自污浊着巨石间的缝隙,而在他周围,所有哥特兰德的显贵都对他怒目而视。

耻 辱

他抓了抓脑袋的一侧，然后说道："这位好像不是我们本来预定中的国王。"

"这儿的很多人都会这么说，"雅维说，"但尽管如此，这就是合法的王。我的伯父乌瑟尔国王，回来了。"

"乌瑟尔。"思卡尔女祭从齿缝间嘘了一声。"哥特兰德人的骄傲。我想我认得这张脸。"

"这事儿你应该早点说的。"格劳姆皱眉环顾身边聚集的战士们与贵妇们，环顾阴影中灿烂闪动着的钥匙与斗篷大衣扣，重重地叹了一口气，"我有个很不愉快的预感，你大概不会成为我的属臣，跪在我的面前了。"

"我已经跪了太久的时间。"乌瑟尔站起来，双臂依然环抱着自己的剑。这把剑式样简单，正是他从*南风号*倾斜的甲板上捡来，然后自己亲手打磨，直至剑刃变得如同寒冷海面上的月光般闪亮的那把剑。"这里如果有谁需要跪下，那一定是你。你正站在我的土地上，在我的朝堂中，我的王座前。"

格劳姆抬起靴子尖，在他们面前弯了一下腰。"看来确实如此。不过我的关节一向有点硬，容我拒绝。"

"这是一种羞辱。或许我该带着剑在这个夏天去伍尔斯加德访问你，舒展一下你的关节。"

格劳姆的脸变得坚决。"我敢保证任何一个哥特兰德人，只要跨越边境，都会获得最热烈的迎接。"

"那么，为什么要等到夏天？"乌瑟尔走下台阶，一级又一级，直到站在最底下那一级台阶上，由此得以在同一水平面上直视格劳姆的脸，"现在就与我战斗。"

格劳姆的眼角抽搐了一下，脸颊也随之鼓动。雅维看到他紧握着剑的指关节发白了，在他身后的战士们眼神快速地扫视着室内，而聚集的哥特兰德显贵们的眉间则皱得更紧。"你该知道，我还躺在婴儿床里的时候，战争女神就在我头顶上吹气，"凡斯特的国王低声说道，"这预示没人能杀得了我——"

"与我战斗，你这条狗！"乌瑟尔咆哮起来，声音在整个礼堂里环绕着，所有人都屏住了呼吸，就仿佛这已是他们生命中最后的一口气息。雅维怀疑他们是否会在这同一天内看到第二个国王死在圣堂里，而他不乐意打赌，将死的国王究竟会是谁。

思卡尔女祭将干瘦的手轻轻放在格劳姆的拳头上。"诸神会保护那些自我保护的人。"她悄声说道。

凡斯特的国王长长地呼出一口气。他放松肩膀，慢慢将手指从剑柄上放下来，轻轻梳理胡子。"你们的新国王非常野蛮。"他说。

"是啊，"思卡尔女祭说道，"你没有教他如何外交吗，戈德琳女祭？"

年老的祭司在黑色王座边属于她的位置上坚定地望着他们。"我教了。还教了他什么人才配得上我们与之交陪。"

"我猜她的意思是我们不配。"格劳姆说道。

"我想她就是这个意思，"思卡尔女祭回答，"我觉得她也挺野蛮的。"

"这就是你做交易的方式，雅维王子？"

在这个礼堂里，那些显贵曾经列队一一亲吻雅维的手，而现在，他们看起来就像是非常乐于列队切断他的喉咙。雅维耸了耸肩。"我已经不再是王子，只能保留我所能保留的东西。没有人能预见到未来事件的转折。"

"这是你自己促成的事件，"思卡尔女祭说道，"在你挖好的通道里，水流永远不会平静流动。"

"那么就是说，你不会与我战斗了？"乌瑟尔问道。

"为什么要这么嗜血呢？"格劳姆拉了一下下嘴唇，"你做国王才没多久,你得学会国王不只是一个屠杀者。让我们将这个季节留给和平之神,忍耐着面对赛肯豪斯的宗主王的愿望,将握紧的拳头摊开成掌。或许到夏天,在更适合我的地方,你可以来试一试战争女神的呼吸究竟管不管用。"他转身大步向门口走去,他的祭司和战士们也紧随其后。"我感谢你们的好客,哥特兰德人!你很快就会听到我的消息!"跨过门槛时他顿了一下,那门槛在日光前形成一道巨大的黑色轮廓,"到那时候,我会自雷霆中发声的。"

圣堂的大门为他们打开了。

"那时候我们或许会希望自己今天在这里就杀了他。"雅维的母亲喃喃道。

"死神等待着我们所有人。"乌瑟尔说道。他又坐回黑色王座,双臂依旧环抱着剑。他坐着的样子看起来非常慵懒而轻松,那是雅维从未能做到的。"而且我们另有事务需要处理。"国王的视线游移着与雅维的相会,他的双眼明亮,一如他们在南风号上相遇的那一天,"我的侄子。曾经的王子,曾经的国王,现在——"

"什么都不是。"雅维说着抬起下巴。

听到这句话,乌瑟尔露出了一个极淡的伤感笑容。那一瞬间,他又变回了雅维曾经相携着跨过冰原,彼此分享最后一片面包皮并共同面对死亡的那个人。然而,就在那个瞬间之后,国王的面容再次像剑般锋利,如斧般坚毅。

"你与格劳姆-吉尔-高姆定了一个协议。"他说,一片愤怒的窃窃私语在礼堂内响起。*一个睿智的国王总能找到可以加以谴责的人*,戈德琳女祭曾经说过。"你邀请我们最凶残的敌人,令哥特兰德的土地蔓延火焰与屠杀。"就算在圣堂里这片逐渐变响的愤怒谴责声中,雅维的声音能够被人听见,他也几乎无法出声否定这一点。"善良的人们死了。根据法律,这样的罪行该如何判决,戈德琳女祭?"

女祭的视线从她的新王移动到旧学徒身上，雅维感到母亲抓着他手臂的手攥紧了，他俩都知道答案是什么。"死亡，我的国王。"戈德琳女祭嘶哑地说道，她看起来似乎正靠着权杖的支撑才没有倒下，"或者至少，流放。"

"死亡！"黑暗中的某处，一个女人的声音尖叫道，刺耳的回声在寂静的石头礼堂里渐渐消失，就像是消失在一座坟墓之中。

雅维曾经直面过死神。已经有许多次，他为他打开过终结之门，他现在依旧能看到门口的一片阴影，而且依然无法习惯她这样冷酷地现身，就像有许多事，他勉力练习后也几乎无法获得一点提升。但至少这一次，他的心脏剧烈跳动，嘴里发酸，他直面站在眼前的死神，竭力让自己的声音尽可能响亮清楚。

"我犯了一个错误！"雅维喊道，"我曾经犯过许多错误。我知道。但我也曾发过一个誓言！在诸神面前，我曾经发誓，那是一个日月同鉴的誓言。我看不到其他达成誓言的方法。我发誓要为我的父兄复仇，要将背信弃义的奥登赶离黑色王座。此外，虽然那些流出的血让人遗憾，但是在诸神的庇佑之下……"雅维直视他们，而后将视线谦逊地转向地面，张开双臂。"合法的王回到了王座上。"

乌瑟尔凝视着他的手，手指停放在黑色王座上。这句话是一个小小的无害暗示，意指他之所以能重返王座，该归功于雅维的计划。那种愤怒的窃窃私语又开始响起，逐渐变响，直到乌瑟尔抬手示意他们安静。

"确实，是奥登令你走上了这条路。"他说，"他的罪行要远比你的更严重，而你也给予了他应得的惩罚。你所做的一切均有理由，而且我认为，今天，在这里，死的人已经够多了。你的判决是无罪。"

雅维保持着头低垂的姿势，松了一口气。尽管这几个月过得异常艰辛，他依旧喜欢活着的感觉。他从未像现在这样喜欢过这种感觉。

"但清算依然是必须的。"乌瑟尔的双眼中似乎闪过了一丝伤感。

"我很抱歉,真的非常抱歉。但你必须被流放,因为曾经登上过黑色王座的人,总是会想夺回它。"

"我并不认为那个座位坐起来有什么舒服的。"雅维向高台走出一步。他知道自己必须这么做。自奥登死在他脚边,而和平之神的脸在他头顶浮现时,他便清楚地了解这一点。流放对他来说并不是毫无吸引力。了无牵挂,可以成为任何人。然而他已经流浪得太久,这里是他的家,他已不想再去任何地方。

"我从未想要获得黑色王座。我从未期许过它。"雅维抬起左手,摇了摇,那只手上仅剩的一只手指笨拙地前后晃动着。"谁也没有想过我能成为国王,尤其是我自己。"在一片寂静中他跪了下来,"我另有一个建议。"

乌瑟尔眯起双眼,雅维向和平之神祈祷,希望他的伯父正在寻找一个赦免他的方法。"说吧。"

"让我做那些对哥特兰德来说最有益的事。让我永远弃绝一切能够窥伺你王座的机会。让我去参加祭司的试炼,正如我在父亲死前正准备做的那样。让我放弃一切头衔与遗产,让祭司团成为我的家。我属于这里,属于圣堂。不在黑色王座之上,而是它的侧旁。在仁慈中展现你的伟大,我的王,让我为你与这片土地服务来偿还我的错误。"

寂静蔓延,乌瑟尔在王座上慢慢放松下来,皱着眉头。最终他靠向他的祭司。

"你觉得这个建议如何,戈德琳女祭?"

"这是个和平之神会为之微笑的建议,"她低声说,"我一直相信雅维会成为一个优秀的祭司。现在也依旧相信这一点。他已证明他是个深思熟虑的人。"

"我也深信这一点。"但乌瑟尔依然在犹豫,边沉思边抚摸着棱角分明的下巴。

此时，雅维的母亲放开他的手臂，向着黑色王座走去，她在乌瑟尔的脚边跪下，红色的裙摆在台阶上倾泻而下。"伟大的王都是仁慈的，"她低声说道，"我请求您，我的王，求您让我依旧拥有我唯一的儿子。"

乌瑟尔动了动，张开嘴却说不出话来。他或许可以无所畏惧地直面格劳姆-吉尔-高姆，却在雅维的母亲面前颤抖起来。

"我们曾经有过婚约。"她说。在圣堂中的人都发出了一个粗重的呼吸声，如同卷起一阵惊雷，然而接下来，人人都屏住了呼吸。"大家都以为你死了……但诸神终究将你带回了你应该登上的位置……"她轻轻地将手放上他伤痕累累的手背，那只手依旧摆放在黑色王座的扶手上，乌瑟尔盯着她的脸。"我最大的愿望就是看到这个约定得以实现。"

戈德琳女祭拖着脚靠近，声音低沉。"宗主王曾经不止一次向莱斯琳求婚，他不会乐意看到——"

乌瑟尔完全没有看向她，粗声回答："我们的婚约比他的求婚要早上二十年。"

"但就在今天威克森女主祭又派了一只老鹰来——"

"坐在黑色王座上的人是威克森女主祭还是我？"乌瑟尔终于转头看向他的祭司，眼神清亮。

"是你。"戈德琳女祭低下了头。一个睿智的祭司会诱惑，会哄骗，会争论，会建议，但最终，睿智的祭司会选择服从。

"那就把威克森女主祭的鸟儿送回给她，再给她捎上一封我们婚礼的请柬。"乌瑟尔翻转手掌，将雅维母亲的手握在备受折磨的坚硬手掌中。"你将佩戴我的国库钥匙，莱斯琳，然后重掌那些你已证明得心应手的事物。"

"非常感谢，"雅维的母亲说，"那么我的儿子呢？"

乌瑟尔国王看着雅维，过了很久，他点点头："他会重新获得戈德琳女祭的学徒这个位子。"在这个瞬间，他令自己显得严厉，同时又仁慈。

耻　辱

雅维松了一口气。"至少哥特兰德有了一个可以为之骄傲的王，"他说，"我会每日感谢海洋女神从深海中将您送回这里。"

然后他站起身，沿着格劳姆-吉尔-高姆离开的路线走向门边。他微笑着在奚落、嘲讽与抱怨中穿行而过，现在他已不再像过去习惯的那样，将残废的手藏在衣袖里，而是自豪地将它垂落在袖外。相比于伍尔斯加德的奴隶圈栏、特里格鞭子的折磨和茫茫雪原上的冰冷与饥饿，傻瓜们对他的蔑视并没有那么让人难以忍受。

在他那两个母亲出于各自不同的目的，对他伸出的小小援手之下，雅维活着走出了圣堂。他再次成为一个被抛弃的残废，重又被祭司团束缚。那正是他的归宿。

他转了一圈，又回到原点。但现在，他已不再是个男孩，而成为了一个男人。

尸体全都展示在岩石下冰冷地窖的冰冷木板上。雅维不想去数那有多少人。够多了。"足够多"就是人数。这便是他那深思熟虑的计划所导致的后果。这就是他那轻率的誓言所引发的结局。看不全脸，只能看到裹尸布盖在他们的鼻子以下，盖住胸膛，盖住脚。从中无法辨认哪些是她母亲的雇佣兵，哪些又是哥特兰德光荣的战士们。或许，当他们穿过终结之门时，人与人之间并无任何不同。

尽管如此，雅维仍能知道哪一具尸体属于裘德。他的朋友，他的划桨伙伴。这个人曾经在雪中为他踏出一片通道，这个人柔和的声音曾在他低声呜咽于桨边时忠告过他，"一次推一下"。这个人曾经将雅维的战斗视作自己的战斗，尽管他本人并非战士。在他尸身边的人是苏梅尔，她紧握的拳头摆在木板上，深色的脸颊一侧被一支细蜡烛闪动的光芒照亮。

"你的母亲帮我在一艘船上找到一个位子。"她说着，头也没抬，声音中带着他所熟悉的那种柔和感。

"优秀的航海家总是很受欢迎的。"雅维说。诸神知道，要是没有这样一个人为他指明道路，他又如何能够达成这一切。

"天一亮我们就启程去赛肯豪斯，然后继续前进。"

"回家?"他问道。

苏梅尔闭上双眼，然后点点头，在她带着疤痕的嘴唇上出现了一丝最微弱的笑容。"故乡。"当初刚结识她的时候，他并没有觉得她长相不错，但现在她看起来非常美丽。美得令他无法转开眼睛。

"你有没有考虑过，或许……你可以留下来?"即使只是问出这个问题，也令雅维感到自我厌恶。这个问题将会使她对他出言拒绝。不管怎么样，他已献身于祭司团。他什么也给不了她。而且，裘德的尸体正躺在他们两人之间，那就像是一道屏障，无法跨越。

"我必须离开，"她说，"我几乎都要忘了自己曾经是什么人了。"

这句话也同样适用于他。"最重要的无疑是你现在究竟是怎样的人。"

"这一点我也几乎完全不了解。此外，在大雪里，裘德曾经扛过我。"她的手颤抖着伸向那片裹尸布，但让雅维松了一口气的是，她并未将它掀开。"至少我能带上他的骨灰。我会将它们撒在他的村子里。或许我甚至能从他那口井里打点水，替我们俩一起喝上一口。"她做了一个吞咽的动作，就在她说出这些话的时候，出于某种原因，雅维感觉胸中涌起一阵冰凉的怒意。"为什么要错过这世界上最甜的——"

"是他自己选择留下来的。"雅维厉声说道。

苏梅尔缓缓地点了点头，依旧没有抬起脸来。"我们都是。"

"我并没有强迫他。"

"是的。"

"你那时候本就可以离开的，还可以带上他，如果你那时候态度更坚决一点。"

耻　辱

现在她抬头了，但他并没在她的双眼中看见他应受的怒意，有的只是她针对自己的罪恶感。"你说得对。这或许就是我要背负的。"

雅维转开眼睛，突然间他的眼中涌出了泪水。他做了许多事，做了许多选择，所有的一切似乎看起来都是较小的恶，而且多多少少将他引到这里。可这一切真的对某个人来说是更大的利益吗？

"你不恨我吗？"他低声说道。

"我已经失去了一个朋友，我并不想抛弃另一个。"她将一只手轻轻放在他的肩上。"我不是个擅长交朋友的人。"

他将自己的手放在她的手上，希望自己能够将她的手紧紧握住。这是多么奇怪的一件事啊，在你发现自己无法拥有某件东西之前，你永远也不会知道自己将会有多渴望它。

"你不责怪我？"他低声说道。

"我为什么要这样做？"她给了他最后的离别拥抱，然后将他一个人留下。"你的自责，比起我的责怪更好。"

有些人被拯救

"我很高兴你能来，"雅维说，"我已经快要没有朋友了。"

"我很高兴自己能做这件事，"鲁尔夫说道，"为了你，也为了安克兰。我不能说他在当仓库管理员的时候我有多喜欢这小气的杂种，但最后我有点喜欢他了。"他朝雅维露齿一笑，眼睛上那道巨大的疤痕动了一动。"有些人你能立马就跟他打成一片，但那些你得花上点时间去交际的，却能和你维持得最久。我们不买点奴隶吗？"

伴随着一阵从呢喃到咕哝最后到锁链咔嗒的声响，货物们都爬到他们的脚边等待验货，在这些人的双眼中，混合着羞愧、恐惧、希望与绝望，雅维发现自己正不由自主地抚摸着头颈上项圈造成的轻微旧伤。这地方的阵阵恶臭，夹杂着他宁可忘记的那段记忆，令他几欲窒息。奇怪，他是如此迅速地再度习惯了自由的空气。

"雅维王子！"奴隶商人匆忙从屋后的阴影中赶出来，那是个身材高大的男人，表情柔和，脸色苍白，雅维觉得他有一点眼熟。他是雅维父亲的葬礼上，在雅维面前屈膝的队列中的某一个人。如今他又获得了一个向雅维屈膝的机会。

"我已经不再是王子了，"雅维说道，"不过，不管怎么说，我是你说的那个人。你是约夫费尔？"

人肉贩子见他知道自己的名字，得意得有些自我膨胀。"确实我便是约夫费尔，您的光临是我的无上荣幸！我是否有幸知道您想要哪一类奴隶——"

"安克兰这个名字对你来说重要吗？"

商人的视线闪烁着转向鲁尔夫，后者正冷酷地站立，拇指固定在银带扣的剑带上。"安克兰？"

"让我来刺激一下你的记忆，就像你这商店的恶臭刺激到了我的记忆一样。你曾经售出过一个叫作安克兰的奴隶，然后用他妻儿的安全来敲诈他的钱财。"

约夫费尔清了清喉咙："我没有触犯法律——"

"我来向你讨回欠债也没有触犯法律。"

商人的脸一下子失去了血色："我没有欠你什么……"

雅维轻轻一笑。"我？你当然没有欠我什么。但是我的母亲莱斯琳，不久之后就会再次成为哥特兰德的黄金王后，并且重掌国库大门的钥匙……我猜你确实欠她一笔小钱？"

商人咽了口口水，喉结在干瘦的脖子里快速地上下跳动。"我确实是王后最谦恭的仆人——"

"她的奴隶，我得这么称呼你。就算把你现有的一切都卖了，估计也还不上你欠她的债。"

"那么就算我是她的奴隶，有什么不好的？"约夫费尔痛苦地哼了一声，"既然你提到了我的生意，那正是因为欠了她的钱，我才不得不从安克兰手里挤出每一分我能榨出来的钱财。我自己也不想这么做的——"

"但你置自己的意愿于不顾，"雅维讽刺道，"多么高尚。"

"你到底想要什么？"

"让我们从那个女人和她的孩子开始。"

"很好。"商人拖着脚，眼睛望着地面，走入阴影中。雅维抬头看向鲁尔夫，那老战士抬了抬眉毛，围在他们身旁的奴隶们静静地旁观着这一切。雅维觉得其中有一个奴隶或许露出了微笑。

他不太确定自己到底在期望什么，无比美丽、异常优雅，或者是有什么能够直击他心灵的特征，然而安克兰的家人看起来却十分普通。当然，在不熟悉的人眼中看来，大部分人都是这样。安克兰的妻子个子又瘦又小，挑衅般地抬着下巴，而他的儿子则长着与父亲相似的浅黄色头发，视线向下。

约夫费尔引着他们向前，然后有些焦虑地双手绞动。"正如我曾经保证过的那样，非常健康，接受我的精心照料。他们现在都是你的人了，当然，是作为礼物，附上我的敬意。"

"你可以留着你的敬意，"雅维说道，"现在你马上打包离开这里，把你的生意移到伍尔斯加德去。"

"伍尔斯加德？"

"对。那里有不少人口贩子，你会觉得如鱼得水的。"

"但是为什么？"

"这样你就能一直关注格劳姆-吉尔-高姆的生意了。我以前听人说过，你得了解敌人的房子比自己的更多。"

鲁尔夫赞同地咕哝一声，挺了挺胸，将放在剑带上的大拇指移动了一下。

"这是一种选择，"雅维说，"不然你会发现自己被摆在自己的店里出售。你觉得自己值什么价？"

约夫费尔清了清喉咙："我得花点时间准备准备。"

"动作快。"雅维说。然后他大步跨出这充满恶臭的地方，站在外面的空气中大口呼吸，闭上眼睛。

"你……你是我们的新主人吗？"

安克兰的妻子站在他身旁，一根手指抵在项圈里。

"不是。我的名字是雅维,这是鲁尔夫。"

"我们曾经是你丈夫的朋友。"鲁尔夫说着,揉了揉那男孩的头发,让他露出一丝不适的表情。

"曾经?"她问,"安克兰现在在哪儿?"

雅维咽了一口口水,想知道该如何说出这个消息,他寻觅着合适的词汇——

"死了。"鲁尔夫回答,简洁明了。

"我很抱歉,"雅维补充道,"他是为了救我而死的,即使交换的是我的生命,这也实在不是一桩好生意。但是不管怎么说,你们自由了。"

"自由了?"她喃喃道。

"是的。"

"我想要的不是自由,我想要的是安全。"

听到这一句话,雅维眨了眨眼睛,然后嘴角露出一个悲伤的微笑。他自己却是那样渴望自由。"要是你愿意的话,我猜我正好缺一个仆人。"

"我一直是干这个活儿的。"她说。

雅维在一家铁匠店前停下,在一张放满靴匠工具的搁凳上摆下一枚硬币。那是第一批新钱中的一枚——浑圆,完美,正面铸着他母亲的肖像。

"敲掉他们的项圈。"他说。

安克兰的家人并未对自由表示任何感谢,但对于雅维来说,锤子的敲击声已是足够的谢意了。鲁尔夫将一只脚跷在一面矮墙上,前臂环抱着膝盖,看着这一切。

"我不觉得正义有什么特别重要的。"

"谁会这么想?"

"但我觉得这事儿干得很不错。"

"别让其他人知道,会毁了我的名声。"雅维看到广场对面有个老女

Shattered Sea
Half A King

人正盯着他看，便对她微微一笑，挥了挥手，然后目送她嘀咕着匆忙避开。"这事儿搞得我好像是个恶棍。"

"要是生活教会了我什么，那就是世上并没有什么恶棍。只有一个个人，都在竭力做到他们所能做到的最好的事。"

"事实证明我所能做到的最好的事是一场灾难。"

"事情可能比现在要糟糕得多。"鲁尔夫咂了咂舌，吐了一口口水，"你还年轻。再多试试。或许下次就能有所提升。"

雅维朝着这老战士眯起眼睛。"你什么时候变成智者的？"

"我一直有着超常的洞察力，只是你被你的小聪明蒙蔽了眼睛。"

"这是国王的通病。希望我还年轻到足以通晓人性。"

"我们当中有人能通晓人性就已经是件挺不错的事了。"

"那么接下来你打算做什么？"雅维问道。

"伟大的国王乌瑟尔向我提供了一个卫队的席位。"

"这是了不起的荣誉啊！你会接受吗？"

"我对他说，不。"

"你真的说了？"

"荣誉是傻子的奖励，而且我觉得像乌瑟尔这样的主人，身边总是会环绕着一圈战死的仆人。"

"越来越睿智了。"雅维说道。

"在不久之前，我还一直觉得自己的人生已经完了，但现在，我的人生又重新开始了，我觉得自己没有想要缩短它的意图。"雅维看向一边，发现鲁尔夫也转开了眼睛，"我想或许你需要一个划桨伙伴。"

"我？"

"一个只有一只好手的祭司，和一个早已过了自己黄金期十五年的无赖在一起，有什么不能做到的？"

最后一声敲击响起，项圈崩裂，安克兰的儿子站起身来，眨着眼睛，

有些人被拯救

用手抚摸着脖子,他的母亲伸臂抱住了他,亲吻他的头发。

"我不是一个人了。"雅维喃喃道。

鲁尔夫伸出胳膊搂过他,将他紧紧地抱住。"在我死之前不是,我的伙伴。"

那实在是一场盛大的典礼。

在哥特兰德边境居住的世族一定会感到愤怒,乌瑟尔国王回归的消息传来得太慢,在他们知道之前,他就已经成婚,以至于他们无缘出席这样一个必然能在他们有生之年反复传颂的场合,以彰显他们的重要性。

毫无疑问,正如戈德琳女祭所提醒的,在赛肯豪斯的至高王座上端坐、拥有最高权力的宗主王,以及在他身畔随侍的全能全知的威克森女主祭,也会因为没有收到邀请而感到不悦。

但是雅维的母亲从紧咬的牙缝里吐出一句:"他们的愤怒对我来说不过是尘土。"莱斯琳再次成为了黄金王后,她的一切命令都会在说出口之前被执行。

圣堂中的每一尊神像都戴上了早春初花编成的花环,黑色王座四周摆着的结婚赠礼堆积如山,聚集在宏顶下的人群紧紧挨在一起,就仿佛冬天里羊群密聚,等待着冰冷的空气将它们的呼吸冻成雾气。

在诸神与众人的注目中,这一对新人相互许下婚礼誓言,自火堆上的宏顶,到国王身上锃亮的盔甲和王后那耀眼夺目的首饰,全都在光芒的笼罩中。雅维觉得,人群随着乌瑟尔的嗓音落下而爆发出的欢呼声不怎么令人满意,在他母亲说话完毕时的欢呼还算勉强凑合。而后,布林约尔夫用沉闷的声音述说了这座圣殿有史以来最睿智的颂词,而在他身边,戈德琳女祭拄着权杖,比往日更消沉,更不耐烦。在这座城堡下方的每一个铃铛,都传来一声祝福的叮当声。

哦,多么欢乐的一天!

乌瑟尔怎么可能不高兴？他已拥有黑色王座和世人所能乞求到的最好的妻子，甚至连宗主王都垂涎于她。莱斯琳怎么可能不喜悦？她的项链上再次挂上掌握哥特兰德财富的钥匙，而唯一神的牧师们都已被人从她的铸币厂里拽出来，拉过托尔比城，丢进海里。哥特兰德的人民怎么可能不欣喜？他们终于有了一个钢铁国王与一个黄金王后，那是值得信任并且可以为之骄傲的统治者。那是可能唱歌不太好听，但至少双手健全的统治者。

尽管周围的一切都充满了欢乐——或许该说，正因为这一点——雅维觉得他母亲的婚礼并没有比他父亲的葬礼更令他感觉好受。后一个场合是他无法逃避的。但在这场婚礼中，如果有人注意到他偷偷离开，也不会为之而感到伤悲。

相比于室内那种鲜花簇拥的温暖，室外的天气更适合他的情绪。这一天，灰色的海面上刮起了一阵寻觅之风，它在这座城堡的防卫墙间悲鸣，激起一阵带着咸味的雨向他袭来，他沿着旧台阶信步向上，独自走入空无一人的通道。

远远地他就瞧见了她坐在圣堂的屋顶上，在雨水中，她身上的衣服显得过于单薄，在狂风中，她的头发散乱舞动。他及时发现了她，本可以走开，另找一个地方呆望天空的。但是他的脚仍将他带向了她。

"雅维王子，"当他靠近的时候，她用牙齿扯下一小片指甲吐在风里，然后说道，"多么大的荣耀啊。"

雅维发出了一声叹息。这些天来，他已十分厌烦这个标签。"我已经不再是王子了，伊瑟伦。"

"不是？你的母亲又成了王后，不是吗？她不是又在项链上挂上了哥特兰德国库的钥匙？"她白皙的手掌在胸前流连，在那里已不再有什么钥匙，也没有项链，什么都没有。"王后的儿子不是王子，那还能是什么？"

"一个残废的小丑。"他低声说道。

有些人被拯救

"我们之前相遇的时候你确实是，而且毫无疑问你一直都是。另外，不用说，叛徒的孩子也一样。"

"那么我们便比过去更相似了，"雅维厉声回答，他看到她苍白的面庞抽动了一下，但迅速露出了懊悔的神色。只要一切有一点点改变，那么此刻在这宏顶下的荣光中站立的便应该是他们两个人。他坐在黑色王座上，而她则站在他的身旁，她将手轻轻地握住他那只虚弱无力的手，双眼闪动，他俩将共享一个甜蜜的吻，那是她曾经要求过的，当他回来时便会给她的吻……

但一切照旧，而这一天已不会再有任何吻。这一天不会有，今后也不会再有。他转头看向波涛起伏的大海，双手捏成拳放在护栏上。"我不是来与你争论的。"

"你为什么要来？"

"我想我应该告诉你，因为……"他磨了磨牙，低头看向自己捏起的手，在湿透的石头上，这只手显得极为苍白。因为什么？*因为我们有婚约？因为我们对彼此来说曾经有些重要？*他无法让自己说出这些句子。"我正准备动身去赛肯豪斯。我要去接受祭司的试炼。我将不再有家庭，不再有继承权，以及……妻子。"

她朝着风发出大笑。"那么我们就有更多共同点了。我已经没有了朋友，没有了嫁妆，也没有了父亲。"她转身看着他，在她的双眼中闪动的仇恨让他感觉一阵不适，"他们将他的尸体丢在垃圾堆里。"

这原本或许该让雅维感到高兴的。他曾无数次梦想过这个结局，将所有的祈祷与意志都指向这一刻。他毁了一切，甚至为此而牺牲了他的朋友和友情。但望着伊瑟伦的脸，看到她深陷的眼窝中那双红通通的眼睛，他感觉不到一点胜利的喜悦。

"我很抱歉。这不是为他说的，是为你。"

她的嘴轻蔑地皱起。"你觉得这对我来说有什么意义？"

"什么都不是。但我依旧感到抱歉。"他将双手从护栏上提起，转身背对着自己的未婚妻，向台阶走去。

"我许下了一个誓言！"

雅维站住了。他十分希望自己能离开这片该死的屋顶而且永不返回，但现在，他颈部的皮肤上涌起一阵寒战，不顾自己的意愿转过身子。"哦？"

"一个日月同鉴的誓言。"伊瑟伦的双眼在她雪白的脸上仿佛在燃烧，湿透的头发拍打着她自己的脸。"在审判女神、记忆之神与结绳女神面前，埋葬在这里的先祖们会为我作证，观望之神与书写女神会为我作证，现在你也可以为我作证，雅维。这个誓言将会是我身上的枷锁，将我激励。我会向杀死我父亲的凶手复仇。我发誓！"

然后，她露出了一个扭曲的微笑。那是对她在他们订婚那天离开圣堂时露出的那个微笑的嘲弄。"你看，女人同样也能像男人一样发誓。"

"要是她够蠢的话。"雅维说着，转身离去。

较小的恶

即使在夜晚,太阳女神已经落下地平面时,空气中仍然能够感觉到她的笑容,而此时,雅维弟兄回到了故乡。

哥特兰德人宣告夏季的第一天已经来到,猫儿们在托尔比城热乎乎的屋顶上晒着太阳,海鸟们懒洋洋地相对鸣叫,一丝丝极为轻微的风带着咸味沿着陡峭的小径盘旋而上,穿过家家户户开着的窗,进入这个城市。

而当雅维最终用残疾的手费力地打开戈德琳女祭房间沉重的门闩时,风也吹进了这间屋子的大门。

"流浪者回来了。"年老的祭司说着,将手里的书放到一边,激起一阵尘土。

"戈德琳女祭。"雅维深深地鞠了一个躬,送上了杯子。

"你还给我带来了茶。"她闭上眼睛,嗅着蒸汽的香味,啜饮了一口咽了下去。她那布满皱纹的脸上露出了笑容,那是雅维始终会自豪于看见的表情。"没有你的话,事情确实会不同。"

"至少你就不再需要喝茶了。"

"那么你通过试炼了?"

"难道你曾经怀疑过这一点?"

"我没有,雅维弟兄,我没有。但是你曾经发过一个誓。"她凝视着雅维腰间挂着的沙迪克施兰姆的剑,它正插在鞘中,"一个好的词语能挡住不少打击。"

"我带着这把剑是为了其他理由。它能提醒我自己是从哪儿来的。祭司站在和平之神身边,但一个优秀的祭司应该熟识战争女神。"

"哈!说得一点儿也不错。"戈德琳女祭伸手指向火堆另一边的凳子。那只凳子正是雅维过去常常坐的,在这只凳子上,他曾经着迷地听着老祭司的故事,学习各种语言和历史,学习植物的知识,还有与国王交谈的正确方式。他最后一次坐在这里真的只是几个月之前的事吗?现在回想起来,这一切就仿佛是发生在另一个世界上,在一个梦中。

而现在,他已经从梦中醒来。

"我很高兴你现在回来了,"戈德琳女祭说道,"当然并不只是因为你的茶。我们在托尔比城有许多事情要做。"

"我并不觉得这里的人喜欢我。"

戈德琳女祭耸了耸肩。"他们已经忘了。人民的记忆总是很短暂。"

"祭司的职责却是记住一切。"

"还有提出建议——"

"我能为您讲述一段叙事诗吗?"

"是哪一种叙事诗呢,雅维弟兄?"

"这是一则关于鲜血与欺骗,金钱与谋杀,背叛与权力的叙事诗。"

戈德琳女祭笑了起来,又啜了一口茶。"正是我最喜欢的类型。故事里有精灵吗?有龙吗?巨人呢?"

雅维摇了摇头。"故事里所需要的一切罪恶元素,人类都能办到。"

"你又说出了真理。这是你在赛肯豪斯听到的叙事诗吗?"

"有一部分是。我已经为它耗费了不少时间,甚至早在我父亲死去的那个晚上开始,但我想现在我能从头到尾叙述一遍了。"

较小的恶

"我知道你的才能,这一定是一则非常出色的叙事诗。"

"你会为它而激动的,戈德琳女祭。"

"快开始吧!"

雅维坐下来,俯身向前,望着火焰,用拇指擦了擦扭曲的手掌。他从很早之前就已预演过这个故事,甚至早在他通过试炼,放弃他的继承权,被祭司团接纳之时;甚至早在他亲吻威克森女主祭的面颊,望着她的眼睛,发现它们比过去更为明亮而饥渴,然后,他发现了事实的真相。"我觉得自己很难起头。"

"那就先说设定。让我们先来看看故事的背景。"

"这建议不错,"雅维说道,"你的建议总是很不错。那么……有一个已不再年轻的宗主王,还有一个祭司团的女主祭,正如一切权力者常常会有的那样,他们一直嫉妒着赛肯豪斯北方的一个国家,因为他们看到那里出现了对他们权威的威胁。这个威胁并非一个使用铜与铁的伟大男子,而是一个使用金与银的伟大女性。一个黄金王后,她计划要将所有钱币都以同样的重量铸造,这样一来,整个破碎之海周边国家的一切交易,都会使用印着她面容的钱币。"

戈德琳女祭向后靠了靠,开始沉思,她前额的皱纹也随之加深。"这个故事有事实的基础。"

"最好的故事都是这样。你曾经教过我这一点。"现在他开始讲述那些他早已编完的词句,"宗主王与他的祭司看着商人们离开他们的码头,前去北方那位王后控制下的码头,他们的税收一个月接一个月地减少,权力也随之萎缩。他们必须采取行动。但直接杀了这个能从空气中编织出金线来的女人?不行。她的丈夫太过高傲,也太过狂暴,不会接受这样的事情。那么,就杀了他,然后将这个王后从她的高台上拖下来,将她控制在他们手中,这样一来,她就能为他们织造金子。这就是他们的计划。"

"杀国王?"戈德琳女祭喃喃说着,越过她的杯子边缘深深地望着雅维。

他耸了耸肩膀:"这一类故事总是这样开场的。"

"但国王们总是很警觉,有许多护卫。"

"这一个国王尤其如此。他们必须借助于某个他信任的人。"雅维朝前坐了坐,火光让他脸上发热,"所以为此他们派出了一只有着青铜羽翼的老鹰,送去一条消息。国王必须死。他们将这条信息送到他的祭司手里。"

戈德琳女祭眨了眨眼睛,以异常缓慢的速度咽下了又一大口茶。"要杀一个她曾经发誓侍奉的国王,对于一个祭司来说实在是一个非常困难的任务。"

"但她难道没有同样向宗主王和她的主祭发誓侍奉?"

"我们都发过誓,"戈德琳女祭轻声说道,"你也是其中之一,雅维弟兄。"

"哦,我总是在发誓,我简直不知道该遵从哪一条了。这个祭司也和我有一样的烦恼,但一个国王只是坐在诸神与众人之间,而宗主王却是坐在诸神与国王之间,尤其是近来,他觉得自己的位置还要更高。她知道自己不能违背他的意愿。于是她想出了一个计划:将她的国王替换成他更通情达理的兄弟。剪除他所有麻烦的子嗣。可以把责任推卸给都是野蛮人的北方旧敌,只要说她接到了那边的祭司派来的鸽子,鸽子带着和平的信息,将这个鲁莽的国王送进一场埋伏……"

"这或许就是较小的恶。"戈德琳女祭说道,"或许只有这个办法,否则就只能看着战争女神将她血红的翅膀覆盖在整个破碎之海周边所有国家的土地上。"

"较小的恶和更大的利益。"雅维长出一口气,这个动作似乎深深地伤到了他的胸膛深处,他想起欧德姐妹鸟笼里那些眨着眼睛的黑色鸟儿。

"可是那个她想嫁祸的祭司从不使用鸽子。她只用乌鸦。"

戈德琳女祭递到嘴边的茶杯在半路上停住了。"乌鸦?"

"小小的细节毁了全盘计划,世事时常如此。"

"哦,麻烦的细节。"戈德琳女祭的眼睛抽动了一下,她垂眼看着茶,然后深深地喝了一口。有很长的一段时间,他俩都没有再说一句话,只有火焰燃烧的欢快碎裂声,火星在他们之间闪动。"我想过你总有一天会理清这一切的头绪,"她说,"但没想到会这么快。"

雅维哼了一声:"可惜没有在我死在阿姆文德镇之前。"

"这从来都不是我的选择。"老祭司说道。她总是仿佛他的另一个母亲。"我的计划是你通过试炼,放弃继承权,然后接替我的职位,正如我们之前无数次计划过的那样。但是奥登并不信任我。他的动作太快了。我没法阻止你母亲将你推上黑色王座。"她发出了一声沉痛的叹息。"而且威克森女主祭对你登上王位并不满意。"

"所以你让我在奥登的陷阱里苦苦挣扎。"

"我对此怀着最深切的歉意。我认为这是较小的恶。"她将喝空的杯子放在一边,"那么,这个故事的结局是怎样的,雅维兄弟?"

"故事的结局已经发生了,我对此怀着最深切的歉意。"他的视线越过火焰,看着她的双眼,"我现在是雅维祭司了。"

年老的祭司皱着眉头,先是看着他,接着低头将视线转向他带给她的杯子。"黑舌根?"

"我曾经发过一个誓,戈德琳女祭,我发誓要向杀了我父亲和兄长的人复仇。我或许是个残废,但我能宣告一个完整的誓言。"

火堆中的火焰跳动着,在架子上的玻璃瓶间留下橙色的反光。

"你的父亲和兄长,"戈德琳女祭嘶哑地说道,"奥登还有他的手下。许多许多其他人。而现在,终结之门已为我而开。一切……全都因为钱。"

她眨了眨眼睛，身体摇摆着靠向火堆，雅维站起来，用左臂轻轻架住她，右手抽出她身后的垫子，小心翼翼地将她放回椅子上。"如今看来钱可能是最致命的。"

"我很抱歉。"戈德琳女祭说道，她的呼吸急促起来。

"我也是。在整个哥特兰德你找不出一个比我更心怀歉意的人了。"

"我不这么想。"她露出了一丝极其微弱的笑容，"你会成为一个杰出的祭司，雅维。"

"我会努力的。"他说。

她没有回答。

雅维粗重地呼出一口气，将她的双眼合上，把她枯瘦的双手交叠在她的膝盖上，然后跌回他的凳子，疲惫而不适。房门猛地洞开，有人跌跌撞撞地闯进门来，药草束在他身后摇摆得像是被吊死的人影，而依旧坐在凳子上。

来的人是最年轻的战士之一，才刚通过战士的试炼。他甚至比雅维还要年轻，当他在走廊上踌躇时，火光在他还没长出胡子的脸上跃动着。

"乌瑟尔国王要找他的祭司谈话。"他说。

"他是认真的吗？"雅维将杯中的残茶倒进火堆里，然后用完好的手抓起了戈德琳女祭的权杖。它现在已是他的权杖了，冰冷的精灵金属紧贴着他的皮肤。

他站起身来。"告诉国王，我马上就到。"

（未完待续）

致 谢

一如往常，有四个人不能忘：
布朗·阿克罗比，
他的双眼总是因为读到我的致谢而隐隐作痛。
尼克·阿克罗比，
他的双眼总是因为听到我的致谢而隐隐作痛。
罗伯·阿克罗比，
他的手指总是因为翻阅书页而隐隐作痛。
罗·阿克罗比，
他的双臂总是因为支撑我而隐隐作痛。

然后，既然没有人是一座孤岛，尤其是我，所以我深切地感谢：
尼克·雷克，为我种下这个故事的种子；
罗伯特·卡比，为我浇灌这个故事成长；
简·约翰逊，她确保这个故事结出金色的果实。

然后，既然这个果实顺利地进入了运行，那么感谢所有曾经帮助它成书、推向市场、出版、宣传、插画、翻译以及全世界所有帮助过我出售我的书的人，尤其是娜塔莎·博达、艾玛·库德、本·诺斯、特利西亚·那瓦尼、乔纳森·里昂和金格·克拉克。

感谢令本书看来极为精美的插画家尼科莱特和特伦斯·卡文，麦克·布莱恩和多米尼克·福布斯。

感谢在一年四季以无穷的热情支持我的吉莉安·雷德费恩。

感谢所有曾经在网上、在酒吧或者在书上提到过我名字的作者，还有那些曾经给过我帮助、建议、笑容以及无数点子的人。

当然还有你们，你们知道自己是谁……